W0280709

Jean-Gabriel Causse, geboren 1969, ist Farbdesigner und lebt in Paris und Tokio. Er ist Autor des internationalen Sachbuchbestsellers *Die unglaubliche Kraft der Farben*. *Morgen wird der Himmel voller Farben sein* ist sein Romandebüt, welches in Frankreich von den Lesern gefeiert wurde, in zehn Ländern erscheint und derzeit verfilmt wird.

Morgen wird der Himmel voller Farben sein in der Presse:

»So fantasievoll, dass man die Welt mit anderen Augen sieht.«
Freundin

»Voller Witz und Poesie, so als würde Momo die fabelhafte Welt der Amelie entdecken.«
Emotion

»Eine einzigartige Idee und ein phantastisches Buch!«
BR 1 »Buchtipps«

»Ein herrlich absurdes Märchen, mit einer Mischung aus Leichtigkeit, Witz und scheinbarer Wahrhaftigkeit erzählt.«
NDR »Kultur«

»Fantasy, Humor, Drama. Von allem etwas hat dieses in Frankreich gefeierte Romandebüt. Echt schöne Lektüre!«
Grazia

Besuchen Sie uns auf www.penguin-verlag.de
und Facebook.

Jean-Gabriel Causse

Morgen wird der Himmel voller Farben sein

ROMAN

Aus dem Französischen
von Nathalie Lemmens

PENGUIN VERLAG

Die französische Originalausgabe erschien 2017 unter dem Titel
»Les crayons de couleur« bei Éditions Flammarion, Paris.
Die deutschsprachige Ausgabe war zuvor unter dem Titel
»Arthur und die Farben des Lebens« im C. Bertelsmann Verlag lieferbar.

Sollte diese Publikation Links auf Webseiten Dritter enthalten,
so übernehmen wir für deren Inhalte keine Haftung,
da wir uns diese nicht zu eigen machen, sondern lediglich auf
deren Stand zum Zeitpunkt der Erstveröffentlichung verweisen.

MIX
Papier aus verantwortungsvollen Quellen
FSC® C014496

Verlagsgruppe Random House FSC® N001967

PENGUIN VERLAG

PENGUIN und das Penguin Logo sind Markenzeichen
von Penguin Books Limited und werden
hier unter Lizenz benutzt.

1. Auflage 2019
Copyright © 2017 by Jean-Gabriel Causse
By arrangement with Melsene Timsit and Son,
Scouting & Literary Agency
Dieses Werk wurde vermittelt durch die
Literarische Agentur Michael Gaeb
Copyright © der deutschsprachigen Ausgabe 2018 by
C. Bertelsmann Verlag,
in der Verlagsgruppe Random House GmbH,
Neumarkter Straße 28, 81673 München
Umschlag: Hafen Werbeagentur, Hamburg
Umschlagmotiv: © Kiszon Pascal / Vudhikul Ocharoen/Zoranm/
Akov Kalinin/GettyImages; CollaborationJS / Trevillion Images
Typografie und Illustrationen im Innenteil © Inka Hagen
Satz: Uhl + Massopust, Aalen
Druck und Bindung: GGP Media, GmbH
Printed in Germany
ISBN 978-3-328-10424-7
www.penguin-verlag.de

Dieses Buch ist auch als E-Book erhältlich.

Für alle, die mit dem Herzen sehen

Kapitel 1

Es war einmal auf dem Blauen Planeten …

Licht mit einer Wellenlänge von fünfhundertzwanzig Nanometern trifft auf die Zapfen in Arthur Astorgs Netzhaut. Sofort jagt ein elektrischer Impuls durch sein Gehirn in das V4-Areal seiner Hirnrinde.

Es ist die Farbe Grün, die diese Reaktion bei ihm auslöst. Genauer gesagt das Apfelgrün der Sonnenbrille seiner Nachbarin, die er von seinem weit geöffneten Fenster aus unverhohlen anstarrt. Was ihn so fasziniert, sind weder ihre kleinen, festen Brüste noch der perfekt proportionierte Körper, der unter dem leicht aufklaffenden Morgenmantel zu erahnen ist, sondern die Tatsache, dass sie sogar in ihrer Wohnung diese große, glänzende Sonnenbrille trägt.

Nur wenige Meter von ihm entfernt tippt sie hektisch auf ihrem BlackBerry herum. Die junge Frau läuft oft nur spärlich bekleidet durch ihre gardinenlose Wohnung im vierzehnten Pariser Arrondissement, jedoch nie ohne ihre Sonnenbrille. Schon mehrmals hat Arthur geträumt, er nähme sie ihr behutsam ab, um endlich einmal ihre Augen zu sehen. Und damit endet sein Traum, denn in diesem Moment wacht er jedes Mal wieder auf. Er begegnet ihr regelmäßig draußen auf der Straße, meist Hand in Hand mit ihrer Tochter, die etwa fünf oder sechs Jahre alt sein muss, aber er hat es noch nie gewagt, sie anzusprechen. Dabei war er früher so selbstbewusst, doch mittlerweile ist er nur noch ein blasser Schatten seiner selbst.

Seit seiner Geburt ist Arthur das Versuchskaninchen eines ziemlich durchtriebenen Schutzengels. Der ihn links hat zur Welt kommen lassen. Am linken Ufer der Seine – damit er schon früh erkennt, wie wichtig Bildung ist – und in einer wohlhabenden Familie linker Intellektueller. Er hat ihn sogar zu einem Linkshänder gemacht. Und unbewusst hatte Arthur immer das Gefühl, er sei nicht ganz genau so wie die anderen.

Sein linker Schutzengel hat auch einiges Rechtes zustande gebracht. Er hat ihm ein attraktives Gesicht gegeben und seine Nase mit ein paar Faustschlägen beim Rugby in Form gebracht. Das Ergebnis war ein leichter Belmondo-Touch, dem er zahlreiche Eroberungen in den Privatschulen von Saint-Germain-des-Prés und später an einer eher mittelklassigen Wirtschaftshochschule verdankte. Außerdem hatte ihn sein Schutzengel mit einer leicht überdurchschnittlichen Begabung in allem ausgestattet, was er anpackte. Rugby, Studium, Karriere – der Schutzengel verbuchte für ihn einen Pluspunkt nach dem anderen. Mit dreißig war er im internationalen Vertrieb eines Start-up-Unternehmens auf der Überholspur angekommen. Keine Kinder, keine feste Beziehung, selbst für einen Hund oder einen Goldfisch war Arthur zu egozentrisch. Das Einzige, was er hegte und pflegte, waren seine Sammlung bernsteinfarbener japanischer Whiskeys und seine Platin-Vielfliegerkarte. Diese erlaubte es ihm, auf allen Flughäfen der Welt den roten Teppich zu den Businessclass-Schaltern zu beschreiten, und er konnte sich ein selbstgefälliges Lächeln nicht verkneifen, während er an den Reisenden vorbeiging, die auf dem gewöhnlichen grauen Teppichboden anstanden. Er war der felsenfesten Überzeugung, dass die anderen in seinem ein Meter achtzig großen Körper eine hautfarbene Traumwohnung sahen, in der sie selbst gerne leben würden.

Doch dann beschloss sein Schutzengel plötzlich, seine Federn einzufärben. Asphaltgrau einzufärben, um genau zu sein. Zunächst verliebte sich Arthur in eine Frau, die ihn wegwarf wie eine ausgebleichte Socke. Zur gleichen Zeit entschieden seine Eltern, ein neues Leben zu beginnen, und zwar jeder für sich. Arthur saß zwischen den Stühlen. Sein Vater erlebte einen zweiten Frühling mit einer Frau, die seine Tochter hätte sein können. Und seine Mutter reiste in einen indischen Aschram, um dort über die menschliche Natur zu meditieren. Er hörte nie wieder etwas von ihr. Arthur begann zu trinken. Immer mehr zu trinken. Er gab das Rugbyspielen auf, nur die dritte Halbzeit behielt er bei. Nach und nach schalteten die grünen Ampeln der Überholspur auf tiefdunkles Flaschengrün.

Innerhalb weniger Monate verlor er seine Arbeit, seine Freunde, sein Selbstvertrauen und seinen Führerschein, nachdem er mit zwei Promille im Blut angehalten worden war. Zwei Milligramm Alkohol, die ihn zwanzig Kilo zunehmen ließen.

Drei Jahre und unzählige misslungene Vorstellungsgespräche später droht nun das Arbeitsamt, ihn von seiner Liste zu streichen, sollte er sich nicht bei Gaston Cluzel vorstellen, einer alten Buntstiftfabrik in Montrouge, die einen Vertriebsmitarbeiter sucht. Arthur klammert sich an den Gedanken, wieder eine Stelle in einem internationalen Konzern oder einem Start-up zu finden, aber wenn er nicht möchte, dass ihm das Arbeitslosengeld gestrichen wird und sein Konto in die roten Zahlen rutscht, bleibt ihm keine andere Wahl.

Nach dem Krieg beschäftigte die Firma Gaston Cluzel etwa dreihundert Mitarbeiter. Knapp dreihundert weniger sind es, als sich Arthur bei Adrien Cluzel vorstellt, dem Urenkel des Firmengründers und verzweifelt auf der Suche nach dem rettenden Engel, der seine Firma vor dem Ruin bewahrt.

So ein Vorstellungsgespräch will natürlich gut vorbereitet sein. Um seine Aussichten auf eine Einstellung möglichst gering zu halten, hat sich Arthur in die grellsten Farben gewandet: ein altes karottenfarbenes Hemd, kapuzinerrote Schuhe, eine schmutzig gelbgrüne Hose und coelinblaue Socken. Er hat die Eleganz sogar noch auf die Spitze getrieben, indem er eine auberginevioletten Unterhose angezogen hat, eine hübsche Farbe, die dank einer auf Ex getrunkenen Flasche Côtes de Provence nun auch seine Wangen ziert.

Cluzel empfängt ihn am Eingang der Fabrik und fordert ihn auf, ihm in sein Büro zu folgen. Auf den ersten Blick erkennt er, dass seine Verkaufszahlen mit diesem kunterbunten Hanswurst, der hinter ihm die Treppe hinaufkeucht, ganz bestimmt nicht steigen werden.

»Arthur Astorg? Wie ich sehe, sind Sie seit über drei Jahren beschäftigungslos.«

»Ich bin nicht beschäftigungslos. Ich beschäftige mich von morgens bis abends mit Betrachtungen. Insbesondere der Betrachtung von Farbe!«

»Wie bitte?«

»Ja, nimm deine Buntstifte, nur mal so als Beispiel«, fährt Arthur fort, wobei er ihn bewusst duzt. »Genies wie Matisse, Toulouse-Lautrec und Picasso haben sie in einigen ihrer Werke verwendet. Wusstest du das?«

Cluzel, der sich fragt, ob Arthur ihn veralbern will, ignoriert sowohl die Frage als auch das Duzen.

»Bei der Stelle, auf die Sie sich bewerben, bestünde Ihre Aufgabe darin, den Umsatz unserer Buntstiftkollektion ›Crayons Cluzel‹ anzukurbeln …«

»Welch ungeheure Verantwortung! Wusstest du, dass ›crayon‹, also Buntstift, vom altfranzösischen Wort *créon* stammt, das ›Kreide‹ bedeutet?« Arthur macht eine kurze Pause, ehe er Cluzel in seinem lyrischsten Tonfall den Gnadenstoß versetzt: »Mit Kreide wird kreiert. Wir stehen hier somit am Ursprung der Kreation.«

Cluzel öffnet den Mund noch ein Stück weiter, ehe er schluckt und sich in die Wir-Form rettet: »Danke, wir rufen Sie an.«

Stattdessen ist es die Sachbearbeiterin des Arbeitsamts, die Cluzel anruft und ihn darüber informiert, dass dieser Bewerber den maximalen Leistungszeitraum ausgeschöpft hat und das Unternehmen, das sich bereit erklärt, ihn einzustellen, dank der Wiedereingliederungshilfen so gut wie nichts kosten würde.

So beginnt Arthurs unfreiwillige Karriere als Handelsvertreter. Er, der früher internationale Verträge abschloss, ist jetzt nicht einmal mehr in der Lage, eine läppische Stadtteil-Schreibwarenhandlung davon zu überzeugen, ein paar Schachteln Gaston-Cluzel-Buntstifte zu kaufen. Jeden Morgen nimmt er sich beim Aufstehen vor, nicht mehr zu trinken, und jeden Abend versinken seine guten Vorsätze in Alkohol. Er hat das Gefühl, in ein schwarzes Loch gesogen zu werden.

Als Cluzel ihn drei Monate später in sein Büro ruft, um ihn wegen anhaltender Erfolglosigkeit zu feuern, beginnt Arthur zu weinen. Alkoholgetränkte Tränen laufen ihm über die Wangen. Aufrichtige Tränen. Zum ersten Mal in seinem Leben gibt er sich geschlagen. Er weiß, dass er ganz unten angekommen ist. Und anders als erwartet, genießt er dieses Gefühl, sich gefunden zu haben, sich selbst gegenüber endlich ehrlich zu sein. Er lässt sein Ego fahren. Er ist bereit, sich zusammenzureißen und wieder auf die Beine zu kommen.

»Ich flehe Sie an«, bittet er mit leiser Stimme, nachdem er sich in den Ärmel geschnäuzt hat, »geben Sie mir noch eine Chance.«

Obwohl Adrien Cluzel nicht das geringste Mitleid mit ihm hat, behält er ihn. Als Prügelknaben. Und lässt ihn sein blaues Wunder erleben. Cluzel macht ihn zum Aufseher der Fertigungsstraße. Jetzt kostet er ihn noch weniger als zuvor, weil ein Teil seines Gehalts an die Verkaufszahlen gekoppelt war. Und jeden Tag aufs Neue bereitet es dem Firmeninhaber ein boshaftes Vergnügen, diesen Anzugtypen im Blaumann zu sehen. Beim Überwachen der Buntstiftproduktion sitzt Arthur die meiste Zeit über auf seinem hohen Hocker. Um die Monotonie zu bekämpfen, lässt er den ganzen Tag ein altes Radiogerät mit kaputtem Senderwahlrad laufen, das ihm mit blecherner Stimme von morgens bis abends die Sendungen von France Inter ins Ohr scheppert.

Ist Ihnen schon einmal aufgefallen, dass wir Bewohner der westlichen Welt immer weniger Farben tragen? Wie kam es dazu, dass diese Schwarz-Weiß-Mode unsere Kleiderschränke eroberte? Möglicherweise hat alles 1860 in England angefangen. Edward VII., damals noch Prince of Wales, rauchte für sein Leben gern Zigarren, doch seine Frau beschwerte sich über den Geruch von kaltem Tabak, der in seinen Kleidern hing. Daher bat er seinen Schneider, ihm einen speziellen Anzug zu fertigen, den er zum Kartenspielen und Rauchen in seinem Londoner Klub tragen konnte. So entstand der Smoking, den die englischen Adligen sehr schnell übernahmen. Wie verwegen in der damaligen Zeit, dieselben Farben zu tragen wie die Dienstboten! Schon bald schwappte diese Pinguinmode über den Atlantik. Ende des neunzehnten Jahrhunderts trugen die New Yorker scharenweise Smoking, und er wurde zur männlichen Standardbekleidung bei festlichen Abendveranstaltungen und Wohltätigkeitsgalas. Noch heute ist er für Männer auf den Stufen des Festivals von Cannes obligatorisch. Und denken Sie nur an James Bond, den Inbegriff männlicher Eleganz: nicht ein Film, in dem er nicht seinen berühmten Smoking trägt. Denken Sie an unsere großen Couturiers, die für die Mode stehen wie kaum jemand sonst. Von Karl Lagerfeld über Chantal Thomass bis hin zu Marc

Jacobs – sie alle tragen Schwarz oder Schwarz-Weiß. Sogar Jean Paul Gaultier hat seinen blau-weißen Ringelpulli gegen einen schwarzen Anzug und schwarze Krawatten eingetauscht.

Und was ist mit den Frauen? Nach dem Ersten Weltkrieg trugen viele von ihnen Schwarz als Zeichen der Trauer um ihren Mann. Doch in der Damenmode herrschten weiterhin die farbenfrohen Garderoben eines Paul Poiret vor. Bis zu dem Tag, als Coco Chanel ihr berühmtes »kleines Schwarzes« entwarf, das 1926 die Titelseite der Vogue *zierte. Natürlich löste diese Farbe einen Skandal aus. Aber sie traf auch den Geschmack der Damen, die in den Goldenen Zwanzigern nach Unabhängigkeit strebten. Später waren etwa Audrey Hepburn und Catherine Deneuve die schönsten Botschafterinnen des kleinen Schwarzen. Für Karl Lagerfeld bildet es immer noch »die Grundlage der Grundlage allen Stils«.*

Hinzu kommt der Einfluss diverser Phänomene aus der Popkultur auf die Kleiderschränke beider Geschlechter: die schwarzen Lederjacken der Biker auf ihrer Harley-Davidson oder die Sex Pistols mit ihrem demonstrativen »No Future«. Könnte es sein, meine lieben Hörerinnen und Hörer, dass unsere Gesellschaft für die Zukunft schwarzsieht?

Und mit dieser Frage verabschiede ich mich bis zur nächsten Woche.

Sylvie, die Producerin, berührt Charlotte an der Schulter, um ihr zu signalisieren, dass das Mikrofon ausgeschaltet wurde.

»Schwarz steht für ›No Future‹?«, wiederholt sie. »Das ist ja grauenvoll!«

»Wenn diese Drohung dazu beiträgt, dass sich die Leute ein wenig farbenfroher kleiden, hätte ich mein Ziel erreicht«, entgegnet Charlotte und schaltet ihren BlackBerry wieder ein.

Sylvie ist exakt dreißig Jahre alt. So hat sie es vor gut fünfzehn Jahren beschlossen, und seitdem überlässt sie es Botox-Injektionen, die Zeit stillstehen zu lassen. Eines Tages hat Charlotte sie um die Erlaubnis gebeten, ihr Gesicht zu berühren, doch als sie die Finger an ihre Wange legte, musste sie sich zusammenreißen, um nicht zurückzuschrecken. Trotz der regelmäßigen Züge erschien ihr dieses Gesicht unter seiner dicken Make-up-Schicht unförmig.

»Du bist wunderschön«, log sie, um Sylvie nicht zu verletzen.

Mithilfe der Sprachausgabe dauert es nicht lange, bis auf dem Bildschirm von Charlottes BlackBerry die Fotos auftauchen, die sie tags zuvor im Vorbeigehen aufgenommen hat. Die meisten zeigen nur unscharfe Ausschnitte, aber auf einem von ihnen sieht man ganz deutlich Arthur mit einem Bier in der Hand.

»Die Bilder habe ich von meinem Fenster aus gemacht. Was erkennst du darauf?«

»Einen Nachbarn, der dich mit Blicken verschlingt.«

»Wie sieht er aus?«

»Wie ein verruchter Lüstling«, antwortet die Producerin mit einem Funkeln in den himmelblauen Augen. »Eine andere Nachbarin, die nicht von ihm begafft werden wollte, muss ihm schon ein paar auf die Nase gegeben haben. Umwerfend sexy…«

Charlotte schäumt vor Wut.

»Ich wusste doch, dass da jemand war.«

»Du hast Augen im Hinterkopf, und mit denen siehst du besser als wir alle.«

»Nicht besser als jeder andere, der auf seine Intuition hört«, sagt sie und rückt ihre apfelgrüne Brille zurecht.

Dass Charlotte Da Fonseca zu einer der renommiertesten Expertinnen für Farben geworden ist, war anfangs reine Provokation. Während ihres Studiums der Neurowissenschaften erkundigte sich ihr zukünftiger Doktorvater, den sie nicht ausstehen konnte, eines Tages, welches Forschungsthema sie für ihre Doktorarbeit wählen wolle, und ohne zu zögern, antwortete sie: »Farben.«

»Sie belieben zu scherzen?«, entgegnete der Professor verwundert.

»Wieso denn?«, versetzte sie mit einer Stimme, die ebenso sanft war wie ihr Lächeln. »Sie wissen genauso gut wie ich, dass Farbe nur Illusion ist. Dass sie nur existiert, wenn man sie betrachtet, wie es bei Michel Pastoureau heißt. Keine zwei Menschen auf der Welt sehen exakt dieselben Farben. Ich persönlich gehe dieser Illusion nicht auf den Leim. Ich habe also das Glück, über eine gewisse Distanz zu meinem Thema zu verfügen, die Ihnen fehlt.«

Das war der Moment, in dem der Professor sie endlich als die brillante Studentin wahrnahm, die sie war, und nicht länger nur als eine bildhübsche Blinde, die mit ihrem Hund durch die Flure lief. Er förderte und ermutigte sie mehr als jeden anderen Studenten. Drei Jahre später bekam Charlotte gleich eine Stelle als Forschungsbeauftragte erster Klasse am nationalen Grundlagenforschungszentrum CNRS. Ein paar Monate danach hörte Mehdi Tocque, der Chefredakteur von France Inter, von ihrem ungewöhnlichen Werdegang und wollte sie anwerben. Er hatte eine regelmäßige Kolumne im Sinn, in der die neuesten wissenschaftlichen Erkenntnisse über Farben mit einigen jener historischen Anekdoten gewürzt präsentiert wurden, von denen das breite Publikum nie genug bekommt. Charlotte knüpfte ihre Zusage an eine Bedingung: Ihre Behinderung durfte vom Sender nicht zu Werbezwecken genutzt werden. Sie vereinbarten einen Probemonat, nach dessen Ablauf sich ihre Kolumne als eine der am häufigsten heruntergeladenen Sendungen erwies.

Nach der Geburt ihrer Tochter ließ sich Charlotte vom CNRS beurlauben, um so viel Zeit wie möglich für sie zu haben. Dank ihrer medialen Bekanntheit konnte sie in zahlreichen Zeitschriften Artikel veröffentlichen und so bequem ihren Lebensunterhalt verdienen, obwohl sie Einladungen zu Vorträgen oder ins Fernsehen stets ablehnte. Sie wollte nicht, dass sich das Interesse auf ihre Blindheit konzentrierte statt auf die wissenschaftlichen Fortschritte auf dem Gebiet der Farbwahrnehmung.

Und so wissen nur die Angestellten des Senders und Charlottes engstes Umfeld, dass die Stimme, die den Hörern beispielsweise erklärt, dass Blau, anders, als wir es empfinden, vom rein physikalischen Standpunkt aus betrachtet eine wärmere Farbe ist als Rot, einer Frau gehört, die weder Rot noch Blau jemals gesehen hat.

Wie an jedem Morgen um Punkt acht Uhr richtet sich Adrien Cluzel vor der spiegelnden Vitrine mit der vollständigen, chronologisch geordneten Sammlung aller Buntstiftserien der Firma Cluzel das Haar. Sorgsam legt er die rotbraune Strähne, die über seinem linken Ohr entspringt, quer über seinen Schädel, sodass ihre fransigen Enden dicht über dem rechten Ohr zu liegen kommen. Dabei hält er verzweifelt nach weißen Haaren Ausschau, die zumindest den Vorteil haben, dass sie nicht so schnell ausfallen. Bei all meinen Sorgen könnte ich doch wenigstens ein paar davon haben, sagt er sich. Aber nein, nicht ein einziges. Cluzels Haare sind alle pigmentiert und können es kaum erwarten, endlich auszufallen, genau wie das Herbstlaub, dessen Farbe sie tragen. Sieben von ihnen zählt er heute in seinem Kamm. Vor dem Fenster erstrahlen die Bäume im herrlichsten Orangerot.

Er rückt seine breite aquamarinblau-weiß gestreifte Krawatte zurecht und verlässt das verglaste Büro hoch über der kleinen Arbeitshalle.

Vier Generationen von Kindern haben mit Buntstiften der Firma Gaston Cluzel das Malen gelernt. Vier Generationen, bis auf die letzte, die lieber auf dem iPad malt oder deren Eltern zu billigen, in China gefertigten Buntstiften greifen.

Ich fühle mich wie auf dem Weg zum Schafott, denkt er, während er die kobaltblauen Treppenstufen hinuntergeht. In den Händen einen großen braunen Umschlag für jeden seiner Angestellten.

»Mitarbeiterversammlung!«, brüllt er.

Vor dem halben Dutzend Menschen, die in der Maschinenhalle stehen, senkt er die Stimme.

»Ich habe Sie alle zusammengerufen, um Ihnen etwas kundzutun, was Ihnen seit Längerem schwanen dürfte.«

Jedem hier schwant vor allem, dass Cluzel seine Sätze gern mit aufgeblasenen Wörtern spickt, um allen zu zeigen, wer der Chef ist.

»Sie wissen, dass ich im Hinblick auf ein Betriebssanierungsverfahren, das im kommenden Jahr fällig werden würde, alles Menschenmögliche versucht habe, um unseren Untergang abzuwenden, obwohl dazu beileibe niemand verpflichtet ist.«

»Das klingt nicht gut«, übersetzt Arthur leise.

»Klappe, Picasso! Und schalten Sie endlich dieses Radio aus! Wo war ich stehen geblieben ... Äh ... ja! Sie hatten Sorge, wir könnten von einem skrupellosen internationalen Konzern übernommen werden. Nun, das wird nicht passieren!«, sagt er in halb triumphierendem, halb resigniertem Ton. »Technisch gesehen befinden wir uns seit gestern im Zustand der Geschäftsaufgabe«, fügt er leiser hinzu.

Cluzel lässt zu, dass seine rebellische Haarsträhne herunterrutscht und seine aus Angst vor der finsteren Zukunft geröteten Augen verbirgt. Mit ihm endet das Abenteuer Gaston Cluzel, aber seine Erziehung zwingt ihn dazu, auch weiterhin als Chef aufzutreten. Außerdem hat er ein schmuckes Herrenhaus in Cabourg und ein Chalet in den Bergen geerbt, was ein wenig Farbe in das trübe Grau seines vorgezogenen Ruhestands bringen dürfte. Wortlos verteilt er die braunen Umschläge.

»Wir produzieren alles, was wir noch produzieren können, und dann stellen wir den Betrieb ein«, sagt er und kehrt in seinen gläsernen Ausguck zurück.

Eilmeldung auf lemonde.fr

Aktuell sind über die Hälfte aller weltweit verkauften Autos weiß.

Charlotte war todtraurig, als sie vor sieben Jahren ihren Labrador Caramel verlor. Die neun französischen Blindenhundeschulen werden mit Anfragen überhäuft, die sie nicht alle erfüllen können, weil es ihnen sowohl an ausreichend Spenden als auch an Familien mangelt, die die Welpen während der Zeit ihrer Ausbildung aufnehmen. Sie wusste, dass sie mehrere Jahre auf einen neuen Hund würde warten müssen. Aber sie liebte ihren treuen Gefährten so sehr, dass ihr das gleichgültig war. Um angemessen um ihn zu trauern, hatte sie beschlossen, allein nach New York zu fliegen und dort Silvester zu feiern.

Charlotte fühlte sich durch ihre Behinderung nicht sonderlich eingeschränkt. Natürlich fehlte ihr ein Sinn, aber dafür waren die vier anderen derart geschärft, dass ihr größtes Problem in den leicht mitleidigen Blicken der »Sehenden« bestand, denen sie begegnete. Wenn jemand sie als »Nichtsehende« bezeichnete, korrigierte sie ihn und erklärte, sie ziehe den Begriff »blind« vor, da der Euphemismus ihrer Ansicht nach lediglich die Verlegenheit ihres Gegenübers zum Ausdruck brachte. Charlotte kam sehr gut zurecht.

Umringt von Tausenden von Menschen hatte sie auf dem Times Square ganz bewusst ihren weißen Stock zusammengefaltet und ihn in ihrer Umhängetasche versteckt. Es herrschte eine heitere, fröhliche, sorglose Stimmung. Um Mitternacht erschallten ringsum Neujahrswünsche in den unterschiedlichsten Sprachen. Ein junger Mann um die zwanzig, dem Klang seiner Stimme nach zu urteilen, hatte ihr mit dem Akzent der Bronx ein »*Happy new year*« zugerufen. Sie hatte es erwidert, um ins Gespräch zu kommen, Bekanntschaft zu schließen, aber da war er auch schon wieder fort, wünschte sein frohes neues Jahr jedem, der ihm über den Weg lief. Er war nicht der Einzige. Tiefe, hohe, junge und alte Stimmen, sie alle wiederholten das gleiche »*Happy new year*«. Charlotte hatte lange von diesem Moment geträumt. Und doch bereitete ihr diese Kakofonie Unbehagen. Sie erinnerte sie an Musiker, die vor einem Konzert ihre Instrumente stimmen. Es klang falsch. Es kippte ins Lächerliche. Die zahllosen Wünsche verschmolzen zu einem Tinnitus, der ihre Ohren quälte. Es war zehn nach zwölf. Je dichter die Menge wurde, desto einsamer fühlte sie sich. Die schlimmste aller Einsamkeiten, jene, die man inmitten anderer Menschen empfindet. Sie weigerte sich, diese Papageien nachzuäffen. Sie wollte weg. Zurück in ihr Hotel. Sie klappte ihren Stock auf und entfernte sich mit entschlossenen Schritten, wobei sie mit der weißen Gummispitze ihres Stocks an den Schuhen der mehr oder weniger angetrunkenen Feiernden entlangstrich. Bald stand sie in einer ruhigeren Straße. Das Klopfen ihres Herzens verlangsamte sich. Je gedämpfter der Lärm zu ihr herüberklang, umso mehr entspannte sie sich.

Quietschende Bremsen. Eine Stimme mit starkem indischem Akzent sprach sie durch ein offenes Autofenster an.

»*Need a cab?*«

Sie erkannte den Duft des Parfüms wieder: *Eau sauvage*. Aus dem Wageninneren drangen Fetzen brasilianischer Musik. Ein New Yorker Taxifahrer, wahrscheinlich indischer Herkunft, der Bossa nova hörte und ein französisches Parfüm trug. Genau das suchte sie auf Reisen: unerwartete Erlebnisse.

»*Yes*«, hatte sie lediglich geantwortet und mühelos den Türgriff gepackt.

Sie fühlte sich wohl, gewiegt von dieser sehnsuchtsvollen Musik. Die auf Hochtouren laufende Heizung bildete einen wohligen Kontrast zu der Kälte da draußen. Sie hätte nirgendwo anders sein wollen als dort, in diesem Taxi.

»*Where do you want to go?*«, fragte der Fahrer mit einer Stimme, die in Charlottes ganzem Körper widerhallte.

»*Into your arms*«, hörte sie sich spontan antworten.

Auf dem Rücksitz des Taxis umrundeten sie die ganze Welt mit mehreren Abstechern in den siebten Himmel. Neun Monate später wurde Louise geboren. Charlotte kannte nicht einmal den Vornamen des Vaters. Dank der gelb-schwarzen Karte, die sie stets in ihrer Handtasche aufbewahrte, wusste sie, dass er A. Goulamali hieß. A wie Abha, das Licht? Vielleicht Abhra, die Wolke? Oder Arvind, der rote Lotos?

Sie hatte sich vorgenommen, eines Tages Kontakt mit dem Erzeuger ihrer Tochter aufzunehmen. Neugier? Wunschtraum? Dankbarkeit? Ein schlechtes Gewissen, weil sie ihm ohne sein Einverständnis ein besonders wackeres Spermium »gestohlen« hatte? Im Grunde ihres Herzens hat sie immer gewusst, dass Louise ihr eines Tages DIE Frage stellen wird. Daran führt kein Weg vorbei. Und bislang hat Charlotte noch nicht entschieden, wie ihre Antwort dann lauten wird. Soll sie ihr die Wahrheit sagen, auch auf die Gefahr hin, für Unruhe in einer New Yorker Familie zu sorgen, falls Louise ihn kennenlernen möchte? Oder soll sie sie anlügen und behaupten, sie wisse nicht, wer ihr Vater sei?

Sylvie bemerkt den Reisepass, der aus Charlottes Handtasche hervorlugt.

»Passt dein Vater auf Louise auf?«

»Ja, er zieht für ein paar Tage in unsere Wohnung.«

»Du bist ein Glückspilz! Ich möchte auch so gern mal nach New York.«

»Ich muss gestehen, ich habe einen kleinen Kloß im Magen.«

»Wann triffst du denn deinen hübschen Inder?«

»Ich lande morgen früh bei Tagesanbruch. Er holt mich am Flughafen ab.«

»Weiß er, wer du bist?«

»Natürlich nicht! Ich habe wie eine x-beliebige Kundin angerufen und ein Taxi bestellt.«

»Hast du ein Hotel gebucht, oder schläfst du in seinem Wagen?«, neckt Sylvie sie.

»Ich hasse dich!«, sagt Charlotte und kneift ihre Producerin in den Arm. »Ich weiß nicht, ob ich nächste Woche zurückkomme!«

»Mir doch egal! Wir haben noch ein Dutzend Kolumnen von dir auf Vorrat. Autsch! Mein Arm!«

Obwohl Arthur mit dieser Entwicklung gerechnet hat, ist er wie vor den Kopf gestoßen. Er betrachtet den Umschlag, den er neben das alte Radio gelegt hat, und wagt nicht, ihn zu öffnen. Stattdessen dreht er die Lautstärke voll auf und geht zu den Bottichen am Anfang der Fertigungsstraße, in denen die Inhaltsstoffe der Minen zusammengemischt werden. Für jede Farbe gibt es einen eigenen. In diesen vierundzwanzig hundert Jahre alten bauchigen Kupferkesseln köcheln ihre letzten Vorräte an Füllstoffen, Gummiharzen und Wachs. Es fehlen nur noch die Pigmente, die erst am Ende des Vorgangs hinzugefügt werden.

Nach einem prüfenden Blick in die Regale, wo nur noch ein paar Zedernholzbrettchen liegen, kommt Arthur zu dem Schluss, dass sie höchstens noch knapp tausend Buntstifte produzieren können. Allerdings ist noch eine große Menge an Farbpigmenten übrig, die, in durchsichtige Zellophanfolie verpackt, in der Farbfolge des Regenbogens geordnet daliegen.

Sie sind das Wichtigste überhaupt bei der Herstellung eines Buntstifts. Um Geld zu sparen, hat Cluzel sie angewiesen, den Pigmentgehalt ein wenig zu reduzieren. Das hat sich in der Qualität der Stifte bemerkbar gemacht. Man muss jetzt beim Malen etwas häufiger mit dem Stift hin- und herfahren, aber niemand hat sich darüber beschwert.

Arthur wartet, bis das siedende Wasser in den Bottichen verdampft ist, und als ihm die Konsistenz der Masse perfekt erscheint, schüttet er die von Cluzel festgelegte Menge, nämlich siebenhundertfünfzig Gramm Pigment, in den ersten Kessel. Doch dann überlegt er es sich anders und beschließt kurzerhand, den gesamten verbliebenen Vorrat an gelbem Pigment hineinzugeben. Insgesamt zwölf Kilo. Eine mehr als fünfzehnmal höhere Dosis als von diesem Geizhals Cluzel vorgegeben! So sind die letzten Buntstifte zumindest von guter Qualität, denkt sich Arthur, der seiner Arbeit gern einen glanzvollen Abschluss verleihen möchte.

Genauso verfährt er auch bei den dreiundzwanzig anderen Farben.

Arthur kippt den Inhalt des ersten Kessels in die Fertigungsstraße. Die in diesem Stadium noch weißliche Masse fällt in den Zerkleinerer, wird anschließend wieder zu einem Block geformt und zu guter Letzt durch eine Matrize mit dem entsprechenden Durchmesser gepresst.

Dort kommt die Masse in Gestalt eines endlosen Minenstrangs wieder heraus, läuft über ein Förderband und wird in ein chemisches Wachsbad getaucht, das die Farben hervorbringt. Wie wird die Mine mit einem derart hohen Pigmentgehalt aussehen? Die Frage bereitet Arthur ein wenig Sorge, und er wundert sich darüber, dass sich jetzt, wo es zu spät ist, ein solches Berufsethos in ihm regt. Ganz allmählich verfärbt sich die Mine, nimmt erst die Farbe ungebleichter Wolle an, dann die von Elfenbein, Eierschale, Schwefel, Narzisse, bis sie schließlich in einem leuchtenden Primärgelb erstrahlt. Die gut zehn Meter lange Mine verfügt über eine unglaubliche Sättigung. Das gleiche Wunder vollzieht sich auch bei allen anderen Minen. Die Intensität der blauen übertrifft Ultramarin. Rot, Rosa, Gelb, Orange, Violett … jede Farbe verfügt über eine schier bodenlose Tiefe.

Arthur folgt der voll automatisierten Fertigung. Die Minen werden in achtzehn Zentimeter lange Stücke geschnitten, bevor sie einzeln in Brettchen aus kalifornischem Zedernholz gleiten, die zuvor der Länge nach mit Rillen versehen und mit Leim bestrichen wurden. Jede Mine findet ihren Platz in einer Vertiefung. Ein zweites Holzbrettchen wird darübergeklebt und bedeckt sie wie der Deckel eines Sarkophags.

Ein Stück weiter fräst eine Maschine das Ganze in eine sechseckige Form und spitzt die Mine. Schlussendlich wird noch das Firmenlogo von Gaston Cluzel aufgedruckt, bevor die fertigen Stifte in eine Wanne fallen. Am Ende der Produktion kontrolliert Solange jeden einzelnen Stift und sortiert sie in einer genau vorgegebenen Reihenfolge in die Metalldosen. Die Gesten der ältesten Mitarbeiterin der Fabrik sind gewissenhaft und präzise, aber ein wenig langsamer als sonst. Wie jeden Tag atmet sie den Holzduft ein, der sich mit den chemischen Ausdünstungen der Farbstoffe verbindet. Als sie vor dreißig Jahren zum ersten Mal die Fabrik betrat, fand sie den Geruch unangenehm. Doch mittlerweile ist er ihre Droge. Solange fragt sich, ob sie es schaffen wird, darauf zu verzichten. An den Wochenenden vermisst sie diesen Geruch. Sein Fehlen führt ihr ihre Einsamkeit vor Augen. Solange ist über sechzig, auch wenn man es ihr nicht ansieht, weder hübsch noch hässlich und mittelgroß. Mit ihrem zurückhaltenden Geschmack und ihrer leisen Stimme wirkt sie ein wenig farblos. Man muss sich nach ihr umschauen, um zu wissen, ob sie da ist. Nur heute nicht, wo jeder ihrer Atemzüge von einem lang gezogenen Seufzen begleitet ist. Arthur fällt nichts Besseres ein, um sie zu trösten, als ihr in regelmäßigen Abständen ein Papiertaschentuch zu reichen.

Ajay steigt in sein Taxi und startet den Checker Marathon von 1982, eines der letzten Fahrzeuge dieses Typs, die in Kalamazoo, Michigan, hergestellt wurden. Achthundert Umdrehungen pro Minute. Er lässt den Motor schnurren, schließt die mandelförmigen Augen und sieht hinter seinen Lidern einen violetten Fleck, der im Takt des Motors aufleuchtet. In seinem friedlichen Gesicht heben sich kaum merklich die Mundwinkel. Er fühlt sich wohl. Der Motor läuft warm. Achthundertfünfzig Umdrehungen pro Minute. Der Fleck leuchtet mittlerweile dauerhaft und nimmt nach und nach eine purpurne Färbung an. Mit geschlossenen Augen vergewissert sich Ajay, dass kein Gang eingelegt ist, und drückt das Gaspedal ein klein wenig fester. Tausend Umdrehungen pro Minute. Sofort wechselt der inzwischen braune Fleck zu Orange. Die gleiche Farbe wie seine eigene Stimme. Ajay gibt noch mehr Gas. Parallel dazu wandelt sich die Farbe und durchläuft beinahe das gesamte Spektrum. Bei viertausend Umdrehungen pro Minute ist der Fleck stahlblau. Ajay hat nie gewagt, über das Anisgrün im Bereich von fünftausend Umdrehungen pro Minute hinauszugehen, um seinen alten Motor nicht allzu sehr zu beanspruchen. Er vermutet, dass er Gelb sähe, wenn er das Gaspedal ganz durchdrückt. Aber dazu braucht er nur die Augen zu öffnen und die Karosserie seines Wagens zu betrachten.

Ajay hat als Teenager entdeckt, dass er über die besondere Gabe der Synästhesie verfügt. Genauer gesagt an dem Tag, als ihm klar wurde, dass die anderen nicht darüber verfügten. Nur vier Prozent aller Menschen sind von diesem neurologischen Phänomen betroffen, das mehrere Sinne miteinander in Beziehung setzt. Manche Formen von Synästhesie verknüpfen Buchstaben mit bestimmten Farben, andere Zahlen und wieder andere die Monate des Jahres. Man zählt über fünfhundert verschiedene Ausprägungen. Bei Ajay sind spezielle Geräusche mit Farben verbunden. In diesem Fall spricht man von Synopsie. Musiker wie der Pianist Michel Petrucciani oder der Komponist Alexander Skrjabin waren Synästheten. Ajay hat keine Erklärung dafür. Und die Wissenschaft genauso wenig. Vergeblich haben Mathematiker versucht, eine Beziehung zwischen der Wellenlänge der Farben und der Töne zu finden. Und auch die Neurowissenschaften sind ratlos.

Vor etwa zwanzig Jahren verbrachte der junge Ajay die Ferien in New York. Seine Eltern stammten aus Delhi, und als Angehörige einer wohlhabenden Schicht gönnten sie sich jedes Jahr eine schöne Reise. Ajays Vater und seine Mutter waren begeistert von den Wolkenkratzern in Manhattan. Er vom Motorenklang der alten Taxis. Kein Geräusch hatte je so schöne, so kräftige, so satte Farben in ihm heraufbeschworen. Sein Entschluss stand fest. Dieser Sohn reicher Eltern, dieser ferne Spross einer Dynastie von Maharadschas, würde Taxifahrer in New York werden. Die Vorstellung belustigte seine Eltern so lange, bis sie erkannten, dass er es ernst meinte. Und da machten auch sie Ernst. Sie verstießen ihn und gaben ihm lediglich genug Geld, um ein Flugticket, ein Auto und die Taxilizenz zu bezahlen.

Die harsche Reaktion seiner Eltern lag sicher in dem Umstand begründet, dass seine Familie zur Kriegerkaste der Kshatriyas gehört. Dass ihr Sohn sich so weit erniedrigte, einen

Beruf auszuüben, der den Sikhs vorbehalten ist, war für sie einfach nicht akzeptabel.

Doch Ajay ist das einerlei. Der schlanke, hoch aufgeschossene Achtundzwanzigjährige ist mit seinem Schicksal zufrieden. Sein Reichtum besteht aus Millionen von Farben. Das Einzige, was er von seinen Eltern geerbt hat, ist die Freude am Reisen. Jedes Jahr packt er seine Koffer und sucht für eine Woche das Weite, um auf der ganzen Welt neue Farben zu sehen und zu hören.

Widerstrebend öffnet Ajay die Augen. Er muss wohl oder übel an die Arbeit. Seit drei Tagen ist er ein wenig durcheinander. Eine Kundin hat ihn angerufen, um sein Taxi zu bestellen. Die Farbe ihrer Stimme war genau dieselbe wie die einer Blinden, der er vor Jahren in der Silvesternacht begegnet ist. Eine Farbe, die er nicht so schnell wieder vergessen würde. Ein leicht ins Rosa spielendes Parmaviolett, das er vor sich sieht, wenn der Drehzahlmesser seines Wagens exakt eintausendsechshundertfünfzig Umdrehungen pro Minute anzeigt. Er soll diese Kundin nachher am Flughafen abholen.

Arthur sieht, wie Cluzel eine düstere Gestalt durch das Fabrikgebäude führt. Ein Käufer?

»Das ist die voll automatisierte Fertigungsstraße, in der die Buntstifte hergestellt werden«, erklärt er dem Unbekannten, für den Fall, dass dieser unter eingeschränkter Wahrnehmung leiden sollte.

Cluzel beugt sich über Solanges Schulter und greift eine Handvoll Stifte aus der Wanne heraus. Verwundert bemerkt er die intensive Färbung der Minen, mustert sie aufmerksam, sagt jedoch nichts.

Ein Kurierfahrer mit Doppelkinn und mächtigem Bauch betritt die Fabrikhalle, auf dem Kopf einen Helm mit Vespa-Logo. Als er das Visier hochklappt, erkennt Arthur Momo, einen seiner Saufkumpane aus der Kneipe, der ein Paket abliefert. Er winkt ihm kurz zu, und Momo erwidert den Gruß, ohne jedoch seinen maisgelben Helm abzunehmen. Wie Momo, der schon morgens beim Frühstück ein Glas Weißwein intus hat, ohne Unfall durch den Tag kommt, ist Arthur ein Rätsel. Es grenzt ja schon an ein Wunder, dass die opal schimmernde Vespa überhaupt sein Gewicht aushält. Cluzel geht ihm entgegen, und Momo reicht ihm einen Kugelschreiber, um damit den Beleg zu unterschreiben, doch der Kuli funktioniert nicht. Cluzel wählt ein primärrotes Exemplar seiner eigenen Stifte.

»Behalten Sie ihn«, sagt er zu Momo, nachdem er seinen Namen auf die Empfangsbestätigung gekritzelt hat. »Die schreiben immer.«

Arthur schaut seinem Kumpel nach, als dieser mit schwerem Schritt die Fabrik verlässt. Und so sieht er nicht, wie auf dem Förderband vor ihm langsam ein letzter gelber Buntstift vorbeiläuft, dessen Leuchten an die mit Goldstücken gefüllten Truhen in den Zeichentrickfilmen von Walt Disney erinnert. Er sieht nicht, wie er sich entfernt und in die riesige Wanne vor Solange fällt. Der letzte in der Fabrik Gaston Cluzel hergestellte gelbe Buntstift.

Kapitel 2

In dem das Gelb auf Abwege gerät

»*Yellow! Yellow? Yellow …*«, wiederholt Ajay in sämtlichen Tonlagen, während er wie versteinert mit einem Putzlappen in der Hand vor seinem Taxi steht. Er hat gerade einen Fahrgast in Brooklyn abgesetzt und anschließend kurz bei McDonald's angehalten, um einen Tee zu trinken, den er wie jedes Mal *disgusting* fand. Und wie jedes Mal erfüllt ihn die Gewissheit, dass der Tee in seinem Heimatland besser schmeckt, mit einem übertriebenen Hochgefühl. Als Ajay das Schnellrestaurant verlässt, findet er im milchweißen Licht der Straßenlaternen sein Auto nicht mehr. Er rennt zur Parkplatzeinfahrt, weit und breit nichts zu sehen. Man hat ihm seine fahrende Existenzgrundlage gestohlen. Dort, wo er sie abgestellt zu haben glaubte, steht jetzt ein hellgraues Fahrzeug. Das gleiche Modell Checker Marathon, die gleiche zweiseitige Werbetafel auf dem Dach, die gleiche Holzkugel-Sitzauflage zum Massieren der Lendenwirbel, das gleiche Porträt von Ganesha am Armaturenbrett, halb verdeckt durch das Foto seiner Mutter … »Na? Verstehst du es immer noch nicht?«, scheint das verschmitzte Lächeln der schönen, vornehmen Inderin zu sagen.

Und plötzlich versteht er. Es ist tatsächlich sein Taxi, aber es hat jetzt eine andere Farbe. Es ist grau geworden. Sofort schießt Ajay eine mögliche Erklärung durch den Kopf: versteckte Kamera. Jemand spielt ihm gerade einen tollen Streich, er kommt ins Fernsehen. Ajay schaut sich nach den Kameras um, aber da sind keine. Er sieht zwar, dass das M im McDonald's-Logo ebenfalls seine Farbe verloren hat, aber er hat keine Zeit, sich darüber Gedanken zu machen. Verzweifelt holt er einen Lappen aus dem Kofferraum und reibt damit über die Karosserie, doch wie sehr er sich auch bemüht, der Lack bleibt beharrlich farblos. Mehr als fünf Minuten murmelt er immer wieder »*Yellow*« vor sich hin. Schließlich steigt er in den Wagen und rollt mit zehn Meilen pro Stunde vom Parkplatz, zu einem höheren Tempo ist er nicht in der Lage. Dann gibt er Vollgas, bleibt jedoch im ersten Gang, um die Drehzahl hochzujagen. Der alte Motor protestiert lautstark gegen diese abrupte Misshandlung. Mit sechzig Meilen pro Stunde fährt Ajay über die Autobahn Richtung JFK. Der Motor läuft mit fünftausend Umdrehungen pro Minute. Er schließt die Augen und sieht den anisgrünen Fleck. Sein Fuß drückt das Gaspedal durch, sechstausend Umdrehungen pro Minute. Der Motor heult vor Zorn. Und Ajay genauso: Der Fleck ist kaki geworden. Er öffnet die Augen und tritt gerade noch rechtzeitig auf die Bremse, um nicht auf das Auto direkt vor ihm aufzufahren. »*Yellow*«, schimpft er noch einmal und hält an einem Parkplatz.

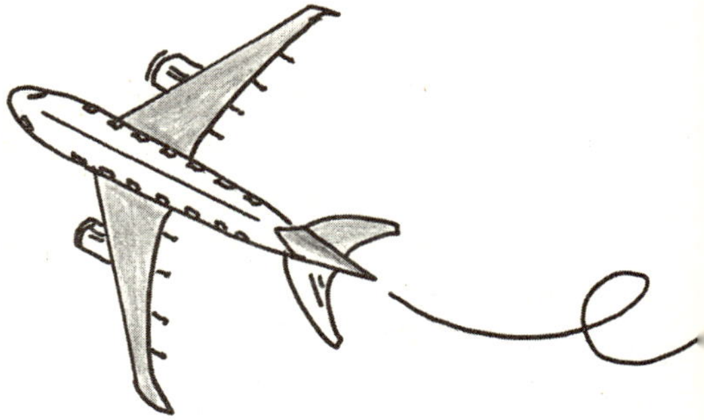

Zur selben Zeit steigt Pierrette Sounillac, Sterneköchin im Ruhestand, mit einer Kiste voller Grapefruits, die sie im Morgengrauen auf dem Großmarkt in Rungis gekauft hat, aus ihrem Citroën-2CV-Lieferwagen. Das Obst hat eine schmutzig hellbeige Farbe. Schimpfend nimmt sie sich vor, sich das Geld für die Ware wiedergeben zu lassen.

Zur selben Zeit schüttelt Dave Mahé, Geschäftsführer Frankreich bei 3M, eine weiße Pille namens Lexomil aus dem babyblau-anisgrünen Röhrchen in seine Hand. Er schluckt sie nervös, als er feststellt, dass die eintausendachthundert Tonnen gelber Post-its in ihrem Lager in Saint-Ouen-l'Aumône sich allesamt grau verfärbt haben.

Zur selben Zeit verpasst Gilbert seiner Frau ein blaues Auge. Die Spiegeleier, die sie ihm zum Mittagessen gemacht hat, sehen aus wie die angebrüteten Eier, die sie sich in ihrer Heimat China schmecken lässt.

Zur selben Zeit landet ein Flugzeug der Air France auf dem New Yorker Flughafen JFK. Charlotte schaltet ihr Handy ein, das gleich darauf zweimal vibriert, um ihr eine Eilmeldung anzukündigen.

Eilmeldung auf lemonde.fr

»Die Farbe Gelb ist verschwunden«,
verkündet eine blecherne Stimme.

Zur selben Zeit schreit ein paar Meter vor ihr ein Passagier entsetzt auf: »Schatz, deine Haare sind ja ganz grau!«

Ängstlich tönt das Wort *yellow* aus den Mündern aller Passagiere. Charlotte kramt in ihrer Handtasche nach dem Schlüsselbund, an dem ein kleiner gelber Plüschkanarienvogel hängt. Ihre Tochter hat ihn für sie in einem Geschenkladen ausgesucht. Sie nimmt ihn aus der Tasche und streichelt ihn aufmerksam. Er fühlt sich flauschig an. Die synthetische Zusammensetzung verleiht ihm eine leicht seidige Textur. Für mich ist es immer noch derselbe Kanarienvogel, schlussfolgert Charlotte.

Sie sucht ihre Sachen zusammen und faltet ihren weißen Stock auseinander. Während sie der allgemeinen Bewegung nach draußen folgt, versucht sie zu begreifen, was vor sich geht.

Charlottes Handy vibriert.

»Puh, da bist du ja endlich!«, hört sie Sylvies panische Stimme. »Hast du es schon gehört? Das Gelb ist verschwunden!«

»Was soll das heißen, verschwunden?«

»Alles, was vorher gelb war, ist jetzt grau.«

»Das ist unmöglich!«

»In der Redaktion herrscht Panik. Du gehst gleich live auf Sendung.«

»Aber ich habe nicht die geringste logische Erklärung dafür!«

»Du hast doch bestimmt noch eine hübsche Geschichte über das Gelb in petto?«

»Nein.«

»Ich bin mir sicher, dir fällt etwas ein! In vier Minuten geht's los.«

Charlotte tastet nach einem freien Sitz und setzt sich wieder hin. Der Sitz ist viel breiter. Wahrscheinlich ist sie in der ersten Klasse.

»Ist alles in Ordnung, Madame?«, fragt eine weibliche Stimme.

»Nein! Äh … ein Glas Wasser, bitte«, sagt sie, um die Stewardess loszuwerden.

Sie spürt, wie Schweißtropfen aus allen Poren ihres Körpers zu fliehen versuchen. Feiglinge, die das sinkende Schiff verlassen. Charlotte atmet tief ein und aus. Langsam atmen, um wieder klar denken zu können. Und beim Einatmen kommt ihr plötzlich die Inspiration!

Sie schneidet ein paar Grimassen als Aufwärmübungen für die Kiefer, die ihr dabei helfen werden, deutlicher zu artikulieren.

Aus dem Handy tönt die Erkennungsmelodie ihrer Kolumne.

Charlotte füllt ihre Lungen mit frischer Luft und verzieht die Lippen zu einem Lächeln.

Panik in der Wissenschaftswelt. Die Farbe Gelb soll verschwunden sein. Noch gibt es dafür keine rationale Erklärung. Aber vielleicht war sie ja gekränkt, weil sie in vielen Zivilisationen als die am wenigsten schöne Farbe gilt. Nein, wer gelb vor Neid ist, sieht nicht gut aus. Außerdem ist Gelb die Farbe gehörnter Ehemänner und der Kleidung des Judas. Und auch die Nationalsozialisten haben diese Farbe ganz bewusst für den Judenstern ausgewählt.

Dabei gibt es durchaus Menschen, die Gelb sehr schön finden, ein gewisser John Hertz beispielsweise. Vor genau einem Jahrhundert legte diese Farbe den Grundstein zu seinem Erfolg. John Hertz leitete Anfang des zwanzigsten Jahrhunderts die Taxigesellschaft von Chicago, deren Wagen allesamt schwarz lackiert waren. Da Bremsen und Federung der Autos damals noch nicht besonders gut waren, kam es häufig zu Unfällen. Als Hertz die Gelegenheit bekam, in New York eine eigene Taxigesellschaft zu gründen, sagte er sich, dass es die Zahl der Unfälle verringern könnte, wenn seine Wagen sowohl für Fußgänger als auch für die übrigen Autofahrer schon von Weitem zu sehen wären. Also forschte er nach, welche Farben den größten Kontrast zueinander aufwiesen. Zu seiner Überraschung waren dies nicht Schwarz und Weiß, sondern Schwarz und Gelb. Und so wählte er diese beiden Farben für seine neue Fahrzeugflotte und gründete die Firma Yellow Cabs. Eine kürzlich in Singapur durchgeführte Studie hat bestätigt, dass die gelben Taxis auf der Insel ein um neun Prozent geringeres Unfallrisiko haben als dunkle Wagen. Gelb ist also eine Farbe, die Leben rettet.

Komm zurück, Gelb, bitte, komm zurück! Wir lieben dich doch! Und ich melde mich wieder bei Ihnen, meine lieben Hörerinnen und Hörer, sobald wir eine wissenschaftliche Erklärung für dieses ebenso überraschende wie rätselhafte Phänomen gefunden haben.

In diesem Moment nähert sich die Stewardess mit ihrem Glas Wasser und bietet ihr an, sie durch den Flughafen zu ihrem Taxi zu begleiten. Lange Flure. Zoll. Gepäckhalle. Als sie die Ankunftshalle erreichen, sind die Gerüche mit einem Mal viel intensiver. Kaffee-, Gewürz- und Essensdüfte, die nicht ausreichen, um den Schweißgeruch der müden Reisenden zu überdecken.

Als Charlotte sich der Menschenmenge nähert, in der nur von dem verschwundenen Gelb die Rede ist, steigt ihr der stechende Geruch der Stifte in die Nase, mit denen die Taxifahrer die Namen der Passagiere, die sie abholen sollen, auf weiße Tafeln schreiben. Sie spürt einen leichten Stich im Herzen und vergisst darüber das Gelb. Seit sieben Jahren wartet sie auf diesen Tag. Seit sieben Jahren fragt sie sich, ob es eine gute Idee ist, Kontakt zu Louises Vater aufzunehmen. Immerhin ist es recht unwahrscheinlich, dass er sie wiedererkennt, belügt sie sich selbst. Und falls sie es für besser halten sollte, braucht sie ihm ja nicht zu sagen, wer sie ist.

Das milchige Licht einer bleichen Sonne fällt durch die Scheiben von Ajays Taxi. Zum ersten Mal seit sieben Jahren hat er sich auf die Rückbank seines Wagens gelegt und geschlafen. Er träumt. Einen Albtraum, um genau zu sein. Überall sieht er das Gelb verschwinden. Stattdessen verfolgt ihn das Marsupilami, das er längst vergessen hatte. Seine Eltern hatten es ihm vor vielen Jahren auf ihrer Reise nach Frankreich geschenkt. In seinen Träumen betrachtet das Marsupilami sein graues Spiegelbild im Schaufenster eines großen Pariser Warenhauses, ehe es zwischen den Gebäuden im Haussmann'schen Stil hin und her springt und schließlich auf einem ausgebleichten Briefkasten landet.

Sein Handy weckt ihn. Eine ausländische Nummer. Bestimmt die Kundin, die er am Flughafen abholen soll. Ajay kurbelt die Scheibe herunter, beugt sich hinaus und betrachtet den Lack seines Wagens. Er hat immer noch dieselbe taubengraue Farbe. Auf Hindi bedeutet »Ajay« »unbesiegbar«. Doch heute macht er seinem Namen keine Ehre. Er drückt den Anruf weg, vergräbt sich erneut unter seiner Jacke, um sich vor dem Licht zu schützen, und schläft sofort wieder ein. Sein graues Marsupilami schneidet ihm eine garstige Grimasse.

Kapitel 3

Der Tag, an dem alle Katzen grau sind

Arthur überwacht die letzten Buntstifte, die auf dem Förderband an ihm vorbeilaufen. Ironie des Schicksals: Sie sind ausgerechnet grün, die Farbe der Hoffnung. Er dreht sich zu seinem Chef um und breitet die Arme aus, zum Zeichen, dass die vierundzwanzig Farbkessel nun leer sind. Die letzte Mine gleitet in ihren hölzernen Sarkophag. Über das Förderband gelangt sie zu Solange, die eine letzte Dose mit vierundzwanzig Buntstiften von unvergleichlicher Leuchtkraft zusammenstellt, abgesehen von dem gelben, der mittlerweile grau ist. Mit geröteten Augen umklammert Solange diese letzte Box mit beiden Händen. Arthur schaltet die Maschinen aus. Die Stille ist ohrenbetäubend. Er geht zu ihr hinüber und legt ihr tröstend eine Hand auf die Schulter. Dann nimmt er einen verwaisten rosa Stift aus der Wanne und zeichnet in das Logbuch der Fertigungsstraße einen traurigen Smiley. Daneben kritzelt er seinen letzten Bericht: »15:29 Uhr, *game over*«.

Er steckt sich den Buntstift hinters Ohr.

»Naa, Madame Solange«, fragt er, um sie zum Lachen zu bringen, im Ton eines Metzgers, »darf's von dem Scheiß auch etwas mehr sein?«

Das Licht der Neonleuchten verliert allmählich seine fahle, leicht grünliche Farbe und wird immer weißer. Gleichzeitig verfärbt sich der traurige Smiley ganz langsam von bonbonrosa über mattrosa, fleischfarben und taubengrau hin zu aschgrau. Als Arthur an Cluzel vorbeikommt, hat dessen ohnehin schon blasse Haut jegliche Farbe verloren.

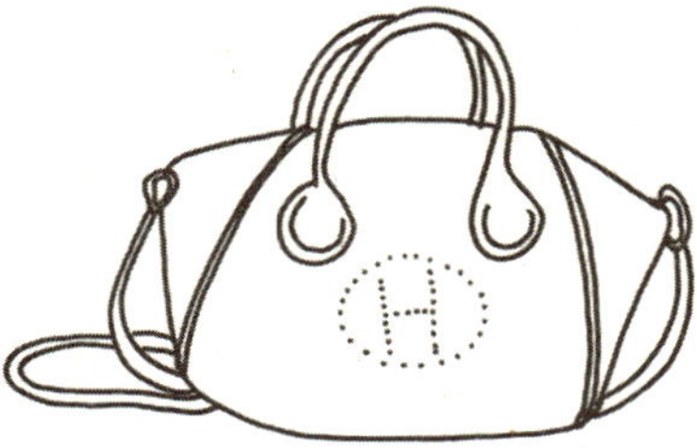

Im selben Moment mustert Sylvie im Gebäude von Radio France angewidert die Hermès-Handtasche, die Mehdi Tocque ihr tags zuvor geschenkt hat. Sie sieht ganz verwaschen aus. »Das Orange hat ja nicht mal einen Tag gehalten! Dieser Mistkerl hat mir garantiert eine Fälschung geschenkt!«

Im selben Moment misslingt ebenjenem Mehdi Tocque am achtzehnten Loch des noblen Golfplatzes Golf National sein *Birdie Putt*, weil er von dem »kranken« Grün unter seinen Füßen abgelenkt ist.

Im selben Moment schaltet Charlottes Vater Lucien seinen Mac ein und wieder aus. Sein Bildschirmhintergrund, ein kleines, einsames Segelboot in einer Lagune auf Tahiti, ist plötzlich schwarz-weiß geworden. »Und da behaupten alle, für Macs gäbe es keine Viren!«, schimpft er vor sich hin.

Im selben Moment muss sich der Erzbischof von Paris in der Kathedrale Notre-Dame zusammenreißen, um nicht vor den Augen der Gläubigen das kaffeeschwarze »Blut Christi« in den Kelch zurückzuspucken.

Im selben Moment bemerkt Charlotte am Flughafen JFK ein immer lauter anschwellendes Gemurmel. »*Oh my god! Oh my god!*«, hört sie in den unterschiedlichsten Stimmlagen von den immer fassungsloseren Reisenden.

Wenige Sekunden später vibrieren im Zara-Laden eines Einkaufszentrums ein Dutzend Handys gleichzeitig. Ein etwa dreißigjähriger Kunde in weißem Hemd und schwarzer Krawatte liest als Erster die Eilmeldung von *lemonde.fr*: *»Alle Farben sind verschwunden.«*

Verständnislos schaut er sich um, und das aus gutem Grund: Die ausgestellten Kleidungsstücke sind alle grau, schwarz oder weiß, und der Boden des Geschäfts ist in einem neutralen Grau gehalten, zu dem sich weiße Wände gesellen. Alles wie immer. Der Mann vergisst die Eilmeldung. Er probiert einen eng geschnittenen hellgrauen Anzug an und verrenkt sich vor dem Spiegel, um zu sehen, wie er am Hintern sitzt. Die Hose ist recht gut geschnitten. Er überlegt, zögert, ändert mehrmals seine Meinung und beschließt letztlich, ihn doch nicht zu kaufen. In dem Anzug wirkt sein Gesicht irgendwie griesgrämig. Er verlässt den Laden und geht durch den schwarz gefliesten Gang an einigen Schaufenstern vorbei. Die weißen Schaufensterpuppen tragen alle Kleidung in mehr oder weniger dunklen Anthrazittönen. Er begegnet ein paar von Kopf bis Fuß schwarz gekleideten Fashionistas, fährt mit einem metallisch glänzenden grauen Aufzug hinunter in die Tiefgarage und geht zu seinem schwarzen Wagen mit den schwarzen Lederbezügen. Im weißen Licht der Scheinwerfer verlässt er die Tiefgarage mit ihren nackten Betonwänden und fährt auf die spiralförmige Rampe. Als er das Radio einschaltet, berichtet die von Panik erfüllte Stimme eines Reporters gerade, dass man noch gar nicht alle Konsequenzen des Verschwindens der Farben abschätzen könne. Er runzelt die Stirn, weil er immer noch nicht so recht versteht, worum es eigentlich geht, und biegt zwischen zwei Gebäuden, die ebenso grau sind wie der Himmel über ihnen, auf die Straße ein. Er bemerkt das grelle Licht einer Ampel, überfährt, ohne anzuhalten, das graue Signal und prallt mit voller Wucht gegen ein Auto, das unvermittelt von links auftaucht. Das Letzte, was er sieht, ist eine zähe, schwärzliche Flüssigkeit, die sich auf dem Ärmel seines weißen Hemds ausbreitet.

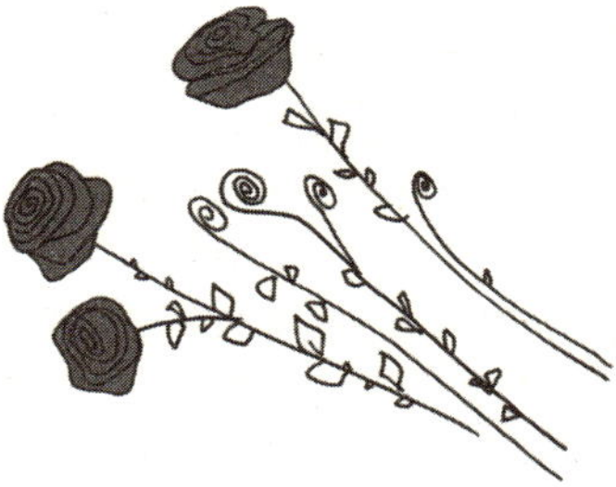

Eine Stunde später trifft Karl Lagerfeld mit einem riesigen Blumenstrauß im Arm in seinem Atelier ein.

»Mädels, schaut euch diese Rosen an! Ich habe endlich schwarze Rosen gefunden. Sie waren nirgends mehr zu bekommen, seit diese dämliche türkische Regierung einen Staudamm am Euphrat gebaut hat, durch den das Dorf Halfeti überflutet wurde. Der einzige Ort auf der ganzen Welt, wo wahrhaft schwarze Rosen wuchsen! Die besondere Zusammensetzung des Bodens verlieh ihren Blüten jenen Anschein von tiefschwarzem Samt, der alles Licht aufsaugt. Genau wie bei denen hier! Seht euch nur diese Schönheiten an«, sagt er, während er sie nachlässig in eine Kristallvase steckt. »Fantastisch!«

Karl greift in seinem Minikühlschrank an dem Dutzend Dosen Cola light vorbei zu einer Flasche Roederer Cristal Champagner, die seit mehreren Monaten auf den passenden Anlass wartet, entkorkt zu werden.

»Ihr wisst doch, dass Schwarz die erste Farbe der Kunst war! Vor achtzehntausend Jahren malten die Menschen ihre Biester in den Höhlen von Lascaux in Schwarz. Endlich kehrt unsere Welt an den Ursprung der Ästhetik zurück«, verkündet er aufgekratzt.

Man könnte meinen, er richtete diese Worte an seine Schneiderinnen, aber in Wirklichkeit führt er ein Selbstgespräch. Und er hält auch nur einen Champagnerkelch in der Hand.

»Endlich Schluss mit diesen vulgären Menschen, die lauter vulgäre Farben tragen!«, sagt er und nippt an seinem durchscheinenden Champagner.

Auf der Place de la Bastille hat sich spontan eine Menschenmenge versammelt. Es sind alle möglichen Musiker und Künstler darunter, Motorradfahrer in Harley-Davidson-Kluft, Goths, Architekten, Designer, Innenausstatter, Werbefachleute, kurzum Menschen, die schon seit Langem einen komplett schwarzen Look bevorzugen. Wenn jemand hier vorbeikäme, ohne vom Verschwinden der Farben gehört zu haben, fiele ihm gar nichts Ungewöhnliches auf. Schließlich herrscht in dieser improvisierten Kundgebung genau dieselbe Farbe vor wie bei jeder anderen Menschenansammlung unserer Zeit in der westlichen Welt. Ein schwarz-graues Ton-in-Ton auf einem betonierten Platz unter einem bedrohlich finsteren Himmel – nichts Außergewöhnliches in Paris. Umso mehr als die Pariser ohnehin in dem Ruf stehen, ihr Teint sei genauso grau wie der Himmel.

Wie an jedem Tag öffnet Arthur nach Feierabend die Tür der alten Bäckerei hundert Meter von seiner Wohnung entfernt. Die Baguettes sehen aus, als wären sie aus Stein. Ich brauche etwas zu trinken, sagt er sich und macht kehrt, während ihm die Verkäuferin betrübt hinterherschaut.

Zurück in ihrem kleinen Häuschen in Montrouge, betrachtet Solange apathisch die karierte Wachstuchdecke auf dem Küchentisch. Mit ihrem pfefferfarben lackierten Fingernagel kratzt sie an einem der früher flaschengrünen Karos.

Momo lässt ein paar Tropfen Benzin in den Tank seiner Vespa laufen, dann hält er inne und fragt sich, ob ihm von diesem an Mandelsirup erinnernden Kraftstoff nicht der Vergaser verrußen wird.

Gilbert vergewissert sich, dass die Patronen, deren Hülsen nun stahl- statt messingfarben sind, bei seiner Beretta Kaliber 9 mm Parabellum keine Ladehemmung verursachen. Nachdem er festgestellt hat, dass alles seine Ordnung hat, steckt er die schwarze Pistole beruhigt zurück in ihr Holster.

Cluzel stürzt sich auf seinen privaten Buntstiftvorrat. Er fürchtet, die letzten Bestände nicht einmal mehr an Ramschläden verschleudern zu können. Nervös probiert er einen nach dem anderen aus. Bis er schließlich aufgibt.

Der Erzbischof von Paris starrt auf die Jungfrau Maria in ihrem regenfarbenen Gewand. Sie hält die Hände gefaltet. Man könnte schwören, dass sie um die Rückkehr der Farben betet. Er bekreuzigt sich mehrmals, bevor er sich die graue Mitra aufs Haupt setzt.

Sylvie hastet vor den Spiegel in den Waschräumen von France Inter. Entsetzt stellt sie fest, dass ihre lavendelblauen Augen, die von all ihren Liebhabern einhellig gepriesen wurden, jetzt eine ganz unscheinbare Farbe haben. Sie fühlt sich wie amputiert. Sie trägt grauen Lippenstift auf, findet sich noch hässlicher als zuvor und wischt ihn gleich wieder ab. Das einzig Gute an der Sache ist, dass man den Altersfleck in ihrem Nacken auf der zementfarbenen Haut kaum noch erkennt. Sie geht hinaus zu Charlotte, die mit dem ersten Flieger aus New York zurückgekommen ist. Mehdi Tocque hat sie angerufen und ihr keine Wahl gelassen. »Wir brauchen dich hier, und zwar dringend!« Charlotte sieht es als Zeichen des Himmels. Die Frage ihrer Tochter wird noch eine Weile unbeantwortet bleiben. Alles in allem hat sie nicht mehr als eine Stunde auf amerikanischem Boden verbracht. Wieder zurück in Paris, ist sie auf direktem Weg zum Sitz von Radio France gefahren, um rechtzeitig für die Morgensendung da zu sein.

Mit den Fingerspitzen liest sie auf ihrer Braillezeile ein letztes Mal die Notizen durch, die sie sich während des Rückflugs gemacht hat. Sylvie begleitet sie ins große Studio.

Die gesamte Redaktion ist versammelt. Mehdi Tocque persönlich wird das Interview führen. Ihretwegen wurde ein Minister wieder ausgeladen. Das zeigt, wie ernst man die Sache nimmt. Es ist Donnerstag. Ein schwarzer Donnerstag. Um sich herum spürt sie Aufregung und Nervosität. Sie merkt, dass mindestens fünf weitere Personen im Studio anwesend sind, auch wenn sie nur den Chefredakteur erkennt, der direkt neben ihr sitzt. Sie riecht sein Parfüm, das perfekt zu seinem etwas altmodischen, biederen Stil passt. Der Flurfunk bei Radio France behauptet, er sei ein ebenso diskreter wie eifriger Schürzenjäger.

»Mikro in drei Sekunden«, hört sie in ihrem mit der Regie verbundenen Kopfhörer.

»*Charlotte Da Fonseca, die Frage an Sie als Expertin: Was passiert da gerade?*«, beginnt der Chefredakteur ohne weitere Einleitung.

Charlotte wartet etwa eine halbe Sekunde, um ihren Worten mehr Gewicht zu verleihen.

»*Ganz ohne Zweifel leiden wir seit Kurzem an Achromatopsie. Hinter diesem barbarischen Wort verbirgt sich eine neurologische Störung, die sich darin äußert, dass die Betroffenen unfähig sind, Farben wahrzunehmen. Farbenblindheit also. Diese Störung ist sehr viel weiter verbreitet, als man gemeinhin glaubt, und sie ist im Allgemeinen angeboren. Auf der Insel Pingelap im mikronesischen Bundesstaat Pohnpei zum Beispiel leidet etwa jeder Zehnte daran. In Europa hingegen schätzt man, dass eine von dreißigtausend Personen farbenblind ist. Einer davon ist recht berühmt, es handelt sich um den in New York lebenden spanisch-britischen Künstler Neil Harbisson. Um sein Defizit auszugleichen, hat er sich eine Webcam mit einer Software in den Schädel einsetzen lassen, die Farben in Töne übersetzt und es ihm auf diese Weise ermöglicht, Farben ›zu hören‹. Er trägt seinen sogenannten ›eyeborg‹ übrigens auch auf seinem Ausweisfoto, was ihn zum ersten offiziell von den britischen Behörden anerkannten ›Cyborg‹ macht.*«

»Das ist ja sehr interessant, aber was ist mit uns…? Wir konnten gestern noch Farben sehen! Wie ist diese abrupte Veränderung möglich?«

»Es gibt viele Fälle, in denen Menschen infolge einer Hirnverletzung keine Farben mehr sehen konnten. Aber vielleicht hat die Krankheit mutiert und ist extrem ansteckend geworden. Eine Epidemie gewissermaßen, die von einem unbekannten Virus ausgelöst wird. Es ist noch zu früh, um das zu sagen.«

Ohne es zu merken, hat Charlotte den üblichen unterhaltsamen Ton ihrer Kolumne hinter sich gelassen und hält einen improvisierten Vortrag.

»Um Ihnen die Wahrnehmung der Farben noch einmal zu verdeutlichen: Das menschliche Auge verfügt über zwei unterschiedliche Arten von Sinneszellen, zum einen die Stäbchen, die auf Lichtreize reagieren, und zum anderen die Zapfen, die es uns ermöglichen, Farben zu unterscheiden.«

Und wieso verzapfen unsere Zapfen jetzt so einen Unsinn?, hätte der Journalist beinahe gefragt, doch er reißt sich zusammen. Die Lage ist zu ernst.

»Fahren Sie fort«, sagt er deshalb nur.

»Man muss wissen, dass es rund zehnmal weniger Zapfen gibt als Stäbchen. Sie sind auch weniger reizempfindlich. Das erklärt, warum Sie im Halbdunkel sehr wohl noch Umrisse erkennen können, aber keine Farben mehr.«

»Nachts waren also gar nicht alle Katzen grau. Es lag nur daran, dass unsere Zapfen schliefen«, merkt der Chefredakteur an, weil das Gespräch für seinen Geschmack nun doch etwas zu wissenschaftlich wird.

»Ganz genau. Und als Letzte schliefen, um Ihre Formulierung aufzugreifen, die für das Blausehen zuständigen Zap-

fen ein. Deshalb besteht eine klassische Filmtechnik auch darin, einen Blaufilter vor das Kameraobjektiv zu setzen, wenn Nachtaufnahmen simuliert werden sollen. Man spricht in diesem Fall von amerikanischer Nacht.«

»Aber wieso wachen unsere Zapfen nicht mehr auf?«

»Möglicherweise können die aufgenommenen Informationen in unserem Kortex, also unserer Hirnrinde, nicht mehr entschlüsselt werden. Die Mischung der Farben vollzieht sich nämlich im Wesentlichen in der Okzipitalregion, dem hinteren Bereich unseres Gehirns.«

»Soll das heißen, wir sahen die Farben gar nicht mit den Augen, sondern mit dem Nacken?«

»So ist es.«

»Und welche Konsequenzen wird das Verschwinden der Farben Ihrer Ansicht nach haben?«

»Lassen Sie uns hoffen, dass es kein dauerhafter Zustand bleibt«, entgegnet sie, um einer Antwort auszuweichen.

Als Charlotte am nächsten Morgen das Zimmer ihrer Tochter betritt, verraten ihr Louises gleichmäßige Atemzüge, dass sie trotz des laut dröhnenden Radioweckers noch tief und fest schläft. Es ist sieben Uhr. Ganz schwach erkennt Charlotte die Sonnenstrahlen, die die Stäbchen ihrer geschädigten Augen nur in einem sehr geringen Ausmaß aktivieren. Für den späten Vogel sind auch noch ein paar Würmer übrig, sagt sie sich. Im Radio werden die Hörer aufgefordert, ihre Meinung zu einer unglaublich wichtigen Frage zu twittern: Ist Brad Pitt mit grauen Augen noch genauso sexy wie vorher?

Dann sind die Farben also nicht wieder zurückgekehrt, schließt sie daraus. Als erstes Vorzeichen verschwand das Gelb, und dann, ein paar Stunden später, waren die übrigen Farben an der Reihe.

Sie setzt sich auf das Kinderbett, tastet nach der Schulter ihrer Tochter und streichelt sie zärtlich.

»Aufstehen, Liebes.«

»Hmmmm …«

Charlotte öffnet Louises Schrank und streicht mit der Hand über den Kleiderstapel.

»Was möchtest du heute anziehen, Prinzessin?«

»Mein blaues T-Shirt.«

Ohne zu zögern, zieht Charlotte das vor zwei Tagen noch

indigoblaue T-Shirt mit dem Blumenmuster hervor. Dicke und Material des Stoffs, Webart, Gewicht, Saum, das alles sind Hinweise, die dafür sorgen, dass sie sich niemals irrt.

Die Moderatoren diskutieren mittlerweile über den ausgebleichten Pompon der Matrosen: Bringt es immer noch Glück, ihn zu berühren?

»Aufstehen, mein Spätzchen.«

»Ist Opa weg?«

»Ja, er ist gestern Abend gegangen. Aber ich habe ihm versprochen, dass wir am Samstag zum Mittagessen in die Residenz fahren. Los jetzt, hoch mit dir, Fräulein, du musst zur Schule.«

Während Louise frühstückt, setzt sich Charlotte an ihren mit einer Braillezeile ausgestatteten Computer. Ein aus kleinen Stiften bestehender Mechanismus überträgt den auf dem Bildschirm angezeigten Text in vierzig Zeichen der von Louis Braille erfundenen Blindenschrift. Sie liest die Mails der renommiertesten internationalen Fachleute auf dem Gebiet der Farbwahrnehmung, mit denen sie in regelmäßigem Kontakt steht. Überall herrscht die gleiche Ratlosigkeit.

Charlotte konsultiert ihre sprechende Uhr. Sie hat noch genug Zeit, online ihre Einkäufe zu erledigen. Alles nur eine Frage der Methode. Sie werden immer von demselben Boten geliefert. Er nennt und reicht ihr jeden einzelnen Artikel, woraufhin sie diesen in der Hand wiegt, streichelt, betastet, beschnuppert und schüttelt, um ihn sich einzuprägen. Danach verstaut sie die Waren sorgsam. Wenn sie einmal nicht weiterweiß, hilft ihr Louise, die schon früh lesen gelernt hat.

Charlotte will gerade ihren Laptop zuklappen, als sie die Nachricht eines Freundes erhält, der als Professor für Neurowissenschaften in Berkeley forscht. Erste Versuche mit Tieren scheinen zu beweisen, dass sie die Farben noch sehen können.

Mit den langsamen Schritten eines Mannes, auf den niemand wartet, geht Arthur mit gesenktem Kopf geradeaus, den Blick in der Leere einer Welt verloren, die so grau scheint, als hätte sich ein dünner Aschefilm über ihre Oberfläche gelegt. Sein Schicksal steht ihm plötzlich in seiner ganzen Schwärze vor Augen. Ein Vogelschwarm am Himmel wirkt so bedrohlich wie in dem Hitchcock-Film. Und doch hat der Anblick etwas Vertrautes. Er hat diese Straße schon früher ohne Farbe gesehen. Wenn die Sonne untergeht und die Dämmerung heraufzieht. Natürlich verliert unsere Umgebung jeden Tag bei Anbruch der Nacht ihre Farben. Unsere Augen gewöhnen sich allmählich an die Dunkelheit, und wir erkennen auch weiterhin schemenhafte, farblose Umrisse. Dann wäre der Tag also von nun an wie eine Nacht, an die sich unsere Augen gewöhnt haben.

»Meine Augen haben sich vielleicht daran gewöhnt, aber ich nicht!«, schimpft Arthur vor sich hin. Und sie auch nicht, denkt er, als er einer Frau mit hängenden Armen, offenem Mund und verstörtem Blick begegnet, die den Kopf langsam von links nach rechts und von oben nach unten bewegt. Arthur folgt ihrem Blick. Sie betrachtet das riesige reliefartig gestaltete M über dem Eingang der Metrostation. Seine Farbe verschmilzt mit dem herbstlich welken Laub einer alten Platane. Als er am Gitterzaun einer Grundschule vorbeikommt, wird sein Blick von den Kindern im Pausenhof angezogen. In Schwarz-Weiß sind sie nicht mehr so niedlich, denkt er. Es sieht aus, als trügen sie Schuluniformen, wie früher. Ihm wird bewusst, dass die Kinder die vielleicht letzten Bewohner der westlichen Welt waren, die noch bunte Kleidung trugen. Aber noch etwas anderes ist merkwürdig. Er verspürt das diffuse Gefühl, dass etwas völlig verkehrt läuft. Streng deine Synapsen an, scheint sein Gehirn ihm zuzuflüstern, dann verstehst du es. Arthur beobachtet die eng aneinandergedrängten Kinder auf den im Hof verteilten Bänken. Diejenigen, die keinen Sitzplatz gefunden haben, bewegen sich langsam über den Hof. Ein elektrischer Impuls nimmt seinen Ausgang in seinem Hörnerv, setzt sich durch das Netz der Synapsen fort zum Thalamus und weiter zum Hörzentrum in seiner Großhirnrinde, bis er schließlich in sein Bewusstsein dringt. Plötzlich hört Arthur von der Platane her den Gesang eines unbekannten Vogels. Intensive elektrische und chemische Aktivität in zahlreichen Regionen seines Gehirns. Und da wird es ihm schlagartig klar. Die Kinder sind still! Alle! Normalerweise erzeugt ein Pausenhof mehr Dezibel, als man sich vorstellen kann. Aber jetzt schreit kein einziges Kind. Keines rennt. Schlimmer noch, erkennt Arthur, und ein leiser Schauer rinnt ihm über die Schulterblätter: Keines von ihnen spielt.

Arthur erreicht die stille, von der Sonne aufgeheizte Fabrik. Gemeinsam mit seinen Kollegen packt er alles in Kartons, was zu verpacken ist. Solanges Seufzen ist ansteckend. Die zukünftigen Arbeitslosen schlurfen wie gebückte, geräuschvoll atmende Zombies durch die Gänge. Sie haben alle den gleichen Knoten im Magen, die gleiche Mühe beim Schlucken. Selbst das alte Radio rauscht angestrengt vor sich hin.

Unter den wachsamen Augen des Insolvenzverwalters geben sich die Konkursaufkäufer die Klinke in die Hand, um sich alles unter den Nagel zu reißen, was sich mit Gewinn weiterverkaufen lässt. Wortkarge Arbeiter bauen die Maschinen ab; die moderneren von ihnen, besser gesagt, die nicht ganz so alten, haben noch Abnehmer gefunden. Wie es heißt, sollen sie in Zukunft Konservendosen produzieren. Der Rest wird nach Gewicht verkauft. Cluzel schäumt vor Wut. Niemand interessiert sich mehr für seine Buntstiftvorräte, nicht einmal wenn er sie zum Schleuderpreis abgibt.

Also hat er sich dazu durchgerungen, alle Dosen ausleeren zu lassen. Die Buntstifte werden zu Papierbrei recycelt. Und die Aluminiumboxen enden als Autokarosserien. Solange kommt es vor, als würde sie Särge schänden.

Solange ruft die wenigen Angestellten für ein letztes Gruppenfoto vor dem Fabrikgebäude zusammen. Cluzel, der sich die meiste Zeit in seinem Glaskasten verschanzt, sieht sie vom Fenster aus. Hastig rennt er die Treppe hinunter und bremst abrupt ab, bevor er auf den Parkplatz hinaustritt. Er möchte gern mit seinen Arbeitern auf das Foto, weiß aber nicht so recht, ob dort wirklich sein Platz ist. Vorsichtig geht er näher.

Solange winkt ihn heran. Beruhigt streicht Cluzel seine Haarsträhne zurecht. Dann fährt er sich mit der Zunge über die Schneidezähne, um sicherzugehen, dass nicht noch irgendwo ein Stück Salat steckt. Selbst in Grau sieht das auf einem Foto unschön aus.

»Sie kommen gerade recht, Monsieur Cluzel, machen Sie ein Foto von uns«, befiehlt Solange mit einer Stimme, die er in dreißig Jahren nicht an ihr gehört hat, und hält ihm das Handy hin.

Cluzel gehorcht mit gezwungenem Lächeln. Und verewigt in Schwarz-Weiß das knappe Dutzend traurig lächelnder Mienen.

Der ehemalige Chef würde gern noch ein weiteres Foto machen, bei dem auch er mit im Bild ist, aber er traut sich nicht, es seinen Angestellten vorzuschlagen. Solange hat ihr Handy wieder an sich genommen. Die Gruppe löst sich auf und verlässt die Fabrik, um nie mehr dorthin zurückzukehren.

Das Wochenende ist gekommen, ohne dass sich jemand darüber freut. In allen Blicken sieht man die Angst. Wie zu jedem Wochenausklang tauscht Arthur die acht Stunden am Tag in der Fabrik gegen ebenso viele Stunden im QG, der Kneipe im Erdgeschoss seines Hauses, die schon immer trostlos grau war. Es ist Mittag, und er sitzt draußen auf der Terrasse bei einem Bier. Auf der gegenüberliegenden Straßenseite wartet ein Taxi. Ein dunkler Wagen. Er muss auch vorher schon schwarz gewesen sein, denkt er bei sich, maximal dunkelblau. Plötzlich kommen Charlotte und Louise aus dem Haus. Arthur rennt los, um die hintere Wagentür zu öffnen und sie zum Taxi zu führen. Auch ohne Farbe erscheint ihm Charlotte genauso schön wie zuvor. Es ist das erste Mal, dass er sie aus der Nähe sieht, und er bemerkt, dass sie noch kleiner ist, als er dachte. Er überragt sie um mehr als Haupteslänge. Ihre samtige, inzwischen milchweiße Haut verleiht ihr ein unschuldiges Aussehen, das einen merkwürdigen Kontrast zu ihrem langen, gestuften schwarzen Haar bildet. Ihre Wangen sind mit Sommersprossen übersät. Sie sieht aus wie eine Porzellanpuppe mit einer Sonnenbrille in verwaschenem Grau. Arthur gefiel sie besser, als das Gestell noch apfelgrün war.

Ihre Tochter ist ihr genaues Ebenbild, nur in Klein. Der einzige Unterschied sind ihre dunklere Haut und die dunklen Augen, die verraten, dass sie einen dunkelhäutigen Vater haben muss.

»Danke«, sagt Charlotte lächelnd.

»Gern geschehen«, stottert Arthur, den schon lange niemand mehr angelächelt hat.

Er brennt darauf, ihr zu sagen, dass er gegenüber wohnt, dass er sie schon seit Monaten von seinem Fenster aus beobachtet, dass er es sehr mutig findet, wie sie ihre Tochter allein großzieht, dass er jederzeit gern bereit ist, ihr zu helfen, falls sie irgendetwas braucht. Aber kein Laut kommt über seine Lippen. Er ist nicht einmal mehr in der Lage, eine Frau auf der Straße anzusprechen. Mehr als eine Minute schaut er dem davonfahrenden Taxi nach, dann geht er zurück über die Straße zum QG. Das Einzige, was ihn jetzt noch trösten kann, sind ein paar Gläser Bier.

Der Wagen hält vor der Freitreppe eines großen Gebäudes am Rand des Parks von Sceaux. Lucien, Charlottes Vater, erwartet sie und Louise auf einer Bank neben der großen Eingangstür. Früher war Lucien einer der besten Fußballschiedsrichter des Landes. Seine natürliche Autorität und seine Integrität machten ihn zu einem der angesehensten Unparteiischen der ersten Liga. Er begann, sich auch international einen Namen zu machen, und hatte bereits hervorragende Leistungen bei einigen Partien der Europameisterschaft gezeigt. Der endgültige Ritterschlag erfolgte, als er ausgewählt wurde, ein Spiel bei der Weltmeisterschaft zu leiten. Doch an dem Tag stand Lucien schlecht und übersah, dass der argentinische Stürmer sein Tor mit der Hand erzielt hatte. Die »Hand Gottes« knallte ihm mit voller Wucht ins Gesicht. Dieser Fehler verunsicherte ihn so sehr, dass er sich danach mehr auf die Pfeife als auf seinen gesunden Menschenverstand verließ. Heute pfeift er höchstens noch anerkennend, wenn er bei besonderen Gelegenheiten eine gute Flasche Wein öffnet.

Mit seinem dicken Bauch, seinem kugelrunden Kopf und seinem kahlen Schädel erinnert Lucien an einen kleinen Schneemann. Die spitze Nase, die er statt einer Karotte im Gesicht trägt, und seine kleinen, funkelnd schwarzen Augen werden durch ein breites Dauerlächeln vervollständigt. Ein

Schneemann, der den Gesetzen der Physik trotzt. Er ist so warmherzig, dass er eigentlich schmelzen müsste.

Louise stürmt auf ihren Großvater zu, der sie mit weit ausgebreiteten Armen auffängt.

»Wie geht es dir, Prinzessin?«

»Ich sehe schwarz für die Zukunft! Ich weiß nicht, was das heißt, aber das sagen jetzt alle so.«

»Und ich bin der glücklichste Opa auf der ganzen Welt, weil du endlich da bist.«

Charlotte gibt ihrem Vater einen Kuss und legt ihm eine Hand auf die Schulter. Louise immer noch auf dem Arm, führt er sie ins Haus. Theoretisch ist diese Einrichtung eine ganz gewöhnliche Seniorenresidenz. Aber praktisch gab es im Mai 1968 eine kleine Revolution. Diejenigen der über sechzig-, siebzig-, achtzig- und – seltener – neunzigjährigen Herrschaften, die sich noch ohne Hilfe bewegen konnten, hatten unter der Führung des letzten Neuzugangs – eines siebzigjährigen Grünschnabels – einen Ausflug zu den Barrikaden unternommen, um mit eigenen Augen zu sehen, was dort vor sich ging. Als sie am späten Abend zurückkehrten, hatte der Direktor ihnen eine Strafpredigt gehalten, genau wie es im selben Moment Hunderte Eltern angehender Revolutionäre taten. Die aufmüpfigen Heimbewohner hatten sich daraufhin im Speisesaal versammelt und mit einigen Tischen und Stühlen spontan eine Barrikade vor der Tür errichtet, mit der sie dem Personal den Zutritt verwehrten. Einstimmig war per Akklamation der sofortige und bedingungslose Rücktritt des Direktors und des gesamten Verwaltungspersonals beschlossen worden. Bei seinem Abgang hatte der Direktor erfahren, dass der neue Bewohner niemand anderer war als der Besitzer der Residenz, der eingezogen war, ohne sich zu erkennen zu geben. Mittlerweile sind die Revolutionäre von damals alle verstorben, aber das Haus wird immer noch von den Mietern, die sich dazu in der Lage fühlen, selbst verwaltet, wobei ihnen sorgfältig ausgewähltes Personal zur Seite steht.

Bei jedem »traurigen Abschied« studieren die Heimbewohner die Bewerbungen und berücksichtigen nur die Profile »auch heute noch von revolutionären studentischen Idealen geprägter« Senioren. So findet man dort einen pedantischen Buchhalter (jemand muss ja schließlich die Finanzen im Blick halten), eine Sterneköchin (etwas essen muss der Mensch), einige höchst redselige Gelehrte (man will ja nicht dumm sterben) und eine ganze Menge Rockmusiker, darunter Simone, eine Gitarristin, die früher eine Plattenfirma geleitet hat – denn bis zum Sterben möchte man doch gerne jung bleiben. Jeden Samstag findet ein Konzert statt, es sei denn, sie gehen alle gemeinsam zum Fußball. Luciens Aufgabe besteht darin, seine guten Beziehungen zum Verband spielen zu lassen, um so Einladungen zu allen wichtigen Spielen zu ergattern. »Aktiv bleiben, das ist das Geheimnis eines langen Lebens«, erklären sie allen, die es hören wollen. Natürlich werden bei einigen Bewohnern die Glieder steif, und Alzheimer verdreht vielen den Kopf. Aber für die Übrigen ist es Ehrensache, sie so weit wie möglich in die Gruppe zu integrieren. Gegessen wird zusammen an einem riesigen rechteckigen Tisch in einem eindrucksvollen Salon, der von einer ehemaligen Bewohnerin, einer Schülerin von Madeleine Castaing, gestaltet wurde. Die subtilen Grauschattierungen an den Wänden lassen noch die früheren bunt schillernden Farben erahnen.

Louise wird von dem üblichen »Ahh!« und »Ohh!« und dem unvermeidlichen »Was bist du groß geworden!« der bereits am Tisch sitzenden Bewohner empfangen.

»Setzt euch schnell hin, das Essen wird kalt!«, fordert Pierrette sie auf.

Sie war eine der ersten Frauen, die einen Stern im *Guide Michelin* ergatterten. Damals war das fast genauso unmöglich, wie sich die Sterne selbst vom Himmel zu holen.

»Ich habe meine Entenbrust mit Zimt gemacht, Charlotte, ich weiß doch, wie gern du das isst!«

Nach einer Weile bemerkt Pierrette aus dem Augenwinkel, dass es ihren Freunden an Appetit zu mangeln scheint. Manche haben sogar diskret ihren Teller zurückgeschoben. Was stimmt denn nicht mit meiner Entenbrust?, fragt sie sich, tunkt einen Finger in die Soße und probiert sie mit geschlossenen Augen. Das Aroma ist perfekt, raffiniert gewürzt und einen Hauch pikant. Das Problem liegt eindeutig bei der Farbe. Eine Zimtsoße, die diesen Namen verdient, muss nun einmal orangegelb sein.

»Du kannst nichts dafür, Pierrette«, versucht Charlotte sie zu trösten.

»Ich weiß! Lebensmittelfarben wurden ja nicht umsonst erfunden.«

»Das stimmt. Aber es gibt Schlimmeres als Grau: Stell dir nur mal vor, die Entenbrust wäre blau. Ich erinnere mich, einmal von einer Studie gelesen zu haben, bei der Steaks indigoblau eingefärbt worden waren. Die Testpersonen haben sie einfach nicht runterbekommen.«

Angewidert schiebt Pierrette ihren Teller zurück. Das Einzige, was ihr ein wenig Befriedigung verschafft, ist, zu sehen, wie Charlotte sich ihr Essen schmecken lässt, als wäre alles wie immer.

»Verändert man die Farbe, dann verändert man auch den Geschmack«, fährt Charlotte fort, nachdem sie einen Bissen genommen hat. »Spanische Forscher haben Versuchsteilnehmern dreimal denselben Orangensaft serviert, einmal das Original, einmal rot eingefärbt und einmal grün. Dabei haben sie ihnen eingeredet, dass sie drei verschiedene Orangensäfte probierten. Die Probanden waren beinahe einstimmig der Ansicht, dass der ›Blutorangensaft‹ am besten schmeckte und der ›grünliche‹ ein bisschen säuerlich war. Und was noch viel überraschender ist, wenn man dir eine orange eingefärbte Cola gäbe, würdest du sie höchstwahrscheinlich für eine Limonade wie beispielsweise Fanta halten!«

»Du übertreibst«, entgegnet Pierrette ein wenig gekränkt.

»Doch, wirklich, sogar du! Ein vergleichbares Experiment wurde in einem großen Molkereibetrieb durchgeführt. Sie haben einfach die ananasgelben und erdbeerroten Farbstoffe in ihren Joghurts vertauscht. Und die Kunden waren davon überzeugt, einen rosa Erdbeerjoghurt und einen gelben Ananasjoghurt zu essen … Nachdem man sie jedoch über den Schwindel aufgeklärt hatte, haben sie alle ihren Irrtum bemerkt.«

Wieder schließt Pierrette die Augen, um nur ihre Geschmacksnerven über die Qualität ihrer Kochkünste urteilen zu lassen. Die Ente ist perfekt.

»Wenn ich dich recht verstehe, wird es uns jetzt nach dem Verschwinden der Farben allen leichtfallen, Diät zu halten. Dann wird der Kampf gegen die Fettleibigkeit in der Welt ja ein Klacks«, fügt sie mit einem Blick auf ihre Pölsterchen hinzu.

»Das ist womöglich das einzig Gute an der Sache, denn mir macht diese Entwicklung Angst«, entgegnet Charlotte und versinkt in Gedanken.

Kapitel 4

In dem die Bäume blau sind und das Meer gelb

Es ist mittlerweile sechs Monate her, seit die Farben verschwunden sind. Sechs Monate, in denen es den Erwachsenen vor der Zukunft graut. Die Bestürzung wandelte sich zu allgemeinem Entsetzen, bis schließlich überall Angst und Schrecken herrschten.

Alles begann genau drei Tage nach dem Verschwinden der Farben in dem Örtchen Bugarach in der Nähe von Perpignan. Die Einwohner sahen sich einem ununterbrochenen Strom von Wohnwagen und Vans aus aller Herren Länder gegenüber. Innerhalb weniger Tage ist das friedliche Zweihundertseelendorf am Fuß der Pyrenäen von Zehntausenden von Campern überschwemmt. Panische Menschenmengen versuchen mit Gewalt, die Straßensperren der Polizei zu überwinden, oder laufen durch die Felder, um ihre Zelte am Hang des Berges aufzuschlagen, der über dem Dorf aufragt. Rasch stoßen knapp hundert Journalisten zu ihnen. Gurus aus der ganzen Welt haben ihre »Berechnungen überprüft«. Das Raumschiff, die galaktische Arche Noah, die einige Auserwählte vor der Apokalypse retten soll, wird in diesem Dorf landen. Die Maya-Legende, die das Ende der Welt für 2012 vorausgesagt hatte, hat sich lediglich um ein paar Jahre vertan. Es wird geweint, geschrien und der einförmig graue Himmel angefleht. Ein »Sünder« steigt auf den Gipfel des Berges und geißelt sich mit erbitterten Peitschenhieben. Dabei verliert er das Gleichgewicht und stürzt mehrere Dutzend Meter tief in den Tod. Diese Szene wird auf die Schwarz-Weiß-Bildschirme der ganzen Welt übertragen.

Fundamentalistische Imame predigen, dies alles sei der Wille Gottes. Er strafe die Frauen dafür, dass sie farbige Kleidung getragen haben, und zwinge sie auf diese Weise dazu, in schwarze Nikabs gehüllt auf die Straße zu gehen.

Die kolumbianischen Kogi-Indianer interpretieren die Vorgänge als eine Warnung der Erde an die »kleinen Brüder«, welche die Natur nicht respektieren und auf dem besten Wege sind, sie zu zerstören.

Die Christen glauben, die Menschheit sei in das Zeitalter der Finsternis eingetreten, wie es im Evangelium des Matthäus vorhergesagt wurde: »Sogleich aber nach der Bedrängnis jener Tage wird die Sonne sich verfinstern und der Mond seinen Schein verlieren.« Die Kirchen sind brechend voll, nicht nur sonntags, sondern auch unter der Woche. Neue Schäfchen, die das Vaterunser und das Ave Maria höchstens bruchstückhaft beherrschen, machen diesen Mangel durch eine vorbildliche Frömmigkeit wett. Devotionalienläden erleben einen größeren Ansturm als ein Flagship Store von Louis Vuitton, und vor ihren spärlich bestückten Auslagen bilden sich endlose Warteschlagen. Manche besinnen sich auf die Dachböden ihrer alten Tanten und lassen aus dem Staub ein Kruzifix, eine Marienstatue oder – welch seltene Perle, für die auf eBay ein Vermögen geboten wird – einen Rosenkranz auferstehen, die ihnen dabei helfen, von morgens früh bis abends spät zu beten, um für ihre Sünden Abbitte zu leisten. Dadurch, so hoffen sie, wird sich die Waage des heiligen Petrus an dem kurz bevorstehenden Tag, da sie vor den Herrn berufen werden, zur richtigen Seite neigen.

Genau wie in Mekka verpflichten die Ordnungskräfte auch die Hunderttausende von Pilgern, die in einer langen Schlange zur Grotte von Lourdes streben, sich im Gleichschritt zu bewegen und auf keinen Fall stehen zu bleiben. Über zehn Stunden Wartezeit muss man einrechnen, bevor man mit der Hand über die wohl größte Ansammlung von Mikroben und Bakterien auf der ganzen Welt streichen darf, die an den Wänden der Höhle von Bernadette Soubirous gedeiht.

Fans der Serie *Game of Thrones* hingegen glauben, der Winter sei angebrochen, und warten auf die Armee der untoten Wiedergänger.

Unter diesem bleiernen Mantel ist die Welt wie gelähmt. Die Konsumgesellschaft ist in ihren Grundfesten erschüttert. Das Weihnachtsgeschäft droht ein Desaster zu werden. Seit das Netz die Farbe von Spinnweben hat, wirken die Produkte auf dem Bildschirm weniger verlockend. Und niemand hat Lust, an einen Weihnachtsmann in grauem Mantel zu glauben.

Alle Finanzplätze wurden bis auf Weiteres geschlossen. Es gab einen Börsencrash, der den Kursverfall von 1929 wie eine läppische technische Korrektur erscheinen lässt. Die Ökonomen, deren Mienen genauso düster sind wie ihre Anzüge, kennen nur noch ein Wort: »Systemzusammenbruch«. Die Regierungschefs der G-20-Staaten tagen ununterbrochen, doch ihre Reden verbergen nur schwer ihre Machtlosigkeit.

Arthur muss jeden Tag weiter laufen, um sein Baguette zu kaufen. Die drei Bäckereien in seinem Viertel haben dichtgemacht. Er beschließt, zur Rue Daguerre zu gehen, der belebtesten Geschäftsstraße im vierzehnten Arrondissement. »Wozu noch arbeiten, wenn das Ende nahe ist?«, fragen sich viele Ladenbesitzer. In den Supermärkten erkennen die Kunden kaum die Verpackung ihrer Lieblingsprodukte und kaufen nur noch das Nötigste.

Arthur kommt an Geschäften vorbei, die gut nach Nordkorea oder in die Zeit der deutschen Besatzung gepasst hätten. In der Auslage des Fischhändlers in der Rue Daguerre liegen nicht einmal zehn Fische mit stumpfen Augen trübsinnig auf dem Eis.

Vor der Apotheke klebt eine Angestellte einen Zettel an die Tür: ANGSTLÖSER UND ANTIDEPRESSIVA – AUSVERKAUFT. Ohnehin brauchen Patienten, die sich ihre chemischen Krücken verschreiben lassen wollen, Geduld: Die Psychiater bleiben zu Hause oder gehen gleich selbst zum Psychiater.

Die ganze Welt gerät ins Trudeln.

Arthur geht weiter bis zur Place d'Alésia. Alles ist seltsam still. Die Autos schleichen über das Kopfsteinpflaster, in dem sich der diesige Himmel spiegelt. Die wenigen Passanten gehen gebückt und mit schleppenden Schritten. Nur einer nicht. Ein gut dreißigjähriger, klapperdürrer Schlaks hüpft mehr, als er geht. Federnden Schritts kommt er näher, zwinkert Arthur zu und brummt etwas Unverständliches.

»Eeeesssdeeee?«

»Wie bitte?«, entgegnet Arthur, der sich fragt, ob so womöglich der Ruf eines Kängurus klingt.

»Ellllesdee?«

»Ich verstehe nicht.«

»L… S… D«, presst das Beuteltier endlich hervor, wobei es sich hastig nach rechts und links umsieht.

»Nein, danke, wenn schon blau, dann lieber vom Wein«, antwortet Arthur lächelnd.

Um der unwirklich gewordenen Welt zu entfliehen, ziehen sich viele in eine künstliche zurück. Menschen jeglichen Alters und aller gesellschaftlichen Schichten geben sich den Illusionen dieses wirkungsvollen Rauschmittels hin. LSD, das inzwischen in industriellen Mengen hergestellt wird, vermag die Farben teilweise wieder zurückzuholen. Der Himmel kann dabei orange aussehen und das Laub der Bäume blau. Der Asphalt ist oft rosa und das Meer gelb. Aber was soll's: Zumindest existieren in diesem psychedelischen Universum noch Farben. Die Kehrseite der bunten Medaille sind die Nebenwirkungen dieses Mutterkornpilzderivats. Halluzinationen, um genau zu sein. Manche Konsumenten halten sich für Vögel und springen aus dem Fenster. Andere bilden sich ein, sie würden von Drachen oder anderen bösartigen Monstern angegriffen, und erwürgen ihre Frau. Die Polizei wurde angewiesen, energisch gegen diese neue Geißel vorzugehen. Mit Feuereifer führen die Beamten Beschlagnahmungen durch. Umso mehr als manche von ihnen nur allzu gern ihrer Uniform wieder ein wenig Farbe verleihen und einiges davon für ihren persönlichen Gebrauch abzweigen.

Wie an jedem Tag seit einem Monat setzt sich Ajay um Punkt achtzehn Uhr hinter das Steuer seines Taxis. Die Nacht hat sich bereits auf Manhattan herabgesenkt. Ein paar Laternen verbreiten ein milchiges Licht. Er dreht den Zündschlüssel, schließt die Augen, spielt im Leerlauf mit dem Gaspedal und taucht ein in die Farben, die der Motor je nach Drehzahl vor seinem inneren Auge heraufbeschwört. Seine Synästhesie ist noch genauso ausgeprägt wie zuvor. Wenn er den Motor dröhnen lässt, erscheinen dieselben Farben in seinem Gehirn wie früher. Genauso leuchtend. Alle, bis auf Gelb, das immer noch durch Abwesenheit glänzt. Wenn er die Augen wieder aufschlägt und sich ein Stück von seinem Sitz erhebt, um das Farbspektrum durch einen Blick auf die Motorhaube zu vervollständigen, kommen ihm beinahe die Tränen. Ein Farbton fehlt, und die Farbenwelt ist entvölkert. Wie an jedem Tag seit einem Monat zieht er daraufhin den Zündschlüssel ab und geht nach Hause, um ein Videospiel zu spielen. *Call of Duty*, um genau zu sein. Er weiß nicht, wieso, aber die Geräusche dieses Spiels schenken ihm sämtliche Farben, bis auf die der Sonne. Seit einigen Tagen hat Ajay nichts mehr gegessen. Er verkümmert zusehends.

Ein paar Bewohner der Seniorenresidenz proben in ihrem Kellerstudio »Back in Black«. Sie spielen lauter als AC/DC, da die meisten von ihnen nicht mehr so gut hören. Doch sie sind nicht mit dem Herzen bei der Sache. Vor allem nach diesem kargen Mittagessen. Seit ein paar Tagen weigert sich Pierrette zu kochen.

In den letzten Wochen ist kaum noch jemand zu ihren Konzerten gekommen. Die meisten Bewohner sitzen wie festgenagelt auf ihrem Stuhl im Fernsehzimmer und schauen ununterbrochen die Nachrichtensender, die immer neue Zuschauerrekorde verzeichnen.

Am meisten scheint Lucien unter der Situation zu leiden. Er muss immer wieder an die Tragödie zurückdenken, die vor dreißig Jahren zum Tod seiner Frau führte. Unvermittelt blitzen die Bilder vor seinem inneren Auge auf. Ihre zwölf Meter lange Segeljacht. Das Sonnenlicht auf den Segeln und dem Haar seiner Frau. Sie war im siebten Monat schwanger und hatte bis dahin nicht die leiseste Wehe gehabt. Der Wetterbericht verhieß lediglich fünfzehn Knoten Windgeschwindigkeit. Und seine Frau hatte darauf bestanden. Doch nur fünf Meilen vom Hafen entfernt war plötzlich ihre Fruchtblase geplatzt. Bis er mit straffen Segeln und auf Vollgas laufendem Motor das Festland erreichte, hatte seine Frau ihr Leben und seine

Tochter das Augenlicht verloren. Seitdem waren die Schuldgefühle nicht mehr von ihm gewichen.

»Komm schon, Papa, lächle doch mal«, flüstert Charlotte, die immer häufiger in die Residenz kommt, seit ihr auffällt, wie niedergeschlagen ihr Vater ist. »Du weißt doch, dass ich es merke, wenn du lächelst.«

»Mir wird bewusst, dass die Farben meinen Kummer ein wenig zu übertünchen vermochten.«

»Hör auf damit. Und vergiss nicht: Ich bin nicht völlig blind. Starkes Licht kann ich erkennen.«

»Ich brauche Farben.«

Charlotte tastet auf dem Tisch nach der Obstschale und greift nach einer Banane.

»Nimm die Banane, Papa.«

»Ich habe keinen Hunger.«

»Wenn du diese Banane betrachtest, wird die Region deines Gehirns aktiviert, die für die Farbe Gelb empfänglich ist, was beweist, dass das Gehirn in der Lage ist, Schwarz-Weiß in Farbe umzuwandeln. Das Gleiche passierte auch, wenn du früher einen Schwarz-Weiß-Film gesehen hast: Schon nach wenigen Sekunden färbte dein Gehirn ihn ein. Das funktionierte vor dem Verschwinden der Farben, und meine Kollegen haben mir bestätigt, dass es auch heute noch gilt. Also schließ die Augen und versuch, dir diese Banane vorzustellen.«

Lucien gehorcht.

»Du hast recht«, stellt er etwa zehn Sekunden später fest. »Wenn man sich konzentriert, kann man die Farbe zurückholen, zumindest im Kopf.«

Er öffnet die Augen und wirkt enttäuscht, dass die Banane noch immer grau ist. Aber um seiner Tochter eine Freude zu machen, schält er sie und isst sie auf.

Mehdi Tocque hat das Programm von France Inter komplett überarbeitet. Von jetzt an lautet die Devise: Nur noch Positives. Die Sendungen beschäftigen sich mit unterhaltsamen Themen, und es werden die fröhlichsten Lieder gespielt. Das hebt die Stimmung der Menschen und steigert die Hörerzahlen des Senders. Besonderes Augenmerk richtet er dabei auf Charlottes farbenfrohe Kolumnen, die immer größeren Zuspruch finden. Sie haben einen täglichen Sendeplatz bekommen und werden im Lauf des Tages mehrmals wiederholt.

Meine lieben Freunde, die Menschen haben die Fähigkeit verloren, Farben zu sehen. Nun denn. Aber vielleicht ist ja nicht alles verloren, denn uns bleiben immer noch Schwarz und Weiß! »Aber sind Schwarz und Weiß denn überhaupt Farben?«, werden Sie entgegnen. Nun, meine wissbegierigen Hörerinnen und Hörer, lassen Sie mich Ihnen sagen, dass vor dem Beginn des zwanzigsten Jahrhunderts niemand diese Frage gestellt hätte. Für unsere Vorfahren bezeichnete »Nicht-Farbe« alles, was nicht gefärbt war, die wollweißen Kutten der Mönche zum Beispiel. Warum also stellen wir sie heute? Das liegt zum Teil an den Herren Edmond Becquerel und Émile Reynaud, die auf den glänzenden Gedanken kamen, die Farbfotografie beziehungsweise den Farbfilm zu erfinden. Ihre Techniken wurden im Lauf der Zeit erheblich verbessert, aber noch heute gelten Schwarz-Weiß-Filme oder -Bilder als Gegensatz zu sogenannten Farbfilmen und -fotos. Also, sind Schwarz und Weiß nun Farben oder nicht …?

Bis morgen, meine lieben Hörerinnen und Hörer.

»Gute Frage!«, murmelt Sylvie trübsinnig.

Chemische Kettenreaktion in Charlottes cingulärem Kortex, jener Hirnregion, die am Empfinden von Empathie beteiligt ist.

»Vermisst du die Farben so sehr?«

»Ja … nein … es ist nicht nur das.«

»Willst du darüber reden?«

»Du würdest mich bloß auslachen.«

»Traust du mir das zu?«

»Weißt du …«

Sie beendet ihren Satz nicht.

»Ach nein, das wusste ich noch nicht!«, versucht Charlotte die Stimmung aufzulockern.

»Ich fühle mich so allein …« Nach einer kurzen Pause fährt sie fort: »Du weißt, dass Mehdi und ich …«

Charlotte berührt kurz die Glühbirne, die aufleuchtet, wenn das Mikrofon eingeschaltet ist, um sich zu vergewissern, dass sie auch wirklich kühl ist und niemand ihr Gespräch hören kann.

»Ja, du hast ein ziemlich gutes Verhältnis zu unserem Chef«, sagt sie vorsichtig.

»›Verhältnis‹ ist gut …! Viagra wirkt bei ihm nicht mehr …«

»Das könnte daran liegen, dass die Pillen nicht mehr blau sind. Bei der Wirksamkeit dieses Moleküls spielt der Placeboeffekt eine große Rolle, vielleicht denkt er daher unbewusst, dass seine Wirkung schwächer geworden ist.«

»Ich glaube eher, es liegt daran, dass … ich ihm nicht mehr gefalle.«

Charlotte wird klar, dass Sylvie jetzt, wo ihre Lippen nicht mehr rot sind, sehr viel weniger anziehend wirkt. Um fünfundzwanzig Prozent weniger anziehend, wenn man einer überaus seriösen Studie Glauben schenkt, die vor einigen Jahren durchgeführt wurde. Doch das erzählt sie ihr lieber nicht.

»Wo wir gerade von Männern reden, denen man nicht mehr gefällt … Siehst du darauf noch jemanden?«, fragt sie und zeigt Sylvie ein neues Foto, das sie von ihrem Fenster aus gemacht hat.

Arthur beobachtet sie weiterhin. Wütend verlässt Charlotte den Sender. Als sie in die Metro steigt, nimmt sie sich vor, unverzüglich etwas zu unternehmen.

Eilmeldung auf lemonde.fr

»Farbe« wird zum häufigsten Suchbegriff bei Google, noch vor »Sex«.

Charlotte verlässt die Metrostation in der Nähe der Schule ihrer Tochter. Sie geht langsam und orientiert sich mithilfe ihres weißen Stocks. Wer sie sieht, glaubt sicher, dass sie sich auf den Weg konzentriert, doch dem ist nicht so. Sie kennt ihn auswendig. Auch ihr Unterbewusstsein sagt ihr, wo sie hinmuss. Stattdessen ist ihre ganze Konzentration auf die Eindrücke ihrer übrigen Sinne gerichtet. Wenn ihr ein Passant entgegenkommt, versucht sie, sein Parfüm zu erkennen. Sie hört das schnelle Klappern hoher Absätze, die im selben Rhythmus laufen wie zwei Ledersohlen, wahrscheinlich ein elegantes Paar. Sie bemerkt den lässigeren Gang mehrerer Schuhe mit Gummisohlen, sicher eine Gruppe Jugendlicher in Turnschuhen. Sie spürt einen übel riechenden feuchten Lufthauch, wenn sie am Ausgang einer Metrostation vorbeikommt, die kühle Klimaanlage eines Geschäfts, dessen Tür offen steht.

Sie versucht, den Unterschied zwischen der früheren Welt und der jetzigen zu erfassen. Aber für sie hat sich nichts verändert, bis auf die Stimmen der Eltern vor Louises Schule, die mit jedem Tag ängstlicher klingen. Ein Vater beklagt, dass sein Sohn nicht mehr zum Judo gehen will: Der graue Gürtel hat jeden Reiz verloren. Eine verbitterte Frau berichtet von den Worten ihres depressiven Mannes: »Wissen Sie, was er heute zu mir gesagt hat? Er leide unter Schlaflosigkeit. Er sei schon um neun Uhr aufgewacht und habe nicht wieder einschlafen können!«

Die meisten Gespräche drehen sich um den verlorenen Appetit der Kinder. Sie wollen einfach nichts mehr essen. Nicht einmal Kekse!

Doch zum ersten Mal hört sie heute, wie sich einige Eltern bemühen, auch das Gute an der Sache zu sehen.

»Seit Spinat nicht mehr grün ist, bringe ich ihn endlich dazu, ein bisschen davon zu essen«, sagt eine Mutter.

»Und ich habe ihn auf den Geschmack von Lakritzstangen gebracht, die liebt er«, ergänzt ein Vater mit heller Stimme.

»Meiner schaut seine Fernsehserien nicht mehr. In Schwarz-Weiß findet er sie total altmodisch. Und ob Sie es glauben oder nicht, er hat tatsächlich angefangen, Romane zu lesen!«

Schwarze Tinte auf weißem Papier … Zumindest in den Büchern sind die Farben unverändert, denkt Charlotte.

Durch all die Gespräche ringsum hört sie ein leises, etwa zehn Meter entferntes »Mamaaan«. Es ist Louise, die auf sie zu rennt. Charlotte bückt sich, dreht den Kopf und wartet, bis sie die sanfte Berührung der Lippen ihrer Tochter auf der Wange spürt.

»Hier, Maman!«, sagt Louise, die nach ihrem Kuss einen Schritt zurücktritt und ihr einen Zettel hinhält.

Charlotte hört das Rascheln des Papiers und greift danach.

»Was hast du denn Schönes gemalt?«

»Einen Sonnenuntergang über dem Meer … Aber er ist ganz grau … Kann ich dich was fragen?«, fügt sie zögernd hinzu. »Warum bist du eigentlich nie traurig?«

»Warum sollte ich denn traurig sein?«

»Weil du keine Farben siehst. Und jetzt weiß ich, wie das ist.«

»Vielleicht sehe ich sie ja, mein Liebes. Nicht mit den Augen, aber mit meinem ganzen Körper. Und du, meine Prinzessin, bist der allerbunteste Farbtupfer in meinem Leben.«

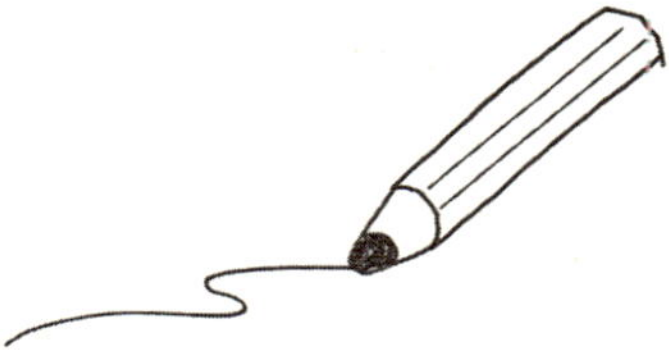

In diesem deprimierend grauen Pariser November hält sich der Sommer hartnäckig. Wie jeden Tag sitzt Arthur draußen vor dem QG und trinkt ein frisch gezapftes durchscheinendes Bier mit weißem Schaum darauf. Er sieht, wie ein Stammgast das Lokal betritt, den er ohne seine karminroten Wangen beinahe nicht erkannt hätte.

Der eifrige Zecher hat seine Mütze gegen einen Filzhut eingetauscht. Das ist die neueste Mode. Die »ikonischen Referenzen« der Gegenwart sind Schwarz-Weiß-Filmhelden wie Humphrey Bogart oder Cary Grant gewichen, erklären es die Soziologen. Die alten Streifen erleben eine ganz neue Popularität. Wenigstens war es schon immer »normal«, sie in Schwarz-Weiß zu sehen.

Zerstreut kontrolliert Arthur seine Mails. Spam. Alles nur Spam. Abgesehen von einer netten Nachricht seiner früheren Kollegin Solange, die nur mal von sich hören lassen wollte und ihm alles Gute wünscht. Im Anhang das Gruppenfoto, das sie vor der Fabrik aufgenommen haben. Plötzlich klingelt sein Handy. Es ist seine Sachbearbeiterin beim Arbeitsamt, die einen Termin mit ihm vereinbaren will.

Arthur sucht nach einem Stift und findet den ehemals rosafarbenen Buntstift von Gaston Cluzel, der noch in der Innentasche seiner Jacke steckt. Er kritzelt Datum und Uhrzeit des Gesprächs auf seinen Bierdeckel. Die leuchtend grauen Buchstaben sind kaum zu erkennen.

In diesem Moment entdeckt er Charlotte, die mit ihrer Tochter an der Hand die Straße entlangkommt. Tatsächlich ist es eher Louise, die die Hand ihrer Mutter hält und ein kleines Stück vorausläuft. Er betrachtet die beiden hingerissen, während sie an ihm vorbeigehen.

»Oh, der Mann da hat aber einen schönen Stift«, ruft Louise plötzlich, als sie an ihm vorbeigehen.

Diese Gelegenheit kann Arthur sich nicht entgehen lassen, und so drückt er die Sachbearbeiterin grußlos weg.

»Möchtest du ihn gerne haben?«, fragt er Louise mit einem strahlenden Lächeln und hält ihr den Stift hin.

Louise mustert Arthur mit leicht gerunzelter Stirn und denkt nach.

»Ich kenne Sie, Monsieur«, sagt sie.

»Ja, kleines Fräulein, ich wohne genau gegenüber von euch, direkt über der Kneipe.«

»Haben Sie eine etwas stumpfe Nase?«, erkundigt sich Charlotte misstrauisch.

»Ähh … Ich habe früher Rugby gespielt. Aber so stumpf ist sie nun auch wieder nicht!«

»Sie sollten sich schämen! Komm, Louise, wir gehen«, sagt sie und zieht das Kind am Arm mit sich fort.

»Warum soll er sich dafür schämen, dass er eine dumme Nase hat?«, will Louise wissen.

»Er weiß ganz genau, wie ich das meine!«

»Äh … wie meinen Sie das?«, wiederholt Arthur, der ganz genau weiß, wie sie das meint.

Wie hat sie das bloß gemerkt? Vielleicht ist sie ja nicht vollständig blind?

»Es tut mir leid, mein Name ist Arthur«, fügt er hinzu, als

wäre das eine Entschuldigung. Aufs Geratewohl streckt er ihr die Hand entgegen. »Es freut mich sehr, Sie …«

Hastig überquert Charlotte die verkehrsberuhigte Straße und erreicht ihre Haustür. Arthur folgt ihnen und versucht, vom Thema abzulenken, indem er sich an das kleine Mädchen wendet.

»Hier, nimm den Stift, ich schenke ihn dir!«

»Das kommt nicht infrage!«, braust Charlotte, dunkelgrau vor Zorn, auf. »Wir wollen nichts mit Ihnen zu tun haben!«

Selbst wenn sie wütend ist, klingt ihre Stimme noch immer unglaublich sanft. Aber was Arthur am meisten wundert, ist, dass diese Stimme ihm bekannt vorkommt.

Er öffnet den Mund, um etwas zu erwidern, doch er bringt keinen Ton heraus. Kläglich kehrt er an seinen Tisch zurück und kippt den Rest seines Biers hinunter. Ich muss endlich mit dem Trinken aufhören, ermahnt er sich stumm … und winkt dem Wirt hinter der Theke, ihm noch eins zu bringen.

Hand in Hand betreten Louise und Charlotte das Haus. In dem Moment dreht sich das kleine Mädchen noch einmal um und schaut zu Arthur hinüber. Mit einem strahlenden Lächeln zeigt sie ihm stolz den Stift, den er ihr heimlich zugesteckt hat.

Louise rennt in ihr Zimmer, schnappt sich, ohne die Jacke auszuziehen oder ihre Schultasche abzulegen, einen Notizblock von ihrem kleinen Schreibtisch und legt sich auf den Boden. Bäuchlings, die Füße in der Luft und die Zungenspitze in den Mundwinkel geschoben, malt sie mit dem Buntstift von Gaston Cluzel ein Bild.

Die Nacht hat den grauen Tag und seine bleiche Sonne vertrieben. Draußen wird es allmählich kühler. Als Arthur ins Innere der Kneipe umzieht, trocknet der Wirt, ein großer, magerer Kerl, der von allen nur »der Dicke« genannt wird, hinter der Theke gerade Gläser ab. Die schwarze Krawatte und die Krawattennadel, mit der er sie an seinem weißen Hemd festgesteckt hat, lassen ihn wie einen alten Schönling wirken, doch sobald er den Mund aufmacht, verrät sein Akzent seine Abstammung von auvergnatischen Kohlehändlern und Kneipenwirten. Die im Stil der Siebzigerjahre gehaltene Einrichtung des Lokals stammt tatsächlich noch aus dieser Zeit. Bis auf den riesigen Flachbildfernseher, der die Flipperautomaten und den Kickertisch ersetzt, hat sich seitdem nichts verändert. Inneneinrichtung gehört nicht unbedingt zu den Stärken des Dicken. Und Sauberkeit auch nicht. Aber ohne Farben fällt das nicht mehr so auf.

Der Dicke schaltet vom Sportkanal, wo ein Fußballspiel nach dem anderen gezeigt wird, auf den Nachrichtensender. Noch vor sechs Monaten wäre das Anlass für eine wüste Schlägerei gewesen, und die betrunkenen Gäste hätten unverzüglich und unter lautem Protest die Kneipe gewechselt. Doch jetzt gibt keiner einen Mucks von sich. Am Tresen und auch auf dem Bildschirm ist immer noch nur von den Farben die Rede, jeder Aspekt des Themas wird durchgehechelt. Vor der Kamera beschwert sich ein Firmenchef über die Krankmeldungen, die in seinem Betrieb neue Höchststände erreicht haben. Der Konservator des Louvre beklagt einen signifikanten Rückgang der Besucherzahlen und schwadroniert dann weiter über die Mona Lisa. Er ist der festen Überzeugung, dass sie nicht mehr lächelt.

»Auf die Mona Lisa«, sagt Momo und leert sein Glas. »Hey, Dicker, noch einen Grauen, bitte …«

»Was?«

»Na, das, was früher mal ein Roter war«, erklärt Momo unter schallendem Gelächter, höchst zufrieden mit seinem Scherz zu zwei Euro dreißig – der Preis für ein Glas Wein.

Charlotte Da Fonsecas Sendung kommt bei den Hörern besser an denn je. Aber in ihren Mails stellen sie ihr immer wieder die gleiche Frage: Wieso?

Bislang hat sich Charlotte konsequent geweigert, darauf zu antworten, da sie keine stichhaltige wissenschaftliche Erklärung für das Phänomen geben kann. Die Konferenzen, auf denen sich ihre renommierten Kollegen aus der ganzen Welt versammeln, haben ihr keinen einzigen Hinweis geliefert. Aber Mehdi Tocque hat darauf bestanden.

»Menschen können gegen die Furcht ankämpfen, aber nicht gegen eine diffuse Angst. Furcht empfinden wir, wenn wir wissen, was geschieht. Angst, wenn wir es nicht wissen. Nach den Anschlägen vom 11. September haben die Amerikaner sehr schnell Osama Bin Ladens Namen veröffentlicht, noch bevor sie überhaupt sicher waren, dass er tatsächlich dahintersteckte. Es ging ihnen nur darum, die Menschen zu beruhigen. Es ist wichtig zu wissen, wogegen man kämpft. Also sagen Sie, was Sie wollen, meinetwegen behaupten Sie sogar, dass das alles völlig normal und in Ordnung sei, aber liefern Sie unseren Hörern endlich eine verdammte Erklärung! Interview in einer Stunde.«

»Okay, Chef!«, gibt sich Charlotte geschlagen, und ihr kommt de Gaulles berühmter Satz in den Sinn: »Forscher, die forschen, gibt es zuhauf. Was ich will, sind Forscher, die etwas finden.«

Wenn die Neurowissenschaftler keine Erklärung haben, sollte man vielleicht bei den Soziologen danach suchen, denkt sie, als sie fünfzig Minuten später im großen Studio Platz nimmt.

»Charlotte Da Fonseca, hat man inzwischen eine Erklärung für dieses schreckliche Phänomen gefunden?«

»Wir wissen mit Sicherheit, dass dieses schreckliche Phänomen, wie Sie es nennen, Mehdi, nur uns Menschen betrifft. Bei der Farbwahrnehmung von Tieren soll es keinerlei Veränderungen geben.«

»Und warum dann bei den Menschen?«

»Vielleicht weil die Natur begriffen hat, dass die Farben für uns nicht mehr so sehr von Belang sind. Der prähistorische Mensch war auf Farben angewiesen, um Raubtiere von Weitem sehen zu können oder einfach nur zu erkennen, ob die Früchte am Baum schon reif waren. Das ist heute natürlich nicht mehr der Fall. Und wenn Sie genau hinschauen, werden Sie feststellen, dass wir uns die Zukunft unbewusst ohne Farben vorstellen.«

»Wie meinen Sie das?«

»Nehmen Sie nur die meisten der wichtigsten Science-Fiction-Filme. Von 2001: Odyssee im Weltraum *über* Matrix, Mad Max, Star Wars *und natürlich* Men in Black *bis hin zu* Gattaca. *In all diesen Streifen tragen die Menschen kaum farbige Kleidung und leben in einer farblosen Umgebung.«*

»Aber unsere Gegenwart war doch noch sehr bunt!«

»Immer weniger. Denken Sie beispielsweise an unsere Raumgestaltung. Das Erste, was wir tun, wenn wir ein altes Haus kaufen, ist, die Tapeten abzureißen und die Wände weiß zu streichen. Bei unseren Großeltern sprach man noch vom

blauen Zimmer, vom roten Zimmer, vom gelben Zimmer … Heutzutage gibt es das weiße Zimmer, das weiße Zimmer und das weiße Zimmer.«

»Und das Gleiche gilt auch für unsere Autos?«

»Absolut. Wer schon einmal das Glück hatte, nach Kuba zu reisen, war begeistert von den alten bunten Autos dort. Was wir vergessen haben, ist, dass genau die gleichen Wagen auch durch die Straßen von Paris fuhren. In den letzten Jahren waren drei Viertel aller weltweit hergestellten Autos entweder schwarz, weiß oder grau. Wohingegen in den Fünfzigerjahren Grün, Rot und Blau vorn lagen. Natürlich war eine schier grenzenlose Farbauswahl ein Marketingargument, doch letzten Endes haben die Autofahrer die Farben verschmäht.«

»Und in der Mode?«

»Abgesehen von der Regierungszeit Franz' I., als die Farbe Schwarz obligatorisch wurde, gehörte es bis zum Ende des neunzehnten Jahrhunderts sowohl für Männer als auch für Frauen, die es sich leisten konnten, zum guten Ton, äußerst farbenfrohe Kleidung zu tragen. Brautkleider etwa waren früher rot. Es gab auch berühmte Farbkombinationen. Erinnern Sie sich an Werther, den Helden aus Goethes Roman, er trägt Blau und Gelb. Und diese Zusammenstellung wurde von einem Großteil der reichen jungen Männer seiner Zeit übernommen. Seit Beginn des zwanzigsten Jahrhunderts sind die lebhaften Farben jedoch aus unseren Kleiderschränken so gut wie verschwunden. Die Vorliebe für Schwarz war noch nie so ausgeprägt wie heute.«

»Wenn ich zusammenfassen darf, ist das Verschwinden der Farben also eine logische und unausweichliche Entwicklung unserer globalisierten, zunehmend modernen Welt. Wir müssen es einfach akzeptieren, ja uns im Grunde sogar darüber freuen?«

»Bleibt uns denn etwas anderes übrig?«

Eilmeldung auf lemonde.fr

Massenhaft Stornierungen von Reisen auf die Malediven, die Seychellen und in die Südsee für die kommende Wintersaison. Die Lagunen haben ihre Anziehungskraft verloren.

Es ist längst dunkel geworden. Undeutlich nimmt Charlotte, die am Tisch neben dem Fenster sitzt, das Licht der Pariser Straßenlaternen wahr. Sie denkt an das Interview zurück. Er hat mich dazu gebracht, zu behaupten, Schwarz und Weiß seien die Zukunft der Farbe. Irgendwie habe ich das Gefühl, ich hätte mich von ihm in die Falle locken lassen …

Obwohl sie in ihre Gedanken versunken ist, hört sie, wie Louise von ihrem Stuhl aufspringt, dann ein sich entfernendes »Danke, Mamaaan«. Sie streicht mit dem Finger über Louises Teller und erkennt, dass sie alles aufgegessen hat. Sie ist so ein unkompliziertes Kind, das sich instinktiv an ihre »besondere« Mutter angepasst hat. Charlotte hat eine Spezialität: Schmorgerichte. Und sie backt. Ihre sprechende Küchenwaage hilft ihr dabei, die Zutaten perfekt abzuwiegen. Es erfüllt sie mit großem Stolz, wenn es ihrer Tochter schmeckt.

Während sie den Tisch abräumt, stellt sie sich vor, wie sich Louise in ihrem Zimmer zu schaffen macht. Ein paar Minuten später riecht sie hinter sich einen Hauch von Waschmittel. Sie geht darauf zu, und ihre tastende Hand trifft auf die Schulter ihrer Tochter. Der dicke Baumwollstoff bestätigt ihr, dass sie unaufgefordert schon den frisch gewaschenen Schlafanzug angezogen hat.

»Sehr gut, mein Schatz, und jetzt geh ins Bett. Es ist schon spät.«

»Hier, Maman«, sagt Louise und hält ihr ein Bild hin, um ein bisschen Zeit zu schinden.

»Was ist das?«

»Eine rosa Maus, die durch rosa Gras läuft.«

»Ist Gras denn nicht normalerweise grün?«

»Doch, aber ich habe nur Rosa. Und außerdem ist rosa Gras viel schöner.«

Darin liegt die besondere Kraft der Kinder, denkt Charlotte bei sich. Sie haben so viel Fantasie, dass sie sich im Geiste eine perfekte Welt erschaffen können.

»Und für wen ist deine rosa Maus?«

»Na, für Opa natürlich!«

»Darüber wird er sich sehr freuen. Und jetzt ab ins Bett. Du musst morgen zur Schule!«

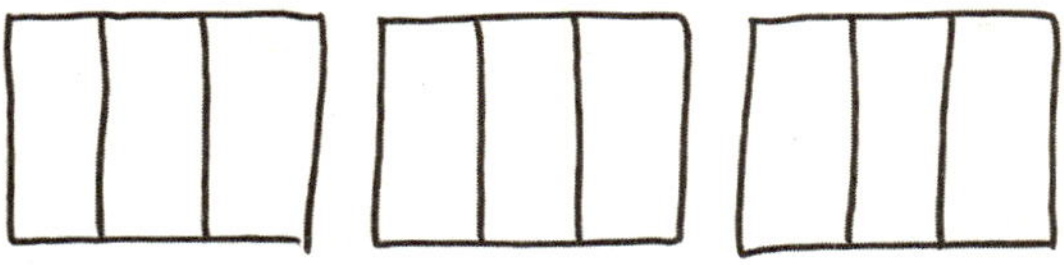

Arthur lümmelt auf dem Sofa vor dem Fernseher herum und drückt mit der Hand eine leere Bierdose zusammen. Er weiß, dass es die sechste an diesem Abend ist, denn das Sixpack ist jetzt leer. In den Nachrichten wird über die Ausschreibung eines Wettbewerbs berichtet. Es geht um den Entwurf für eine neue französische Fahne, damit sie nicht länger mit der von Italien, Belgien, Irland und anderen Ländern verwechselt wird.

Arthur betrachtet die ersten Vorschläge. Vielleicht aus Nostalgie zeigen viele von ihnen die mehr oder weniger stilisierte königliche Lilie. Aber in Gedanken ist er nicht bei der Sache. Wie konnte sie ihn am Fenster sehen?, fragt er sich, während er Charlotte beinahe unwillkürlich dabei zusieht, wie sie sorgfältig ihre Einkäufe verstaut.

Von dem Anblick bekommt er Hunger. Sein Magen knurrt. Er hat seit gestern nichts mehr gegessen. Arthur öffnet den Küchenschrank: leer. Er findet bloß noch einen Rest Pastis 51 und ein Gläschen mit eingelegtem Ingwer, das Überbleibsel eines japanischen Essens. Er gießt den Inhalt der Flasche in ein großes, schmutziges Glas, das er aus dem Spülbecken nimmt, und verschlingt den gräulichen Ingwer. Ein 102er, denkt er, wie bei Gainsbourg, und gibt ein bisschen Wasser in seinen doppelten Pastis. Dann trinkt er auf das Wohl des Sängers und macht eine Bestandsaufnahme. Alkoholiker? Ja! Arbeitslos? Ja! Pleite? Ja! Versager? Kein Kommentar!

Vom Sofa aus wirft er die sechs Bierdosen nacheinander in Richtung Mülleimer. Die letzte trifft ihr Ziel. Drei Punkte! Ich sollte über eine Karriere als Basketballer nachdenken, spottet er, während er den Pastis kippt, um damit den Ingwer hinunterzuspülen, der in seiner Speiseröhre feststeckt.

Mit halb geschlossenen Augen beobachtet er, wie seine Nachbarin mit einem Magneten eine Zeichnung ihrer Tochter an den Kühlschrank hängt. Eine rosa Maus, erkennt Arthur, während er tiefer in die Sofakissen sackt. Kurz darauf schläft er tief und fest, während auf dem Bildschirm schwarz-weiße Bilder vorbeiflimmern.

Kapitel 5

In dem sich herausstellt, dass Rosé in Wirklichkeit orange ist

Islamistische Terroristen haben sich vergangene Nacht beim Bau einer Bombe versehentlich selbst in die Luft gesprengt. Experten vermuten, dass sie die Anschlüsse der ehemals blauen und roten Kabel verwechselt haben.

Die Nachricht läuft in Endlosschleife auf allen Sendern. Arthur muss sie im Halbschlaf mindestens zehnmal gehört haben. Vielleicht noch öfter. Wenn es Gott tatsächlich gibt, dann macht er seinen Job manchmal gut, denkt er, während er sich den Nacken massiert. Er hat einen fürchterlichen Kater.

Angezogen und mit schmerzenden Gliedern liegt er auf dem Sofa. Er drückt auf den Knopf der Fernbedienung, schaltet den Fernseher aus und richtet sich auf. Als seine nackten Füße den Boden berühren, versinken sie in einer klebrigen Masse. Frisches Erbrochenes. Arthur kann sich an nichts erinnern. Kompletter Filmriss. Was hat er am Vorabend gemacht? Auf der Suche nach einem Hinweis blickt er sich um. Seine Wohnung ist ein Saustall. Er hat seit Wochen, vielleicht Monaten nicht mehr aufgeräumt. Starr fixiert er sein Erbrochenes. Am liebsten würde er sterben. Er taugt nichts, er ist nichts. Niemand würde bemerken, wenn er stirbt. Er würde sich in einen stinkenden Klumpen verwandeln. Manche Leute lesen die Zukunft aus Kaffeesatz, doch Arthur sieht die seine in seinem Erbrochenen, riecht sie in diesem ekelerregenden Gestank. Gleichzeitig kommt ihm irgendetwas merkwürdig vor. Ganz deutlich erkennt er den Ingwer. Oh, nein. Angewidert verzieht er das Gesicht, als ihm bewusst wird, was er da vor sich hat. Ich habe doch nicht etwa dieses vergammelte Zeug gegessen! Das steht schon seit mindestens einem Jahr im Schrank!

Aber etwas anderes irritiert ihn. Seine vom Alkohol betäubten Synapsen bemühen sich um zusammenhängende Aktivität. Insbesondere jener Bereich seiner Hirnrinde, der verzweifelt versucht, eine Information an all die Regionen zu schicken, die das Bewusstsein aktivieren. Endlich lichtet sich der Nebel in Arthurs Hirn, und er erkennt, was nicht stimmt: die Farbe des Ingwers. Inmitten der grauen Masse hat der Ingwer seine rosa Farbe wiedergewonnen.

Arthur greift nach einem teilweise von Magensäften aufgelösten Stück Ingwer und tupft es mit einer Papierserviette ab. Es leuchtet tatsächlich in jenem typischen Chemierosa von Ingwer, wie er in chinesischen Restaurants serviert wird, die sich für authentische Japaner ausgeben.

Arthur sammelt alle Ingwerstücke auf, wischt sie sauber und legt sie auf eine Untertasse, die er in die Mitte seines gläsernen Couchtischs stellt. Er starrt sie an wie ein Gläubiger ein Totem. Fasziniert, furchtsam, erstaunt und voller Hoffnung. Ein Farbklecks in einer grauen Welt.

Da fasst Arthur einen Entschluss: Er wird seine Wohnung aufräumen. Beschwingt füllt er einen großen Müllsack mit dem Abfall, der überall herumliegt. In seinem Schlafzimmer haben sich die Kleidungsstücke vor seinem Bett abgelagert wie Sediment. Jeden Tag eine weitere schiefer-, kalk- oder granitfarbene Schicht aus Socken, Unterhosen und T-Shirts. Er stopft alles in die Waschmaschine und beginnt mit einem

Hausputz. Anschließend geht er unter die Dusche. Das muss ich unbedingt den Jungs zeigen, denkt er, während er spürt, wie ihm das warme Wasser über den Rücken läuft und seinen Kater lindert.

Hastig zieht Arthur sich an und eilt mit nassem Haar nach unten ins QG. Es ist noch früh, außer dem Wirt sitzt nur Gilbert mit einem Kaffee am Tresen und liest *L'Équipe*. Die Wintersportorte wollen die Schwierigkeitsgrade ihrer Pisten neu ausweisen. Die grünen und blauen Pisten werden zu weißen, die roten zu grauen. Nur die schwarzen Pisten bleiben unverändert.

»Ich hasse Skifahren«, poltert Gilbert und verzieht das Gesicht. »Außerdem habe ich Höhenangst.«

»He, Dicker, guck mal, was ich ausgekotzt habe«, ruft Arthur triumphierend und hält ihm das Tellerchen mit den zerkauten Ingwerstückchen vor die Nase.

»Das ist ja ekelhaft, nimm das weg!«

»Guck dir die Farbe an!«

»Der ist ja jetzt schon besoffen«, sagt der Dicke seufzend zu Gilbert, der den Kopf von seiner Lektüre gehoben hat.

Arthur stellt das Tellerchen auf Gilberts Zeitung.

Gilbert ist die Art von Mensch, mit dem man sich besser gut stellt. Klein, nicht besonders kräftig gebaut, dafür ziemlich drahtig, mit einer einschüchternd mysteriösen Ausstrahlung. Durch die pockennarbige Haut ähnelt sein ergrautes Gesicht einer Austernschale. Ein etwa fünfzigjähriger schlafender Meeresvulkan, der nur darauf wartet, auszubrechen. Schlummernde Gewalt. Er trägt immer denselben schwarzen Kaschmirmantel und besitzt eine ganze Sammlung von Designerschuhen, was beweist, dass er nicht am Hungertuch nagt. Jedes Mal, wenn man ihm eine persönliche Frage stellt, durchbohrt er sein Gegenüber mit einem derart stechenden Blick, dass dieses seine Neugier gleich wieder vergisst.

»Was ist das für eine Farbe, na?«

»Weg damit«, entgegnet Gilbert voller Abscheu und wendet sich wieder seiner Zeitung zu.

»Seht ihr denn nicht, dass das Rosa ist?«, beharrt Arthur verzweifelt.

Der Blick, den Gilbert ihm zuwirft, ist genauso dunkel wie sein Kaschmirmantel. Arthur weicht einen Schritt zurück.

»Da fällt mir ein, das hast du gestern hier vergessen«, sagt der Dicke und kramt den Bierdeckel hervor, auf dem Arthur seinen Termin beim Arbeitsamt notiert hat.

»Das ist ja auch rosa!«, ruft Arthur aus, nachdem er seine Schrift gesehen hat. »Ich habe das mit einem Stift geschrieben, der früher mal rosa war. Und das Rosa ist wieder zurück. Seht ihr das denn nicht?«

»Geh uns nicht länger auf den Sack«, sagt Gilbert, und sein Ton klingt immer bedrohlicher.

»Komm schon, Arthur, das ist für uns alle nicht leicht«, sagt der Dicke, und die tiefdunklen Ringe unter seinen Augen verleihen seinen Worten Nachdruck. »Wir sind alle fix und fertig. Ich mach dir jetzt erst mal einen schönen, schwarzen Kaffee.«

Ein wenig nervös öffnet Pierrette die gläserne Eingangstür eines Teesalons im zweiten Arrondissement.

»Hier ist es«, sagt sie zu Simone, die sich hinter ihr unablässig umsieht. Genüsslich mustert Pierrette das köstliche Gebäck auf dem Tresen, vor allem die mit Pudding gefüllten Blätterteigschnitten, ihrer Meinung nach die besten in ganz Paris. Konditoren und Köche leben wirklich auf zwei verschiedenen Planeten, sagt sich die Sterneköchin jedes Mal, wenn sie sie probiert.

»Sollen wir uns dahin setzen?«, fragt Simone und lässt sich, ohne die Antwort abzuwarten, in einen abgewetzten Samtsessel fallen. Sie ist froh, ihre schmerzenden Füße ausruhen zu können. Die ehemals zinnoberroten Lackstiefel mit Keilabsätzen, die ihr David Bowie persönlich nach seiner *Ziggy Stardust*-Tournee geschenkt hat, sind ein bisschen zu groß. Für Simone sind diese Stiefel wie eine Zeitmaschine, die sie wieder in die Vergangenheit versetzt. In jene sorglosen Zeiten, in denen alles erlaubt war, vor allem das Verbotene.

Pierrette setzt sich auf ein Sofa auf der anderen Seite des niedrigen Tischs. Die große Katze des Hauses kommt heran und springt auf ihren Schoß.

»Da bist du ja«, sagt Pierrette.

Sie hält nach dem Besitzer Ausschau, mit dem sie heute

Morgen telefoniert hat, aber er ist nicht da. Stattdessen kommt ein junger Kellner in Spenzer und Fliege an ihren Tisch.

»Ich glaube, ich nehme lieber eine Blätterteigschnitte«, sagt Pierrette, deren Erregung immer größer wird.

»Wie du magst. Also eine Blätterteigschnitte und einen Regenbogentee«, bestellt Simone mit einem Zwinkern, das auch als Anmachversuch aufgefasst werden könnte.

Der Kellner antwortet mit einer leichten Verbeugung, wie er es auf der Hotelfachschule gelernt hat.

»Ach, bringen Sie mir doch auch so einen Tee«, fügt Pierrette beinahe widerstrebend hinzu.

Am Nebentisch beginnen drei alte Damen mit perfekt gelegten Löckchen gleichzeitig zu lächeln und versuchen, Pierrettes Blick aufzufangen, während diese nervös die schnurrende Katze streichelt.

Ein paar Minuten später hebt Pierrette den Deckel der Teekanne an. Statt der Teebeutel entdeckt sie zwei kleine, mit LSD getränkte Stücke Löschpapier, die im Wasser ziehen. Auf die Papiere aufgedruckte Smileys lächeln sie an.

Wieso bin ich der Einzige, der dieses Rosa sieht?, fragt sich Arthur, als er die Kneipe wieder verlässt. Ein attraktiver junger Mann kommt ihm entgegen, in der Hand eine fuchsienfarbene Einkaufstasche von Tati. Arthur lächelt ihn glückselig an, doch sein Gegenüber versteht dieses Zeichen der Sympathie falsch und wendet den Blick ab. In einer Boutique für Babykleidung bleibt Arthur wie angewurzelt vor den Stramplern stehen. Er ist kurz davor, einen zu kaufen, doch dann schreckt ihn der Preis dieses winzigen Stücks rosa Stoff ab.

Den ganzen Tag schlendert er durch Paris und ist jedes Mal aufs Neue verzaubert, wenn er irgendwo Rosa sieht. Die Farbe ist allgegenwärtig, und er hatte es nie bemerkt! Verwaschenes Rosa, Grellrosa, Altrosa, Nymphenrosa. Über hundert verschiedene Rosatöne! Überall tauchen sie unvermittelt auf wie farbenfrohe Oasen in einer aschigen Wüste.

Auf den Bänken sitzen Leser jedes Alters und versuchen, in die Welt der Bücher zu entfliehen. »Ich liebe Barbara Cartland«, flüstert er einer alten Dame zu, als ihm das Cover ihres Romans ins Auge fällt.

In einem Secondhandshop entdeckt Arthur ein bonbonrosa Paillettensakko. Bestimmt das Kostüm eines Schlagersängers. Das Sakko ist ihm zu groß. Der nicht gerade verkaufsfördernde Verkäufer verzieht kurz das Gesicht, aber Arthur beachtet ihn gar nicht. »Es ist perfekt«, erklärt er mit einem begeisterten Lächeln.

In dem rosa Sakko setzt Arthur seinen Spaziergang fort. Durch das Fenster eines Teesalons sieht er funkelndes Geschirr in derselben Farbe. Drinnen krabbelt ein halbes Dutzend eleganter alter Damen auf allen vieren herum und schnurrt oder miaut um die Wette. Eine alte Rockerbraut kratzt sich schwungvoll am Ohr, während eine ihrer Freundinnen ihr über das raspelkurz geschnittene Haar leckt. Arthur unterdrückt ein Seufzen angesichts der verheerenden Auswirkungen von LSD. Ein paar Minuten lang betrachtet er das Spektakel, dann betritt er einen Blumenladen. Er kauft einen herrlichen Strauß Damaszenerrosen mit einem hübschen Farbverlauf von Rosa zu Weiß. Zum ersten Mal in seinem Leben schenkt er sich selbst Blumen.

Wieder zurück in seinem Viertel, bemerkt Arthur etwa fünfzig Meter vor sich Charlotte und Louise, die gerade nach Hause kommen. So gut gelaunt wie noch nie rennt er auf sie zu. Charlotte, die gerade den Zugangscode für die Haustür eintippt, riecht plötzlich Blumenduft hinter sich.

»Ich wollte Sie um Verzeihung bitten, Madame, wenn ich womöglich ein wenig zu aufdringlich war.«

Sie erkennt die leicht keuchende Stimme wieder und dreht sich zu Arthur um.

»Darf ich Ihnen zur Entschuldigung ein paar Blumen schenken?«, fügt er hinzu, als ihm einfällt, dass er selbst ja ohnehin keine Vase hat.

»Ganz sicher nicht!«, versetzt Charlotte trocken.

»Oder Vorhänge vielleicht?«, wagt Arthur einen weiteren Versuch.

»Nein, danke!«

»Danke für den Stift«, mischt sich Louise mit funkelnden Augen ein.

Arthur bemerkt die rosigen Wangen des Mädchens.

Er beugt sich zu ihr hinunter und fragt mit seiner sanftesten Stimme: »Weißt du denn auch, welche Farbe der Stift hatte?«

»Rosa«, antwortet Louise, ohne zu zögern. »So wie deine Jacke!«

»Lassen Sie uns in Ruhe«, schimpft Charlotte verärgert. »Lassen Sie meine Tochter in Ruhe. Wenn Sie nicht aufhören, rufe ich die Polizei!«

»Warten Sie doch, das ist fantastisch, Ihre Tochter sieht die F…«

Aber da hat Charlotte bereits die schwere Tür hinter ihnen geschlossen.

»Im Moment haben wir graue Vorhänge mit dunkelgrauen Kreisen im Angebot.«

Es ist seit drei Tagen die erste Kundin, die ihren Laden betritt. Die Raumausstatterin kann ihr Glück kaum fassen. Die einzige Farbe in ihrem Geschäft ist mittlerweile das flammende Rot ihres Kontostands. Als sie erkennt, dass ihre Kundin blind ist, passt sie die Beratung entsprechend an.

»Wir haben auch wunderbar weiche Gardinen.«

Dem Klang ihrer Stimme entsprechend stellt Charlotte sie sich groß und kräftig vor, und ihrem zarten Parfüm nach zu urteilen eher eitel. Sie vermutet zu Recht, dass sie Locken hat, auch wenn sie nicht so recht weiß, wie sie darauf kommt.

»Ich will die hier haben, Maman«, sagt Louise, die von Kopf bis Fuß rosa gekleidet ist, und deutet auf einen erdbeerrosa Stoff.

»Ein wunderschönes Perlgrau! Und die sind auch gerade im Angebot.«

Charlotte ärgert sich über sich selbst, dass sie nicht früher daran gedacht hat. Natürlich spürt sie gern das grelle Sonnenlicht, das ihr verrät, dass es schon hell ist, oder den sanfteren Schein der Straßenlaternen, die vom Anbruch der Nacht künden. Aber um sich vor fremden Blicken zu schützen, braucht man Vorhänge. Es wird schon einen Grund haben, dass die

Sehenden sie vor ihren Fenstern anbringen. Vielleicht hat mein Nachbar mich für eine Exhibitionistin gehalten.

Bevor sie in ihre Wohnung zurückkehrt, betritt sie zum ersten Mal in ihrem Leben das QG. Sie verabscheut dieses Lokal, durch dessen Tür der Geruch von kaltem Tabak, Schweiß und Alkohol hinaus auf die Straße dringt. Der Raum ist brechend voll. Abgesehen von Buchhandlungen sind solche Etablissements womöglich die einzigen Betriebe, deren Umsatzzahlen gestiegen sind.

»Guten Tag! Gibt es hier einen gewissen Arthur?«

Eilmeldung auf lemonde.fr

Radikaler Wertverlust. Rothko-Gemälde für lediglich 50.000 Euro verkauft.

Arthur liegt mit seinem iPhone auf dem Sofa und geht auf die Seite von Facebook. Seit er weiß, dass außer ihm noch andere wenigstens eine Farbe sehen können, fühlt er sich weniger allein.

Er aktualisiert seinen »Gefühlsstatus«.

Ich sehe Rosa auch ohne LSD! Superglücklich! Sonst noch jemand?

Die Reaktionen seiner »Freunde« lassen nicht lange auf sich warten.

Nicht witzig.

Hör auf zu saufen.

Du Arsch.

Gerade als Arthur seine Statusmeldung löscht, klingelt sein Handy.

»Hallo, Arthur. Hier ist Charlotte, Ihre Nachbarin von gegenüber. Der Wirt vom QG hat mir Ihre Nummer gegeben«, sagt eine Stimme, die so zart ist wie das Steak in einer Uni-Mensa.

»Hören Sie, es tut mir leid, ich …«

Charlotte fällt ihm ins Wort.

»Mein Vater hat immer gesagt, dass man Böses mit Bösem bekämpfen müsse. Ich nehme Ihr Angebot an. Ich bin damit einverstanden, dass Sie mir helfen, meine Vorhänge anzubringen.«

Arthur schaut aus dem Fenster und sieht seine Nachbarin mit dem Handy in der einen und einem rosafarbenen Stoff in der anderen Hand am Fenster stehen.

»Geben Sie mir fünf Minuten. Ich bin gleich da.«

Charlotte ist eine Anhängerin der sogenannten Achtsamkeit, eines aus dem Buddhismus stammenden Konzepts, welches darauf beruht, anzunehmen, was uns geschieht, auch das Negative, und zu versuchen, darin stets auch etwas Positives zu sehen. Sie erinnert sich noch ganz genau an den Vortrag über die »rechte Achtsamkeit«, den sie an der Universität gehört hat. Die Studenten waren aufgefordert worden, mit einem praktischen Beispiel zu beginnen.

»Stellen Sie sich vor, Sie sitzen in Ihrem Auto und sind auf dem Weg zu einem wichtigen Termin. Seit zwanzig Minuten suchen Sie einen Parkplatz, und Sie kommen schon zu spät. Endlich finden Sie eine freie Lücke zwischen zwei Fahrzeugen. Sie halten neben dem ersten Wagen an und wollen gerade rückwärts einparken, als der Fahrer hinter Ihnen unversehens vorwärts in die Lücke fährt und Ihnen so den Platz wegschnappt. Der Fahrer erlaubt sich beim Aussteigen sogar noch ein spöttisches Lächeln in Ihre Richtung. Versuchen Sie, drei Vorteile an dieser Situation zu finden. Und ich meine, wirkliche Vorteile!«

Tiefe Stille im Saal.

»Ich bekomme endlich den Beweis dafür, dass mein Baseballschläger stabiler ist als die Scheiben eines Mini«, schlug einer der Studenten vor.

»Das werte ich nicht als einen Vorteil«, zügelte ihn der Redner. »Überlegen Sie weiter.«

Allgemeines Schweigen.

»Lassen Sie mich Ihnen das Prinzip erklären. Wenn Sie in eine extreme Stresssituation geraten, werden unverzüglich neuronale Verknüpfungen in Ihrem limbischen System aktiviert, jenem Teil des Gehirns, der es der Menschheit seit Urzeiten ermöglicht, Gefahren abzuwehren, und so ihr Überleben sichert. Aber dieser Bereich des Gehirns ist in seiner Funktion sehr begrenzt. Er beschränkt sich ausschließlich auf Emotionen und neigt nicht zu Reflexion. Das Ziel besteht also darin, jenes Areal Ihres präfrontalen Kortex zu aktivieren, in dem sich Ihre Fantasie und Ihr rationales Denken entwickeln. Auf diese Weise werden Sie lernen, Ihre Emotionen zu beherrschen.«

Die Stille klang eher zweifelnd.

»Ich kann das Lied, das gerade im Radio läuft, zu Ende hören«, wagte Charlotte sich vor, um das Schweigen zu brechen.

»Ich habe eine Ausrede für meine Verspätung und kann den Vorfall in scherzhaftem Ton schildern, um die Stimmung aufzulockern«, fügte ein zweiter Student hinzu.

»Ich sage mir, dass mir das eine Lehre sein wird. Und wenn ich das nächste Mal einen wichtigen Termin habe, fahre ich rechtzeitig los, um entspannt anzukommen«, ergänzte ein dritter.

Der Dozent lächelte zufrieden.

»Zum Glück zeichnet sich unser Kortex durch eine große Plastizität aus. Und als Studenten der Neurowissenschaften wissen Sie, dass man entgegen einem verbreiteten Irrglauben in jedem Alter neue Synapsen bildet. Je häufiger Sie diese Übung machen, umso stärker wird sich Ihr Gehirn daran gewöhnen, Ihrem präfrontalen Kortex den Vorzug zu geben. Diese Fähigkeit zeichnet die meisten großen Männer aus, die wir als weise bezeichnen.«

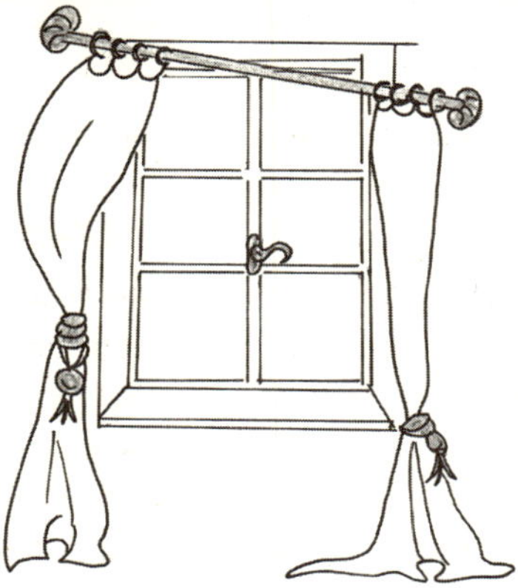

Arthur kämmt sich vor dem Spiegel die Haare, als ihm auffällt, dass das nicht sonderlich hilfreich sein wird, um seine Nachbarin zu verführen. Er kramt in seinem Schrank herum und entdeckt einen alten Flakon mit einem Armani-Parfüm. Großzügig sprüht er sich damit ein. Dann holt er sein Werkzeug. Bohrmaschine. Maßband. Dübel. Wenige Sekunden später drückt sein Finger auf den Klingelknopf. Louise macht ihm auf.

»Ich habe sie ausgesucht«, sagt sie stolz und deutet auf die Vorhänge. »Alle anderen waren grau.«

»Und ich brauche Ihnen ja nicht zu erklären, an welchem Fenster ich Vorhänge brauche«, sagt Charlotte leise, doch ihre Stimme klingt erstaunlich freundlich.

Eine halbe Stunde später stemmt Arthur die Hände in die Hüften und bewundert seine Arbeit. Er war noch nie ein begabter Handwerker, aber das Ergebnis ist gar nicht mal so übel. Und der Vorhang scheint zu halten, obwohl die Dübel ein wenig zu groß sind. Louise kommt zu ihm herüber. Ihre kleine Hand umklammert den rhodaminrosa Buntstift.

»Guck mal!«, fordert sie Arthur auf und hält ihm ein Stück Papier hin.

Eine Zeichnung auf einem Blatt aus einem Notizblock. Mit

ein wenig Fantasie erkennt man eine graue menschliche Gestalt in einer rosafarbenen Jacke, die auf einem Tritthocker steht und einen rosa Vorhang vor einem grauen Fenster anbringt. Louises Bild zufolge hat er einen dicken Bauch und die Stange hängt nicht waagrecht. Arthur überprüft die beiden Punkte. Unglücklicherweise ist die Zeichnung korrekt.

»Das ist das schönste Bild, das ich je bekommen habe«, sagt Arthur, und das ist keine Lüge, denn er hat noch nie eins bekommen.

Arthur brennt darauf, Charlotte zu erzählen, dass Louise und er Rosa sehen. Aber er will nicht riskieren, schon wieder als Spinner dazustehen.

»Was machen Sie denn so beruflich?«, fragt er schließlich, weil ihm nichts Besseres einfällt, um ein Gespräch in Gang zu bringen.

»Ich bin Expertin für Farben.«

Na, bitte! Sie macht sich über ihn lustig. Er geht nicht weiter darauf ein, sondern faltet den Zettel zusammen und steckt ihn in die Innentasche seines Sakkos.

»Gut, dann gehe ich mal wieder. Wenn ich noch etwas für Sie tun kann, sagen Sie einfach Bescheid.«

»Danke«, antwortet Charlotte lediglich und lässt die Tür hinter ihm zufallen.

Arthur unterbricht den Heimweg für einen Abstecher ins QG. Schließlich hat er gearbeitet. Hart gearbeitet. Und außerdem wird ab heute der junge Beaujolais verkauft. Ein Wein, den er jetzt mit ganz neuen Augen sieht.

Eilmeldung auf lemonde.fr

E. L. James soll in Kürze ihren neuen Roman veröffentlichen: One Million Shades of Grey.

»Wenn ich's dir doch sage, ich kann die Farbe von dem Wein sehen«, wiederholt Arthur unablässig, diesmal an seinen Freund, den Kurierfahrer Momo, gerichtet.

»Und ich sage dir, beim Wein heißt das nicht Farbe, sondern Robe«, entgegnet dieser.

»Na, meinetwegen, und wie sieht sie aus, die Robe von diesem Beaujolais Nouveau?«

»Von dem da? Irgendwas zwischen verdünntem Zement, Guinness und Maggi.«

»Und wie war sie vorher?«

Momo wirft sich in die Brust, nimmt die Pose des Connaisseurs ein, lässt den Wein im Glas kreisen und mustert aufmerksam sein Funkeln.

»Weinkenner sprechen von einer Robe in der Farbe weißer Kirschen, einem hellen Rot, das von seiner Jugend zeugt.«

»Und was ist Hellrot für eine Farbe? Na? Rosa! Und ich kann dir versichern, dass der junge Beaujolais in diesem Jahr tatsächlich rosa ist!«

»Quatsch, der Beaujolais Nouveau ist doch kein Rosé.«

Ein Gedanke zuckt durch Arthurs alkoholvernebelten Geist.

»Gute Idee. Lass mich mal vergleichen. Hey, Dicker, einen Rosé, bitte!«

Der Dicke verdreht die Augen und schenkt ihm ein weiteres Glas ein.

»Ach was, man hätte den Rosé niemals Rosé nennen sollen«, stellt Arthur enttäuscht fest. »Der ist ja fast komplett grau. Nur ein paar rosa Reflexe an der Oberfläche, das ist alles. Und ich kann dir sagen, ich bin mittlerweile Experte für Rosa. Aber wenn ich mich recht erinnere, ging die Farbe auch eher in Richtung Orange. Was soll's, deswegen muss er ja nicht schlecht sein.« Er hebt das Glas an die Lippen und legt den Kopf in den Nacken.

»Du gehst uns langsam auf die Nerven mit deinem Rosa«, brummt Gilbert, der sich einen Weg zum Tresen bahnt, um sich ein Glas Beaujolais zu holen. »Du behauptest also, du könntest die Farbe sehen?«, fragt er herausfordernd.

»Kann ich. Ehrlich!«

»Dann machen wir jetzt einen Test, ich glaube, ich habe etwas dabei, worauf früher mal Rosa zu sehen war.«

Gilbert klappt sein Portemonnaie auf.

»Dein Führerschein ist rosa«, ruft Arthur erfreut.

»Für wie bescheuert hältst du mich? Jeder Trottel weiß, dass Führerscheine früher rosa waren. Guck dir lieber mal das Bild hier an«, sagt Gilbert und zieht ein Foto heraus.

Ein Brautpaar, umringt von etwa zwanzig festlich gekleideten Gästen, die Frauen mit Hut, die meisten von ihnen asiatischer Herkunft, genau wie die Braut, die stolz in einem an Sahnebaiser erinnernden Kleid posiert. Arthur mustert Gilbert.

»Alkohol konserviert, wie man sieht. Bist du das?«

»Ja. Siehst du irgendwo auf dem Foto Rosa?«

»Von denen trägt keiner Rosa«, antwortet Arthur und beugt sich wieder über sein Glas.

»Guck noch mal genauer hin!«

»Na, so was ... du hattest ja rosa Socken an!«

Gilbert starrt ihn an. Vor Verblüffung bleibt ihm der Mund offen stehen.

»Er hat recht«, stottert er schließlich, an Momo gewandt.

»Du hattest knallrosa Socken an, fast wie das Rosa hier«, setzt Arthur noch einen drauf und holt Louises Zeichnung aus der Tasche. »Das hat mir die Tochter der Nachbarin von gegenüber geschenkt.«

»Verdammt!«, brüllt Gilbert nach einem Blick auf das Bild.

»Was?«, fragt Arthur.

»Ach, du Scheiße«, flüstert der Dicke.

»Fuck!«, vervollständigt Momo die Sammlung im Plauderton.

»Was denn?«

»Dein Bild ist rosa! Ich sehe Rosa!«, stammelt der Dicke, als sei ihm gerade die Jungfrau Maria als Rosenkranzwunder-Version erschienen.

»Ich auch! Und der Beaujolais ist jetzt auch rosa!«, erklärt Momo verzückt.

»Und ich sehe meine rosa Socken auf dem Foto!«, ruft Gilbert.

Arthur klettert auf den Tresen, schwenkt die Zeichnung über seinem Kopf und zeigt sie dem Dutzend Zecher um ihn herum. Er sieht aus wie ein Playmate, das im Boxring die nächste Runde ankündigt.

»Lokalrunde!«, verkündet der Dicke mit zitternder Stimme und läutet die Glocke.

Eilmeldung auf lemonde.fr

Ein Bild aus der Outrenoir-*Serie von Pierre Soulages wurde für 310 Millionen Dollar verkauft und ist damit das teuerste Gemälde der Welt.*

Arthur kann nicht einschlafen. In seinem Kopf dreht sich alles, und er bekommt keine Luft. Er öffnet das Fenster, um etwas Sauerstoff hereinzulassen. Trotz der Kälte, die sich nun doch endlich entschlossen hat, in Paris Einzug zu halten, und der Tatsache, dass er splitternackt ist, schwitzt er. Ich muss endlich mit dem Trinken aufhören, sagt er sich zum x-ten Mal in dieser Woche, angewidert von dem Geruch nach billigem Wein, der auf seiner Stirn perlt. In den Händen hält er wie einen Schatz die völlig zerknitterte und zu einer Kugel zerknüllte Zeichnung. Ein Gast im QG wollte sie ihm wegnehmen. Der Ton wurde schärfer. Normalerweise hat Arthur nichts gegen eine kleine Schlägerei, das erinnert ihn an seine Zeit beim Rugby, aber er war nicht in der richtigen Verfassung. Also hat er sich heimlich verdrückt und dabei »vergessen«, seine Getränke zu bezahlen. Ein Schrillen reißt ihn aus dem Dämmerschlaf. Die Türklingel? Der Letzte, der auf diesen Knopf gedrückt hatte, war ein Gerichtsvollzieher, der ihm ein Schriftstück zustellen wollte. Wer klingelt denn um elf Uhr abends? Der Dicke, damit ich meinen Deckel bezahle? Nackt in seinem Bett liegend, fühlt sich Arthur wie gelähmt.

»Wer ist da?«, ruft er.

»Entschuldigen Sie die Störung, ich bin Journalist«, antwortet eine Stimme mit ausländischem Akzent.

»Kommen Sie morgen wieder. Ich fühle mich nicht wohl.«

»Tut mir leid, aber ich muss darauf bestehen.«

Arthur will nur noch schlafen, um den bleiernen Schwindel loszuwerden, der in seinem Kopf herumwirbelt.

»Morgen!«

Plötzlich ertönt ein dumpfer Knall. Jemand hat die Tür aufgebrochen. Zwei bewaffnete maskierte Männer tauchen im Halbdunkel vor ihm auf.

Immer noch vom Alkohol benebelt, verspürt Arthur keine Angst, sondern Ärger. Er begreift sofort. Die wollen auch seine Zeichnung.

»Das ist ein Geschenk, mein einziges Geschenk, es gehört mir!«, brüllt er und packt den Zettel.

»Wo ist die Zeichnung?«, fragt der Erste und schaltet das Licht ein. Er hat die massige Gestalt eines Fleischerhunds.

Arthur bleibt gerade noch Zeit, sich das zerknüllte Papier in den Mund zu stecken und es zwischen Zahnfleisch und Wange zu klemmen.

Brutal zerren die beiden Männer ihn aus dem Bett, werfen ihn bäuchlings auf den Boden und drehen ihm den Arm auf den Rücken, sodass er sich nicht mehr rühren kann. Ihre Gesten sind präzise. Das sind Profis. Arthur spürt, wie sich das Papier in seinem Mund auflöst.

»Wo ist die Zeichnung?«, hört er erneut in unmissverständlichem Ton.

»Leck mich«, nuschelt Arthur.

Ohne viel Federlesen beginnt der zweite Mann, die Wohnung zu durchsuchen. Er wirft die Tische um, räumt Schubladen und Schränke aus. Arthur findet die Situation recht amüsant. Er kommt sich vor wie der Held in einem Hitchcock-Film. Die Helden überstehen immer alles unversehrt. Und am Ende landen sie im Bett einer hübschen Blondine.

»Verdammt, ich hatte gerade aufgeräumt!«

Der Fleischerhund packt ihn bei den Haaren und zieht seinen Kopf hoch.

»Wo hast du sie versteckt?«

Die sehen ja aus wie Laurel und Hardy, denkt Arthur plötzlich. Laurel und Hardy, die ihre Melone bis zum Kinn runtergezogen haben.

Dieser Gedanke entlockt ihm ein dümmliches Grinsen, das Hardys freie Hand ihm gleich wieder aus dem Gesicht treibt. Durch die gewaltige Ohrfeige rutscht ihm die Zeichnung in die Kehle und bleibt dort stecken. Arthur bekommt keine Luft mehr. Er öffnet den Mund, und Hardy entdeckt die Papierkugel.

»Ausspucken!«, schreit er.

Zu spät. Arthur hat die Kugel hinuntergeschluckt.

In einer einzigen fließenden Bewegung hebt Hardy ihn hoch, dreht ihn kopfüber, hält ihn mit einer Hand an seine Brust gedrückt und schlägt ihm auf den Rücken.

»Such Alkohol«, befiehlt er Laurel, während er Arthur wieder umdreht. »Er soll sich übergeben.«

Laurel findet lediglich eine leere Flasche Pastis neben dem Abfalleimer. Der Idiot hat alles ausgetrunken. Im Bad entdeckt er den Parfümflakon auf dem Waschbecken. Sie stecken ihn ihm in den Mund. Anders als erwartet, wehrt Arthur sich nicht, sondern trinkt so gierig, als könne er gar nicht genug davon bekommen.

»Das bringt nichts. Was machen wir jetzt?«, fragt Laurel.

»Ich hab eine Idee!«, antwortet Hardy und lässt seine gewaltige Hand auf Arthurs Kopf niedersausen.

Als wäre er ein Kandidat in einem Fernsehquiz, der die richtige Antwort kennt, und Arthurs Schädel der Buzzer. Mehrmals schlägt er mit voller Wucht zu. Und jedes Mal stößt Arthur einen Schrei aus, der ganz entfernt an das Buzzergeräusch erinnert. Bei jedem Aufprall knallt sein Gehirn gegen die Schädeldecke, was vor seinem inneren Auge ein Feuerwerk an Farben erzeugt. Oh, was für ein schönes Blau! Oh, was für ein schönes Rot! Der letzte Schlag ist noch heftiger als die anderen. Eine kunterbunte Schlussgarbe, die ihn das Bewusstsein verlieren lässt. Zuvor hört er gerade noch Hardys Befehl: »Wir schneiden ihm den Bauch auf!«

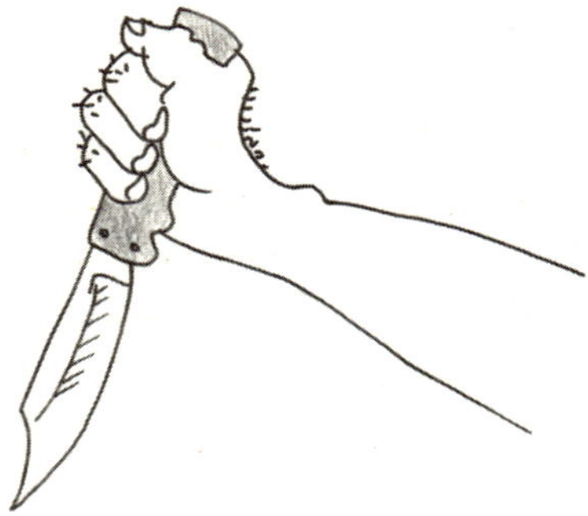

Arthur liegt nackt auf dem Boden seines Schlafzimmers. Ob seit ein paar Sekunden, ein paar Minuten oder ein paar Stunden, weiß er nicht. In seinem Wohnzimmer diskutieren die beiden Männer erbittert miteinander. Ohne sich zu rühren, öffnet er verstohlen ein Auge. Kein Blut auf seiner Brust. Allem Anschein nach lebt er noch. Durch die Türöffnung sieht er Laurel mit einem Küchenmesser in der Hand. Seinem Küchenmesser! Die gute Nachricht ist, dass er es seit Jahren nicht mehr geschärft hat. Die schlechte, dass er, nach und nach aus dem Nebel auftauchend, immer deutlicher ihr Gespräch hören kann.

»Ich schneide ihn auf, und du holst das Papier raus!«, sagt Hardy.

»Und warum nicht umgekehrt? Ich hab einen nagelneuen Anzug an. Und Blutflecken kriegt die Reinigung ganz schlecht wieder raus. Außerdem versaut mir die Gallenflüssigkeit mit ihrer Säure die Farbe.«

»Das Ding ist doch sowieso grau.«

»Anthrazit! Und ich hab keine Lust auf Ränder im Stoff!«

»Okay, dann werfen wir eine Münze«, entgegnet Hardy und kramt ein Geldstück aus seiner Tasche.

Arthurs Schädel schmerzt. Und in ein paar Sekunden wird sein Bauch noch sehr viel mehr schmerzen. Dann doch lieber schmerzende Beine, sagt er sich, springt auf und stürzt ans offene Fenster. Ohne nachzudenken, springt er aus dem zweiten Stock und prallt von der Markise des QG ab. Er landet auf dem linken Fuß – was wohl bedeutet, dass ihm ein schlechter Tag bevorsteht – und verstaucht sich den Knöchel. Sein Überlebensinstinkt lässt ihn den Schmerz vergessen, und er rennt, so schnell er kann, zum Polizeirevier des vierzehnten Arrondissements. Auf dem Weg dorthin behindern ihn weder seine blutenden Füße noch sein schmerzender Knöchel, ihn bremst vielmehr seine Männlichkeit, die er mit einer Hand festhalten muss, was der bass erstaunte Wachmann des Reviers als einen Ausdruck von Scham deutet, als er diesen splitterfasernackten Mann auf sich zukommen sieht.

Der Wettermoderator verhaspelt sich heillos bei seiner Ansage – grau in der Nordhälfte des Landes und ebenfalls grau, wenn auch ohne Wolken, im Süden –, bevor er Charlotte das Mikrofon überlässt.

Ich habe eine gute Nachricht für Sie: Das Verschwinden der Farben wird unsere Wahrnehmung der unterschiedlichen Nuancen von Weiß, Grau und Schwarz verfeinern. Nehmen Sie beispielsweise die Inuit, die am Polarkreis leben: Sie kennen mehr als fünfundzwanzig Wörter für verschiedene Arten von Weiß, ein Zeichen dafür, dass der tägliche Umgang mit dem Schnee ihr Wahrnehmungsvermögen geschärft hat. Und was ist mit unseren Jugendlichen, die Stunden vor ihren Videospielen verbringen? Raten Sie mal! Sie haben längst eine stärkere Kontrastwahrnehmung entwickelt, insbesondere bei Grautönen, wodurch sie nachts besser sehen können.

O ja, die Farbwahrnehmung verändert sich je nach Epoche und Kultur. Zur Zeit von Aristoteles kannte man viel weniger Farbbezeichnungen als heute. Entscheidend waren stattdessen die Faktoren Hell und Dunkel. Man ordnete die Farben lediglich in der Reihenfolge ihrer Leuchtkraft zwischen Weiß und Schwarz ein …

Viele Völker haben lange nicht zwischen Blau und Grün un-

terschieden, die Azteken etwa oder die Japaner. Noch vor einigen Monaten bezeichneten japanische Autofahrer eine grüne Ampel als »blaue Ampel«, obwohl die Farbe des Signals ganz genau dieselbe war, wie wir sie hier im Westen kennen. Und ich möchte diese Gelegenheit nutzen, um alle zerstreuten Autofahrer daran zu erinnern, dass es sich dabei um das untere Leuchtsignal unserer ehemals dreifarbigen Ampel handelt…

Bis morgen, meine lieben Hörerinnen und Hörer.

»Manu, komm mal her und hör dir das an!«, ruft ein Polizeiinspektor.

Als ebenjener Manu, sein Vorgesetzter, das Büro betritt, entdeckt er dort auf einem Stuhl einen nackten Mann. Der Inspektor nimmt gerade eine DIN-A4-Seite aus dem kurz zuvor verstummten Drucker. Lächelnd beginnt Manu zu lesen.

Oben genannter Arthur Astorg gibt Folgendes zu Protokoll: Ich feierte gestern Abend mit ein paar Freunden in unserer Stammkneipe, dem QG bei mir unten im Haus, den ersten Verkaufstag des jungen Beaujolais. Und ich konnte ganz deutlich sehen, dass der Wein rosa war. Als ich den anderen Gästen in der Kneipe ein Bild zeigte, das meine kleine Nachbarin gemalt hatte, konnten sie plötzlich alle wieder Rosa sehen. Wir haben das mit ein paar Gläsern begossen, und dann bin ich nach Hause gegangen und habe mich hingelegt. Ein paar Stunden später haben zwei maskierte Männer die Tür zu meiner Wohnung aufgebrochen, um mir das Bild zu stehlen, das ich daraufhin hinuntergeschluckt habe. Meine Angreifer waren äußerst gefährliche Profis. Während sie eine Münze warfen, um zu entscheiden, wer von ihnen mir den Bauch aufschneiden solle, bin ich aus dem Fenster gesprungen und geflohen. Und auf direktem Wege zu Ihnen aufs Revier gerannt, um Anzeige zu erstatten.

Manu kratzt sich am Kopf: In Kombination mit Beaujolais ist die Wirkung von LSD ja noch schlimmer!

»Na schön. Unterschreiben Sie hier, Monsieur.«

»Es ist kaum zu glauben, aber genau so war es!«, erklärt Arthur und greift zum Stift. »Die Typen hat mir garantiert einer der Gäste aus der Kneipe auf den Hals gehetzt.«

»Sie schweben in großer Gefahr«, entgegnet Manu mit einem ernsten Nicken. »Zu Ihrer Sicherheit werden wir Sie für ein paar Stunden hierbehalten.«

»Jetzt, wo ich darüber nachdenke... Alle wissen, dass meine kleine Nachbarin mir das Bild geschenkt hat. Die müssen Sie auch beschützen. Ich kenne die Hausnummer nicht, aber sie wohnt gleich gegenüber im zweiten Stock. Ihr Name ist Louise. Und ihre Mutter heißt Charlotte.«

»Natürlich! Wir werden eine Hubschrauberüberwachung einleiten. Von da oben sehen wir auch gleich, ob eine Herde rosa Elefanten durch Paris läuft. Inspecteur, geben Sie diesem Herrn ein Hemd und eine Hose, und begleiten Sie ihn in die Ausnüchterungszelle. Da finden die Sie nie«, fügt er mit einem hämischen Grinsen hinzu.

Nach dem Verlassen des Reviers gilt Arthurs erster Gedanke seinen beiden Nachbarinnen. Er muss sie warnen, bevor es zu spät ist. Das Einzige, was er von ihrem Tagesablauf weiß, ist, dass Charlotte Louise von der Schule abholt und sie gemeinsam mit der Metro nach Hause fahren. Er traut sich nicht in seine Wohnung zurück, also wartet er geduldig auf dem Bahnsteig der Metrostation, wobei er sich so unauffällig wie möglich versteckt. Normalerweise kommen sie gegen fünf Uhr nachmittags hier vorbei.

»Können Sie mir sagen, wie spät es ist?«, bittet er eine alte Frau.

Sie weicht zurück, senkt den Kopf und geht, ohne zu antworten, hastig weiter. Er kann nachvollziehen, dass er barfuß, ungewaschen und in einer viel zu großen Hose nicht gerade wie der ideale Schwiegersohn aussieht.

»Ich möchte doch nur wissen, wie spät es ist«, fleht er mehrere Vorübergehende an.

»Siebzehn Uhr zweiunddreißig«, antwortet schließlich ein bärtiger junger Hipster nach einem Blick auf seine Apple Watch.

Schon viel später als sonst. Vielleicht ist ihnen etwas zugestoßen!

»Niemand glaubt mir«, ruft Arthur in seiner Panik. »Ich glaube mir ja nicht einmal selbst.«

Er ist verzweifelt. Ich schwöre, wenn ich sie wiederfinde, rühre ich nie wieder einen Tropfen Alkohol an. Tagsüber!, fügt er rasch hinzu, als er einen weißen Stock aus einem der Wagen auftauchen sieht. Eine Sekunde später erkennt er Charlotte, Hand in Hand mit ihrer wie eine Prinzessin gekleideten Tochter. Dutzende Male hat Arthur im Stillen geübt, was er ihr zu sagen hat. Sie wird ihn für einen Irren halten, aber er hat keine andere Wahl. Seine einzige Chance besteht darin, mit Louise zu sprechen. Er bleibt sitzen, um auf gleicher Höhe zu sein wie das kleine Mädchen, und wartet, bis sie auf dem Bahnsteig an ihm vorbeikommen. Dann winkt er ihr verstohlen zu.

»Hallo, Louise. Ich habe dein Bild meinen Freunden gezeigt. Es hat ihnen gut gefallen. Alle fanden es wunderschön.«

Das Kompliment macht Louise ein wenig verlegen, und ein zartes Rosa breitet sich auf ihren Wangen aus.

»Hören Sie, Arthur«, sagt Charlotte, die seine Stimme erkannt hat, »ich bin Ihnen wirklich dankbar dafür, dass Sie mir geholfen haben, meine Vorhänge aufzuhängen, aber jetzt bitte ich Sie noch einmal, uns in Ruhe zu lassen.«

Arthur ändert seine Strategie.

»Sie sind in Gefahr. Ihre Tochter hat eine Gabe. Ich weiß nicht, wie es kommt, aber man braucht bloß eines der Bilder anzuschauen, die sie mit dem Buntstift gemalt hat, den ich ihr geschenkt habe, und schon kann man wieder Rosa sehen. Doch es gibt da ein paar Leute, die zu allem bereit sind, um diese Bilder in die Finger zu bekommen. Und die verstehen keinen Spaß.

»Darf ich Ihnen einen Rat geben?«, entgegnet Charlotte mit möglichst sanfter Stimme. »Sie sollten nicht so viel trinken. Ihre Weinfahne riecht man kilometerweit.«

»Ich flehe Sie an, gehen Sie nicht zurück in Ihre Wohnung!«

Charlotte antwortet nicht und geht unbeirrt ihres Weges, Louises Hand fest in der ihren, während das kleine Mädchen den Kopf verdreht, um Arthur noch länger ansehen zu können. Sie verlassen die Metrostation, und Arthur, der nicht weiß, was er machen soll, folgt ihnen in ungefähr dreißig Metern Abstand. Draußen steigt ihm Brandgeruch in die Nase. Der Geruch wird immer stärker, und als sie in ihre Straße einbiegen – er immer noch einige Meter hinter ihnen –, begreift er: Charlottes und Louises Wohnung steht in Flammen. Dichter schwarzer Rauch dringt aus den Fenstern. Mit heulender Sirene rast ein Feuerwehrwagen an ihnen vorbei. Arthur rennt hinter den beiden her.

»Ihre Wohnung brennt! Sie dürfen nicht hierbleiben! Glauben Sie mir doch, diese Männer sind gefährlich!«

Charlotte riecht den Rauch und bleibt wie angewurzelt stehen. Das geht ihr alles viel zu schnell. Ein Alkoholiker behauptet, sie schwebten in Gefahr, weil Louise angeblich über eine ominöse Gabe verfügt. Und laut der Sirene des Feuerwehrwagens, der etwa hundert Meter vor ihr angehalten hat, könnte es durchaus ihre Wohnung sein, die da brennt. Hat er womöglich das Feuer gelegt? Er könnte meinen Schlüsselbund gestohlen haben, als er bei uns war, um die Vorhänge aufzuhängen? Vielleicht ist er ja derjenige, von dem uns Gefahr droht. Zumindest ist er gestört, so viel ist sicher! Sie nimmt Louise schützend in die Arme und drückt sie an sich.

»Mein Buntstift, Maman!«, jammert das Kind, als es die Flammen bemerkt. »Er ist in meinem Zimmer! Wir müssen ihn holen.«

»Nein, wir müssen hier weg«, drängt Arthur. »Die sind zu allem fähig, wenn sie uns sehen.«

Charlotte zögert. Louise scheint ihm zu vertrauen. Und warum will sie unbedingt einen gewöhnlichen Buntstift aus der Wohnung retten? Sie hätte sich um ihr Stofftier sorgen sollen. Und wieso zieht sie neuerdings nur noch rosa Kleidung an, während das bis vor Kurzem noch eine Babyfarbe war?

»Schnell, steigen Sie ein«, ruft Arthur, der ein Taxi angehalten hat. »Wir fahren, wohin Sie wollen.«

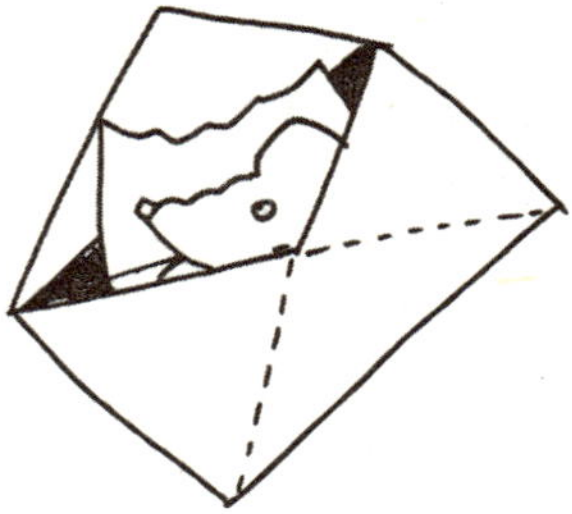

Ungefähr zwanzig Augenpaare hinter ebenso vielen Brillen mustern Arthur, der am Ende des langen Tischs sitzt. Sie alle haben Pierrettes in Sepiatinte eingelegte Lammnuss vor sich auf dem Teller, dazu gibt es einen schönen dunklen Portwein. Zumindest passen so die Farben, denkt Pierrette und seufzt, als sie sieht, wie es sich die Senioren schmecken lassen.

Arthur hat gerade seine abenteuerliche Geschichte beendet. Manche zweifeln an seinen Worten, andere zweifeln keine Sekunde daran, dass sie einen manischen Lügner vor sich haben. Wieder andere scheinen mit geschlossenen Augen nachzudenken – wenn sie nicht in der Zwischenzeit eingeschlafen sind. Nur Lucien, der seine Enkelin auf dem Schoß hält, nickt bedächtig.

»Ich wünschte so sehr, es wäre wahr«, murmelt er. »Wie sagte Pierre Dac doch so schön: Wenn die grauen Zellen rosa wären, käme die Menschheit nicht auf so düstere Gedanken.«

»Ich versichere Ihnen, dieses kleine Mädchen und ich, wir sehen Rosa! Hier, diese Dame trägt Rosa! Fragen Sie sie«, drängt Arthur und deutet auf eine alte Frau mit zerknitterter Haut, die schlafend in ihrem Rollstuhl sitzt, wobei ihr Kopf so gleichmäßig hin- und herschaukelt wie das Pendel einer Uhr.

Zärtlich streichelt Simone ihren Arm, um sie aufzuwecken.

»Augustine, welche Farbe hat deine Bluse?«

Augustine schreckt hoch und blickt auf ihren Ärmel.

»Grau!«, sagt sie.

»Ja, schon, aber vorher, welche Farbe hatte sie da?«

»Grün.«

»Bist du sicher?«

»Vielleicht war sie auch blau.«

Arthur erkennt in der ehemaligen Plattenmanagerin und der Köchin zwei der Frauen wieder, die sich im Teesalon wie Katzen aufgeführt haben, doch er verscheucht diesen Gedanken gleich wieder.

»Louise, sag ihnen, dass die Frau eine rosa Bluse trägt!«, ereifert er sich.

»Ein Kind bringt man leicht dazu, zu sagen, was man hören will«, fällt ihm Lucien ins Wort. »Louise, du hast ja noch gar nichts gegessen. Du musst das unbedingt probieren, es ist sehr lecker.«

Lucien spießt ein Stück Fleisch vom Teller seiner Enkelin und hält ihr die Gabel vors Gesicht. Louise schließt angewidert den Mund.

»Nein, das sieht aus wie eine Maus. Ich will keine Maus essen, Mäuse sind lieb.«

Natürlich! Wieso bin ich nicht früher darauf gekommen, fragt sich Charlotte vorwurfsvoll… Sie dreht sich auf ihrem Sitz um und kramt in ihrer Handtasche. Wenigstens wissen wir dann, ob das Ganze bloß ein Märchen ist. Und ob man ihn in eine geschlossene Anstalt oder in eine Entzugsklinik sperren sollte.

»Louise, hattest du nicht ein Geschenk für deinen Opa?«, fragt sie und hält ihr einen Umschlag hin.

»Ja, das ist für dich, Opa!«

Lucien öffnet den Umschlag und wirft einen Blick auf die

Zeichnung. Als er die rosa Maus erkennt, verschluckt er sich und bekommt einen Hustenanfall.

»Willst du jetzt auch keine Maus mehr essen?«, fragt Louise.

Die Zeichnung wandert von Hand zu Hand. Einigen fällt das Gebiss aus dem Mund.

»Deine Bluse war rosa, Augustine«, sagt Simone liebevoll und zeigt ihr das Bild.

»Das habe ich doch gesagt«, entgegnet Augustine und wiegt den Kopf noch etwas weiter nach rechts und links, ehe ihr erneut die Augen zufallen.

Charlotte sucht nach einer Erklärung. Hat die Zeichnung etwa die Synapsen zwischen dem V4-Areal ihres Gehirns und jenen Regionen stimuliert, die für die bewusste Wahrnehmung verantwortlich sind? Das wäre ja fantastisch!

»Das muss die ganze Welt sehen!«, erklärt sie mit erhobener Stimme. »Aber ich will nicht, dass man es zu meiner Tochter zurückverfolgen kann.«

»Ich wüsste da vielleicht eine Möglichkeit«, murmelt Simone und greift nach der Zeichnung.

Kapitel 6

In dem man erfährt, dass es eine absolute Stimme gibt

Die ehemalige Plattenmanagerin trägt eine Perfecto-Lederjacke und mehrere Piercings im Ohr. Nichts an ihrem Auftreten, ihrem Gang, ihrem Wesen und dem, was sie sagt, entspricht ihrem Alter. Die tiefen, von den Mundwinkeln ausgehenden Falten, die sich schräg über ihre Wangen ziehen, meißeln ein unauslöschliches Lächeln in ihre Züge. Die alte Katze muss in ihrem Leben schon eine Menge Spaß gehabt haben, denkt Arthur, als er mit ihr zur RER-Station geht.

Sie hat ihm ein Spiel vorgeschlagen: Wer von ihnen unterwegs als Erstes etwas Rosafarbenes sieht, bekommt einen Punkt. Simone liegt 120:110 vorn. Durch die Scheiben der Vorortbahn entdeckt er, dass Rosa eine der Lieblingsfarben von Sprayern ist. Tatsächlich sieht man sie überall, man braucht nur darauf zu achten.

»Hundertelf«, verkündet Arthur und deutet auf den babyrosa Filz-Borsalino auf dem Kopf eines jungen Mannes. »Den hat er sich garantiert von seiner Oma ausgeliehen.«

»Zweihundert«, entgegnet Simone triumphierend und weist mit dem Kinn auf einen Bonbonhändler. Von Kopf bis Fuß rosa gekleidet, steht er in einem rhodaminfarbenen Laden und wartet untätig auf Käufer für seine Marshmallows und sonstigen vom Farbstoff E124 triefenden Süßigkeiten. Ganz offensichtlich läuft das Geschäft nicht besonders gut.

»Wir müssen dahin«, sagt sie und zieht Arthur in eine Richtung, aus der immer lauter anschwellende elektronische Musik dröhnt. Ein spindeldürrer junger Mann mit fettigem Haar und Trainingsanzug steht vor einem Sampler und tippt rhythmisch auf große viereckige Pads. In der umgedrehten Kappe vor ihm auf dem Boden liegen nur ein paar kümmerliche Münzen.

Er spielt eine Bassline, die in Endlosschleife wiederholt wird. Dann drückt er, immer noch im Rhythmus, auf verschiedene Knöpfe, um Schlagzeug, eine Klavierstimme und ein paar Bläser hinzuzufügen. Die Passanten gehen achtlos an ihm vorbei.

Er greift zu seiner E-Gitarre, die an den Sampler angeschlossen ist.

»›Fade to Grey‹ von Visage!«, ruft Simone, sobald die ersten Noten erklingen.

Die Stimme des Jungen ist viel tiefer und rauer, als es sein Alter vermuten lässt. Und seine Interpretation ist einfach perfekt. Simone beginnt zu tanzen, und der Musiker lächelt ihr zu. Zwar fehlen ihm ein paar Zähne, aber dass er noch allen Mumm in den Knochen hat, ist unüberhörbar, als er sich in ein Gitarrensolo stürzt, auf das Angus Young persönlich stolz gewesen wäre.

»Er spielt hier jeden Tag«, erklärt Simone Arthur und fordert ihn auf, mit ihr zu tanzen.

Eilmeldung auf lemonde.fr

In Paris soll in Kürze ein LSD-Konsumraum eröffnet werden.

Die Fernsehsender auf der ganzen Welt unterbrechen nahezu gleichzeitig ihr Programm und zeigen ein Handyvideo von einem Konzert in den unterirdischen Gängen der Pariser Metro. Zwischen der hysterischen Menge und dem Musiker liegt eine Kappe auf dem Boden. Darin verdecken Dutzende Scheine teilweise die Zeichnung einer rosa Maus. Mit wahnwitziger Energie spielt der Mann eine Technoversion von »La vie en rose« von Édith Piaf.

Sobald die Fernsehzuschauer die Maus in dem Amateurfilm erblicken, aktivieren ihre für die Farbe Rosa empfänglichen Nervenzellen in einer millionenfachen Kettenreaktion aufs Neue ihre Synapsen, bis sie schließlich eine bewusste Wahrnehmung erzeugen. Begleitet von Musik, kehrt das Rosa in die schwarz-weiße Welt zurück.

Manche Zuschauer weinen vor Glück, andere bekreuzigen sich. Einige bekommen einen Lachkrampf, andere sitzen wie erstarrt und mit vor Verblüffung offenem Mund vor dem Bildschirm.

Es sind einige Herzinfarkte und zahlreiche Ohnmachten zu beklagen. Feuerwehr und Krankenhäuser sind völlig überlastet. Die Fernsehsender fügen eilends einen Warnhinweis hinzu und bitten ihre Zuschauer, diese »schockierenden Bilder«

möglichst im Sitzen anzuschauen. Innerhalb weniger Stunden hat das Video die 2,6 Milliarden YouTube-Aufrufe von »Gangnam Style« übertroffen. Überall liegen sich die Menschen in den Armen. Die Autofahrer hupen ausgelassen und schwenken rosafarbene Tücher oder Stofftiere wie Fahnen aus den offenen Fenstern.

Rugbyfans könnten glauben, Stade Français hätte den Europacup gewonnen, und die Ältesten fühlen sich an die Befreiung von Paris erinnert.

Tausende Japaner improvisieren ihr traditionelles Hanami, jenes Picknick, das normalerweise im Frühjahr unter blühenden Kirschbäumen stattfindet. Jetzt, im November, sind die Kirschbäume kahl, aber für die Japaner bedeutet die Rückkehr des Rosa, dass sie ihre zarten Blüten im kommenden Jahr wieder gebührend werden bewundern können.

Mithilfe von Charlotte, Louise und Arthur dekorieren die Bewohner der Seniorenresidenz fröhlich ihren Proberaum. Alles, was die betagten Herrschaften an Rosafarbenem im Haus gefunden haben, wird in den Salon gebracht. Konzentriert verteilt Louise marshmallowfarbene Papierservietten auf die Teller. Da klingelt Charlottes Handy. Eine Roboterstimme nennt ihr den Absender der SMS. Anruf … Chef … France Inter.

Charlotte drückt den Anruf weg. Es ist Mehdi Tocques sechste Nachricht.

Arthur hat die blecherne Stimme unabsichtlich belauscht.

»Sie arbeiten bei France Inter?«

»Ja.«

»Und was machen Sie da?«

»Das habe ich Ihnen doch schon gesagt, ich bin Expertin für Farben.«

»Charlotte … Sie sind Charlotte Da Fonseca … die mit den Kolumnen! Aber natürlich, diese Stimme …«

Arthur ist wie vom Donner gerührt. Die Frau, die sich seit Jahren bemüht, den Menschen die Liebe zu Farben nahezubringen, hat sie selbst nie gesehen!

»Das ist ja fantastisch«, sagt er, »dann können Sie allen erklären, was passiert ist.«

»Das kommt nicht infrage. Ich werde auf keinen Fall erzählen, dass es eine Zeichnung meiner Tochter war, die das Rosa zurückgebracht hat. Und ich werde auch ganz sicher nicht irgendein Märchen erfinden.«

»Das ist auch gar nicht nötig, die Medien haben sowieso schon ihre eigene Erklärung gefunden«, beruhigt Arthur sie, nachdem er eine Nachricht auf seinem Smartphone gelesen hat: Dieser zukünftige »größte Sänger aller Zeiten« hat bei seiner Interpretation von »La vie en rose« eine derartige Perfektion und tief empfundene Aufrichtigkeit erreicht, dass er diese wundervolle Farbe zurückholen konnte. Der schüchterne junge Mann soll nicht über ein »absolutes Gehör«, sondern – besser noch – über die »absolute Stimme« verfügen. Der sofort online erhältliche Titel schießt unverzüglich an die Spitze der legalen Download-Charts. Der Sänger selbst war heute Nachmittag schon im Studio, um »Blue Hotel« von Chris Isaac und »Red Red Wine« von UB40 aufzunehmen. Leider sind Rot und Blau bislang noch nicht wieder sichtbar geworden.

»Für die Produzenten ist er das Rotkehlchen, das goldene Eier legt!«, sagt Charlotte lächelnd.

Ich sehe das Leben bei ungefähr zweitausendfünfhundert Umdrehungen pro Minute rosarot, denkt Ajay, während er den Motor seines Taxis im Leerlauf schnurren lässt. Er öffnet die Augen und betrachtet auf seinem Handy einen YouTube-Kanal, der Bilder von jubelnden Menschenmengen in seiner Heimat zeigt. Ein dichter Regen aus rosa Pulver ergießt sich über den indischen Subkontinent. In allen Städten werden spontane Pink-Holi-Festivals abgehalten. Innerhalb eines Tages werfen sich die Hindus gegenseitig Tausende Tonnen rosa eingefärbter Mineralien ins Gesicht. Es ist nicht dieselbe ausgelassene Freude, die man jedes Jahr beobachten kann, sondern vielmehr der mystische, befreiende Ausbruch eines traumatisierten Volkes. Das farbige Pulver wird mit zitternder Hand geworfen, sparsam und in allergrößtem Ernst. Aus Aberglauben schwören viele Hindus auf der Stelle, sich nicht mehr zu waschen.

Ajay schaltet das Handy aus und starrt lange auf die graue Karosserie seines Wagens.

Er ist schon kurz davor, den Zündschlüssel abzuziehen, als sein Blick auf das rosafarbene Bild des Elefantengottes fällt, das an seiner Sonnenblende klebt. Es scheint beinahe, als deute sein Rüssel auf den Schalthebel und fordere ihn auf: Na los, fahr schon! Liegt es daran, dass Ganesha alle Hindernisse aus dem Weg räumt, oder ist es die Farbe Rosa, die ihm einen winzigen Funken Zuversicht schenkt? Was auch immer der Grund dafür sein mag, Ajay legt seufzend den ersten Gang ein. Das Taxi setzt sich in Bewegung und rollt vom Parkplatz. Vor dem schlechtesten Hotdog-Stand in den Straßen von Manhattan hält er an. Die Würstchen leuchten stolz im Glanz ihrer rosa Farbstoffe. Ajay bestellt gleich vier davon. Während er wartet, beobachtet er eine endlose Schlange vor dem Stand eines Blumenhändlers. Orchideen, Magnolien, Hortensien, Pfingstrosen, Amaryllis, Anemonen, Hyazinthen, Schmuckkörbchen, Ranunkeln, Dahlien, Chrysanthemen, Bougainvilleen ... die Kunden kaufen nur Blumen mit rosafarbenen Blüten.

Mit gluckerndem Magen beschließt Ajay, seinen Arbeitstag beginnen zu lassen. Er nimmt einen Fahrgast auf, den er zur Wall Street fahren soll. Die Börsen auf der ganzen Welt haben mit einem kräftigen Kursanstieg wieder eröffnet. Der Optimismus der Finanzmärkte stützt sich auf die wiedererwachte Konsumfreude bei rosa Produkten: Mode, Wäsche, Spielzeug, Porzellangeschirr, Möbel, Heimtextilien, Dekoration ... innerhalb weniger Stunden ist alles Rosafarbene ausverkauft.

Ein rosaroter Goldrausch.

Als Nächstes steigt der Besitzer einer angesagten Modeboutique in Ajays Taxi. Auch er lächelt über das ganze Gesicht. Er hat die Reste der Sommerware in der »neuen Farbe« herausgekramt, und die Kundinnen haben sich wie wild darauf gestürzt, noch bevor die Verkäufer Gelegenheit hatten, sie in die Regale zu legen. Während der Fahrt überlegt Ajay, ob er sein Taxi rosa lackieren lassen soll. Aber auf diese Idee sind schon andere Kollegen gekommen, und in keiner Lackierwerkstatt in ganz New York ist auch nur noch ein Tropfen Rosa zu finden. Genauso wenig wie im Rest des Staates.

Abends zählt er sein Trinkgeld und ist verblüfft über die Großzügigkeit der Fahrgäste. Also beschließt er, sich heute eine Kleinigkeit zu gönnen. Natürlich in Rosa. Zu Hause angekommen, schaltet er den Computer ein und geht auf eBay. Das Logo auf der Startseite wurde eilends rosa eingefärbt. Er tippt »pink« in die Suchmaske. Das erste Angebot ist eine einfache Barbiepuppe in Tutu. Sie kostet über tausend Dollar! Und die Gebote steigen unaufhörlich. Rasch klappt er den Laptop zu und schaltet seine Spielekonsole ein. Er dreht die Lautstärke voll auf und schließt die Augen.

Arthur erwacht in der Seniorenresidenz in einem vor Kurzem frei gewordenen Zimmer. Sein nach Alkohol dürstender Körper wird von Krämpfen geschüttelt. Das Kopfkissen ist nass wie ein Scheuerlappen. Ihm ist heiß. Ihm ist kalt. Ein Blick auf die Uhr verrät ihm, dass es fast elf ist. Weißes Licht dringt durch die Ritzen in den Fensterläden und wirft ein Streifenmuster an die mittelgraue Wand. In einer altrosa Vase steht genau das – ein Strauß alter, vertrockneter Rosen. Das immer noch anhaltende Hupen der Autofahrer, die auf einen Schlag allesamt »rosaphil« geworden sind, erinnert ihn an die Ereignisse des gestrigen Tages.

Rund zwölf Stunden zuvor haben die Senioren während des Konzerts in der Residenz mit mehr oder weniger Zurückhaltung Luciens gesamten Vorrat an Rosé-Champagner getrunken. »Für mich lieber Grenadine«, hatte Arthur zwischen zwei Songs mit erhobener Stimme gebeten, damit ihn Charlotte nur ja hörte.

Jede gewonnene Minute, in der er begierig nach den Gläsern auf den Tischen schielte, schenkte ihm zusätzliche Kraft zu widerstehen. In seinem Gehirn tobte ein Synapsenkrieg zwischen den Nervenzellen, die die Willenskraft steuern, und jenen, die nach der Ausschüttung von Dopamin verlangen.

Ein erbitterter, aber ungleicher Kampf. Nach einer Weile gewann das sogenannte »Belohnungszentrum« seines limbischen Systems die Oberhand. So ein Verräter! Beinahe gegen seinen Willen griff Arthur nach einem leeren Glas, das irgendwo herumstand, führte es an seine Lippen und legte den Kopf in den Nacken, um den letzten im Glas verbliebenen Tropfen Champagner zu trinken. Eine Marionette an Bacchus' Fäden. Der Schluck hatte angenehm in seiner Kehle gebrannt.

»Ich trinke nicht mehr«, sagte er zu Charlotte, die in diesem Moment zu ihm herüberkam, und er meinte es ernst.

Charlotte atmete tief durch die Nase ein.

»Sie tun, was Sie wollen«, entgegnete sie.

Arthur hätte sich gern gerechtfertigt, aber wie hätte er ihr erklären sollen, dass dieser Champagnerrest nicht zählte, dass er lediglich die Ausnahme war, welche die neue Regel bestätigte. Nach der alten Regel hätte er sich schon längst mindestens zehn Gläser »hinter die Binde gekippt«.

»Ich habe meine Tochter gebeten, mit Buntstiften in allen Farben und von sämtlichen Herstellern zu malen«, fügte Charlotte hinzu.

»Und?«

»Sie sagt, die Stifte erscheinen ihr farblos, und die Zeichnungen bleiben grau. Wenn ich Sie recht verstanden habe, enthielt der rosa Stift, den Sie ihr gegeben haben, eine ganz besonders hohe Konzentration an Farbpigmenten.«

Arthurs Zittern wurde immer stärker, und er wandte den Blick nicht von dem Champagnerglas in Charlottes Hand.

»Das Zwanzigfache der üblichen Menge!«, antwortete er schließlich.

»Und haben Sie auch Stifte in anderen Farben mit dieser außergewöhnlich hohen Dosierung hergestellt?«

»Ja, aber sie wurden alle recycelt!«

»Sehen Sie nach, ob nicht doch noch irgendwo welche zu finden sind, man kann ja nie wissen. Es ist wichtig.«

»Ich würde Ihnen ja gern behilflich sein, aber …«

»Sie wären damit nicht mir behilflich, sondern all denen, die das Glück haben, Farben sehen zu können!«, erwiderte Charlotte verärgert und machte auf dem Absatz kehrt.

Arthur ging unverzüglich an die Theke. Als Erstes muss ich mit dem Trinken aufhören, sagte er sich und griff nach einem… zarten Rest von Willenskraft, der ihm half, wieder kehrtzumachen. Schutz suchend floh er in sein Zimmer und schlief, vor Entzugserscheinungen und Verdruss zitternd, ein.

Beim Gang durch die Residenz bemerkt Arthur hier und da rosafarbene Wände. Es sind klare Rosatöne darunter, wie Bonbonrosa oder Pompadourrosa, die komplexeren Schattierungen von Nymphenrosa, aber auch frische Nuancen wie Heckenrose oder Schweinchenrosa. In allen Räumen werden diese Farbtupfer von mehr oder weniger dunklem Grau eingerahmt. Die Raumausstatterin muss sich bei der Farbgestaltung nach Herzenslust ausgetobt haben.

Verstohlen nähert er sich dem großen Aufenthaltsraum. Sein Körper zittert immer stärker. Seine Beine, Geiseln seines Gehirns, weigern sich, ihn noch länger zu tragen. Er hört die Bewohner über den idealen Nachfolger für die verstorbene farbenfreudige Raumgestalterin diskutieren. Die Mehrheit wünscht sich einen Floristen. Arthur erfährt auch, dass Louise und Charlotte eingeladen wurden, so lange in der Residenz zu bleiben, bis ihre Wohnung renoviert ist. Plötzlich bemerkt er sein Bild in einem Flurspiegel: ein Obdachloser mit Parkinson! So sollen sie mich nicht sehen. Er flüchtet zur RER-Station. Die frische Luft tut ihm gut. Dank der vereinzelten Rosa-Tupfen hier und da bringt er sogar die Energie auf, sich eine von Charlottes Kolumnen herunterzuladen.

Wenn Sie eine rosa Fläche anschauen, werden in Ihrem Gehirn genau dieselben Bereiche aktiviert wie beim Betrachten von Bildern, die glückliche Szenen zeigen. Der beliebte Ausdruck »das Leben durch eine rosarote Brille sehen« wird also durch wissenschaftliche Studien bestätigt.

Forscher haben in den Räumlichkeiten von Kindergärten die Wirkung dieser Farbe auf die Aktivitäten von Kleinkindern getestet. In einer rosafarbenen Umgebung sind ihre Zeichnungen signifikant positiver, was darauf hindeutet, dass der Einfluss von Farben auf die Psyche wohl zu einem großen Teil angeboren ist.

Wissenschaftler haben sogar einige Zellen in Männergefängnissen knallrosa angestrichen. Und schlagartig waren die Insassen sehr viel weniger aggressiv.

Nachdem der ehemalige Trainer der Rainbow Warriors, einer Mannschaft der Universität Hawaii, von dieser Studie gehört hatte, ließ er die Gästekabine in genau diesem Farbton streichen. Er wollte seiner eigenen Mannschaft Ruhm und Siege bescheren, indem er den Kampfgeist der gegnerischen Spieler schwächte! Die auswärtigen Mannschaften waren jedoch nicht gewillt, seine Karrierepläne zu fördern, und standen dieser farblichen Benachteiligung skeptisch gegenüber. Sie beschwerten sich bei der Western Athletic Conference, die die Wettkämpfe im Hochschulsport organisiert. Nach einigem anzüglichen Gelächter hat diese eine neue Klausel in ihr Regelwerk aufgenommen: »Die Gästekabinen müssen in exakt der gleichen Farbe gestrichen sein wie die der Heimmannschaft.« Die Geschichte verrät uns weder, ob in Hawaii mittlerweile beide Kabinen rosa sind, noch, ob dieser Trainer eine erfolgreiche Karriere hingelegt hat …

Bis morgen, meine lieben Hörerinnen und Hörer.

Als Arthur in die Bahn steigt, trifft ihn fast der Schlag. Mehr als die Hälfte der Fahrgäste trägt rosa Kleidung. Die Leute reden miteinander, lächeln einander an, lachen … so, als würden sie sich kennen. Ein Anzugträger entdeckt plötzlich sein Herz für gesellschaftliche Außenseiter und macht Arthur ein Kompliment über sein Sakko. Als Arthur an der Station Denfert-Rochereau aussteigt, verabschieden sich sogar mehrere Fremde von ihm. Er winkt ihnen vom Bahnsteig aus zu und schaut dem davonfahrenden Zug nach. So etwas hat er noch nie erlebt! Auch auf der Straße tragen die Passanten rosa Kleidung und scheinen allesamt bester Laune zu sein. Das wiederaufgetauchte Rosa hat bei dieser Gelegenheit sogar seine weibliche Konnotation verloren. Arthur ist schon fast zu Hause, doch als er am QG vorbeikommt, fühlt er sich wie magnetisch angezogen. Charlottes Stimme klingt ihm in den Ohren. Er schließt die Augen und sieht ihr schönes Gesicht mit den zartrosa Wangen unter der Sonnenbrille. Sie scheint ihn herausfordernd zu mustern, als glaubte sie nicht, dass er fähig sei, der Versuchung zu widerstehen. Ich darf nicht zurück nach Hause, sagt er sich. Noch nicht. Mit der Kneipe gleich darunter halte ich nicht durch. Ich muss schnell so weit wie möglich weg von hier.

Aber wohin?, fragt er sich, während er im Handy die Liste seiner Kontakte durchgeht. Allein schon einen Kumpel zu finden, der nicht säuft … Das schränkt die Auswahl ein. Sein Blick bleibt an Solanges Namen hängen. Natürlich! Gleichzeitig wird ihm bewusst, dass er ihre Gesellschaft vermisst.

Eilmeldung auf lemonde.fr

Achtzig Prozent der Franzosen glauben inzwischen, dass es ihren Kindern einmal besser gehen wird als ihnen selbst.

Solange nimmt Arthur mit weit geöffneten Armen auf wie eine Großmutter ihren von zu Hause weggelaufenen Enkel. Ohne Fragen zu stellen. In ihrem bescheidenen, aber hübschen Häuschen in Montrouge überlässt sie ihm das Zimmer ihres Sohnes, der ungefähr so alt sein muss wie er. Eine Woche später traut sich Arthur immer noch nicht zu fragen, wo dieser Sohn jetzt steckt. Etwas lässt ihn vermuten, dass sie darunter leidet. Da erkennt er zum ersten Mal, dass es auch ihn traurig macht, nicht zu wissen, wie es seinen Eltern geht.

Ohne große Worte adoptieren sich Arthur und Solange gegenseitig. Ein stillschweigendes Abkommen. Indem er sich von Solange »erziehen« lässt, geht es mit ihm allmählich wieder aufwärts. Solange ist sein Aufzug. Aus Taktgefühl hat sie ihre Schränke geleert und alles, was sie an Alkohol im Haus hatte, weggeworfen. Sogar den Branntweinessig, mit dem sie ihre Küche schrubbt. Man kann ja nie wissen …

Für diese Frau, die mehr als die Hälfte ihres Lebens an der Seite ihrer Kollegen aus der Fabrik verbracht hat, ist die Einsamkeit ihres unfreiwilligen Rentendaseins ein schwerer Schlag. Und so ist Arthur derjenige, der den Aufzugknopf drückt, damit sie beide aus dem Keller wieder hochkommen.

Arthur hat die Rudermaschine von Solanges Sohn im Wohnzimmer aufgebaut, ein funkelnagelneues Gerät, das offenbar noch nie benutzt wurde. Er unterbricht sein Training, als er das traurige Gesicht seiner Freundin sieht, das so gar nicht zu dem rosa Kleid passt, das sie mittlerweile ständig trägt.

»Ich wollte das Wohnzimmer rosa streichen«, sagt sie verdrossen und eilt an einen Schrank. »Aber im Baumarkt gibt es nur noch Grau. Zum Glück habe ich wenigstens die hier!«, fügt sie hinzu und schwenkt zwei kleine rosa Kätzchen aus mundgeblasenem Glas.

»Wie schön!«, ruft Arthur mit einer Aufrichtigkeit, die ihn selbst überrascht.

Wie kann ich so etwas nur schön finden?, fragt er sich verwundert.

Sie stellt die beiden Tierchen auf ihren Kamin wie zwei Mini-Zerberusse, die das Haus bewachen.

Um Solange eine Freude zu machen, durchkämmt Arthur das ganze Viertel nach einem Tropfen Farbe oder einem Quadratzentimeter rosa Tapete. Doch vergeblich. Er steht fast eine halbe Stunde vor einer Konditorei an, um ein paar zartrosa Mandeldragees und Macarons zu kaufen, damit er nicht mit völlig leeren Händen heimkommt. Die süßen Köstlichkeiten sind rationiert. Maximal fünf pro Kunde.

An einem Bauzaun hängt ein wild geklebtes Plakat: ein Politiker mit kantigen Zügen in rosa Anzug und Krawatte. »Mit mir wird die Zukunft rosig.« Arthur fotografiert das Plakat mit seinem Handy und postet das Bild gleich auf seiner Facebook-Seite. Er nutzt die Gelegenheit, um sich die Reaktionen seiner Freunde auf seinen Post vom Vortag anzusehen: achtzig Likes für das Foto einer Frau in der Metro, die ein Ferkel an der Leine hält. Doch das einzige Like, das er sich wirklich wünscht, ist das einer Frau, die seine Bilder niemals sehen wird. Er hat Charlotte eine Freundschaftsanfrage geschickt, und sie hat abgelehnt. Dabei ist sie auf Facebook sehr aktiv. Er hat schon oft ihre Nummer gewählt, sich aber nie getraut, auf den ehemals grünen Knopf zu drücken. Er weiß ja selbst, dass er noch zu krank ist, um eine Chance bei ihr zu haben. Das ist umso deprimierender, als er sieht, wie die mit einem Mal galant gewordenen Männer die Blumenläden plündern. Und wenn sie durch die Straßen laufen, halten sie wieder die Hand ihrer Frau. Ganz Paris wirkt wie ein Liebesroman. Diese unschuldige Liebe, die an jeder Straßenecke zu spüren ist, schenkt Arthur neue Kraft. Die Kraft, zu versuchen, wieder zu Kräften zu kommen.

Einstweilen genießt er Charlottes sanfte Stimme im Radio. Als er gerade an einer Kreuzung die Straße überquert, hört er in seinen Ohrstöpseln die Erkennungsmelodie von »Farbimpressionen mit Charlotte Da Fonseca«. Wie angewurzelt bleibt er mitten auf der verstopften Straße stehen. Beinahe wie ein Vorstehhund, der eine Wachtel entdeckt hat.

Die feminine Symbolik der Farbe Rosa ist möglicherweise auf Marie-Antoinettes Leidenschaft für Farben zurückzuführen. Sie hat mehrere Farbtöne kreiert, etwa »Königinnenhaar«, eine Farbe, die von ihrem blonden Haar inspiriert wurde, aber auch das sogenannte Puce, »Flohfarben«, das Braunviolett eines ihrer Kleider. Aber ihre Lieblingsfarbe war Rosa. Sie verwendete es überall in Versailles, auf Federn, Bändern, prunkvollen Kleidern, ja, sie ließ sogar die Wolle der Schafe, mit denen sie in ihrem Petit Trianon gern die Bäuerin spielte, rosa einfärben. Und da die »Österreicherin« ebenfalls für ihre amourösen Eskapaden bekannt war, wagten es die Herren am Hofe Ludwigs XVI. nicht mehr, Rosa zu tragen, aus Angst, man könnte auf den Gedanken kommen, sie stünden der Königin »ein wenig zu nah«. Die Pariserinnen, die in Marie-

Antoinette den Inbegriff des vollkommenen Geschmacks sahen, kleideten sich nun scharenweise rosa, während die Männer diese Farbe verwarfen, da kein adliger Höfling sie mehr trug. Die heutigen japanischen Mangas sind stark von der Mode Marie-Antoinettes beeinflusst. Die jungen Japanerinnen, die sich mit den Heldinnen der Mangas identifizieren, tragen daher häufig Rosa. Japan ist übrigens das einzige östliche Land, in dem Rosa als »Girlie-Farbe« gilt. In Schwarzafrika tragen die Männer häufig grellrosa Hemden, da mit dieser Farbe keinerlei feminine Assoziationen verbunden sind. Sie schätzen den Kontrast zwischen dem Rosa und ihrer eigenen Hautfarbe. Rosa Kufijas gehören zu den traditionellen arabischen Kleidungsstücken. Und in Indien lieben die Männer diese Farbe, weil sie das positive Denken symbolisiert. Da ist der Schritt zu unserem eigenen »das Leben durch eine rosarote Brille sehen« nicht mehr weit.

Bis morgen, meine lieben Hörerinnen und Hörer.

Kapitel 7

In dem der Moment gekommen ist, einen guten Rotwein zu öffnen

Es ist mittlerweile fast sechs Wochen her, dass das Rosa wieder zurück ist. Arthur fällt auf, dass die Knospen in diesem Jahr nicht auf den Frühling warten, um erneut aufzubrechen. Schon jetzt überzieht ein rosa Schimmer die Äste.

Arthur ist seit exakt zweiundvierzig Tagen trocken. Nicht ein Tropfen Alkohol. Und je stärker sein Körper darum bettelt, ihn anfleht, ihn beschwört, umso erbitterter kämpft er dagegen an. Aber er weiß, er ist immer noch schwach.

Solange hat ihm gutgetan, viel mehr, als er es sich hätte träumen lassen. Nicht ein Vorwurf, nicht einmal ein guter Rat, sie akzeptiert ihn so, wie er ist. Um ihm eine Freude zu machen, hat sie sogar ihr Radio auf die Frequenz von France Inter eingestellt.

Mehrmals war er versucht, ihr von der wundersamen Kraft des Cluzel-Buntstifts zu erzählen, doch er spürt, dass sie dieses Kapitel ihres früheren Lebens hinter sich lassen will. Sie hat einen Schlussstrich gezogen.

Arthur fühlt sich wie ein allmählich genesender Ritter, der es kaum erwarten kann, wieder in den Kampf zu ziehen. Und dazu gehört als Erstes, sich einen neuen Job zu suchen. Er ist bereit. Doch dazu braucht er einen Anzug, und mit einem mulmigen Gefühl im Magen beschließt er, in seine Wohnung zurückzukehren. Auch wenn neuesten Statistiken zufolge neun von zehn Menschen Rosa tragen, wirkt sein paillettenbesetztes Sakko für ein Bewerbungsgespräch doch ein wenig unseriös.

In den Straßen seines Viertel bemerkt Arthur, dass die Parkscheinautomaten neu lackiert wurden. Der Farbgestalter hat sich für einen »Zuckerdragee«-Ton entschieden. So widerstrebt es den Autofahrern weniger, ihre Parkgebühren zu bezahlen …

Begleitet von einer Kakofonie aus Hammerschlägen und Bohrmaschinenlärm, renovieren Handwerker Charlottes immer noch unbewohntes Appartement. Arthur sieht schwarze Schlieren wie zerlaufene Wimperntusche auf den beiden Fensterscheiben. Er will gerade in seine eigene Wohnung gehen, als Gilbert mit einem rosa Schal um den Hals aus dem QG heraus- und auf ihn zukommt.

»Hey, wo bist du denn abgeblieben? Der Dicke hat mir deine Nummer gegeben, und ich habe dich hundertmal angerufen!«

Arthur antwortet nicht.

»Clever gemacht, das mit dem Konzert in der Metro!«, fährt Gilbert mit einem Wink auf die Farbe seines Schals fort. »Ich weiß doch, dass du dahintersteckst! Das müssen wir feiern … mit einem Beaujolais Rosé«, sagt er und bricht in Gelächter aus.

»Das ist nett von dir, aber ich trinke nicht mehr.«

»Das ist ja wie der Beaujolais … ganz was Neues!«

Es ist das erste Mal, dass er Gilbert Witze machen hört. Und er sollte es lieber lassen.

»Nein, wirklich nicht, danke.«

Gilbert dreht sich zum Eingang der Kneipe um und ruft: »Dicker, Arthur ist da, mach uns zwei Beaujolais Nouveaux!«

»Nein, für mich höchstens ein Perrier«, widerspricht

Arthur. Er will die Kneipe eigentlich gar nicht betreten, aber seine Beine nehmen ihm die Entscheidung ab und tragen ihn hinein.

»Der Dicke hat eigens für dich die letzte Flasche aufbewahrt.«

»Da ist sie.« Mit der einen Hand holt der Dicke drei Gläser hervor, in der anderen schwenkt er die Flasche Beaujolais.

»Ich meine es ernst, Jungs, ein Perrier …«

Der Dicke füllt die drei Gläser mit Beaujolais und stellt widerstrebend noch ein Perrier dazu. Unter Aufbietung aller Kräfte gelingt es Arthur, den Wein nicht anzurühren und stattdessen mit dem Mineralwasser anzustoßen. Seine Hand zittert, aber er fühlt sich stark. Da klingelt sein Handy. Es ist Momo.

»Du lebst gefährlich, Alter!«

»Was?«

»Halt die Klappe! Setz ein cooles Gesicht auf, damit Gilbert nichts merkt. Ich bin draußen vor der Tür, direkt gegenüber. Ich kann euch sehen.«

Arthur dreht den Kopf und entdeckt den Kurierfahrer auf seiner Vespa. Der Motor läuft.

»Verzieh dich unauffällig, Arthur. Mach schon, schnell!«

Gilbert, der einen Fetzen ihrer Unterhaltung aufgeschnappt hat, legt gespielt freundschaftlich eine Hand auf Arthurs Schulter, um ihn zurückzuhalten. Diese nette Art passt überhaupt nicht zu ihm.

»Ich muss aufs Klo«, erklärt Arthur, während er so gelassen wie möglich aufsteht.

»Ich auch, ich komme mit.«

Um Gilbert aufzuhalten, wirft Arthur einen Tisch um und rennt nach draußen. Augenblicklich erlischt Gilberts Lächeln. Er macht sich an Arthurs Verfolgung und bleibt ihm dicht auf den Fersen. Weit zurück hingegen liegen die glorreichen Zeiten, in denen Arthur beim Rugby die hundert Meter in zwölf Sekunden gelaufen ist. Gilbert ist erstaunlich schnell und nur noch ein paar Meter hinter ihm.

»Steig auf!«

Arthur wirft sich bäuchlings auf das Topcase und schlingt die Arme um Momos Hals. Der Roller wankt ein wenig, doch dann fährt er knatternd los. Arthur liegt auf der Vespa, die Arme um den Hals des schmerbäuchigen Paketboten geklammert, das Kinn auf Momos Schulter gepresst und die Beine nach hinten ausgestreckt. Er schließt die Augen. Momo beschleunigt, und es gelingt ihnen, ihren Verfolger abzuschütteln.

»Du lebst gefährlich, Alter!«, brüllt Momo.

»Das hast du schon mal gesagt.«

»Es ist Gilbert, dieses Arschloch!«

»Das hab ich mittlerweile auch kapiert, danke.«

»Hast du schon mal was von den Triaden gehört? Gilbert arbeitet für die chinesische Mafia.«

»Er ist doch kein Chinese!«

»Aber seine Frau! Und er hat ihnen alles erzählt. Die Geschichte von den superbunten Buntstiften und dem kleinen Mädchen. Sie wollten sich die Zeichnung holen, aber anscheinend hast du sie ja gefressen, also sind sie rüber zu deiner Nachbarin. In der Wohnung haben sie den Stift gefunden und jede Menge Bilder.«

»Aber wieso haben sie das Feuer gelegt?«

»Sie sollten alle Bilder des Mädchens mitnehmen. Aber die Kleine hatte überall rumgemalt, sogar an die Wände in ihrem Zimmer. Um die Farbe verschwinden zu lassen, blieb ihnen gar nichts anderes übrig, als die komplette Wohnung abzufackeln.«

»Und warum wollten sie verhindern, dass das Rosa wieder sichtbar wird?«

»Keine Ahnung. Irgendwas versprechen sie sich garantiert davon.«

»Aber es hat nicht geklappt! Mittlerweile ist es wieder überall.«

»Das ist doch nur der Anfang, Alter. Wenn die Kleine mit deinen Stiften noch mehr Farben wieder auftauchen lassen kann, dann schwebt sie in Gefahr. Und du auch.«

»Woher willst du wissen, dass sie das kann? Und außerdem wurden die Stifte alle recycelt.«

Momo hält vor einer verlassenen Bushaltestelle und öffnet sein silbermetallic lackiertes Topcase.

»Der hier nicht«, sagt er triumphierend und mit einem verschmitzten Funkeln in den Augen. In der Hand hält er einen sorgfältig in Noppenfolie eingewickelten Cluzel-Stift. »Er war rot, als dein Exchef ihn mir gegeben hat.«

Aufmerksam mustert Arthur den dunkelgrauen Stift. Es ist einer von den neueren, das Gaston-Cluzel-Logo ist eine Spur dünner gedruckt, weil Cluzel auch durch die reduzierte Menge an Goldtinte ein paar Cent hatte einsparen wollen.

»Wo ist die Kleine?«, will Momo wissen.

Arthur ist misstrauisch.

»Woher weißt du das alles?«

Momo zögert.

»Ich übernehme ab und zu Lieferungen für Gilbert. Aber ich flehe dich an, gib ihr den Stift. Vielleicht kann sie auch das Rot wieder zurückholen.«

»Was geht dich das überhaupt an?«

»Glaubst du mir, wenn ich dir sage, dass die Farben mir fehlen? Und wenn ich wenigstens einmal in meinem Leben etwas Gutes zustande bringen kann …«

»Aber jetzt bist du erledigt. Gilbert hat dich gesehen.«

»Der kann mich mal. Ich will sowieso schon seit zehn Jahren wieder zurück nach Hause. Wenigstens habe ich jetzt keine Ausrede mehr. Und wenn du die *el wardas* meiner Schwester probieren könntest ...«

»Die *el* was?«

»Kleine rosa Mandelkuchen. Da kommen dir die Tränen vor Glück. Und jetzt beeil dich, ehe sie dich finden.«

»Ich seh zu, was ich machen kann«, sagt Arthur, immer noch argwöhnisch, und steckt den Stift in die Innentasche seines Sakkos.

Er steigt in einen Bus, der gerade angehalten hat, und vergewissert sich, dass Momo in die entgegengesetzte Richtung davonfährt.

Sein Blick fällt auf einen flatternden Schmetterling. Er sieht aus wie eine Motte. Er landet auf der Rückenlehne des Sitzes gegenüber und schlägt noch eine Weile mit seinen großen Flügeln, als wollte er den gräulichen Schleier abschütteln, der sich darübergelegt hat.

Eilmeldung auf lemonde.fr

Achtzig Prozent der Franzosen sind dafür,
den Eiffelturm rosa anzustreichen.

Charlottes Sendungen werden von Tag zu Tag beliebter. Manchmal sitzt sie morgens wie gelähmt vor dem Computer und hat keine Ahnung, worüber sie schreiben soll. Aber zum Glück erhält sie immer mehr Zuschriften von farbbegeisterten Hörern. Sylvie trifft eine Vorauswahl und liest ihr die interessantesten vor. Eine dieser amüsanten Anekdoten hat sie zum Thema ihrer heutigen Kolumne gemacht.

Es besteht ein eigenartiger Zusammenhang zwischen der Farbe Rosa und den Frauen, die John F. Kennedy prägten. Der kleine John wurde nicht vom Storch gebracht, sondern stammt von einer Rose ab, so nämlich lautete der Name seiner Mutter, die ihn zu einem Anführer erzog.

1962 wurde Rose für ihn zum Anagramm von Eros, als Marilyn Monroe in einem atemberaubenden roséfarbenen Kleid »Happy Birthday, Mr. President« hauchte.

Ein Jahr später, in Dallas, war das Rosa von Hut und Chanel-Kostüm seiner Frau Jackie die letzte Farbe, die er auf dem Rücksitz seines Cabrios sah. Ein Rosa, das sich nach dem Einschlag der Kugeln rot färbte.

Später wurde eine neue Rosenzüchtung nach John F. Kennedy benannt und blüht seitdem jedes Jahr auf seinem Grab …

Bis morgen, meine lieben Hörerinnen und Hörer.

Charlottes Handy vibriert.

»Wo ist Ihre Tochter?«

Charlotte erkennt Arthurs Stimme sofort.

»In der Schule, wieso?«, fragt sie halb misstrauisch, halb verblüfft.

»Sie müssen sie sofort abholen! Sie haben mich doch gebeten, noch weitere Buntstifte mit dem hohen Pigmentgehalt zu suchen, und ich habe einen gefunden. Wir treffen uns in der Residenz.«

Heute ist der perfekte Tag, um einen von Luciens Lieblingsweinen zu kredenzen. Die Flasche wartete schon lange in seinem persönlichen Vorrat unter dem Bett auf eine passende Gelegenheit.

Mit einem schmatzenden »Schluuuck …« gleitet der Korken aus dem 2015er Domaine du Pas de l'Escalette, AOC, Terrasses du Larzac. Ein exquisiter Jahrgang. Lucien stößt mit Pierrette, Simone und Charlotte an. Arthur begnügt sich mit einem Glas rosa Limonade, während Pierrette genüsslich die intensive Farbe des Weins mit ihren Rubin- und Kirschtönen beschreibt.

Lucien und Charlotte sind gerade aus dem Prinzenparkstadion zurück, wo sie die ersten Minuten eines Fußballspiels zwischen Paris Saint-Germain und Marseille angeschaut haben. Sie waren eine gute Stunde vor dem Beginn der Partie an der Porte de Saint-Cloud. Dank seines lebenslang gültigen FIFA-Ausweises bekam Lucien zwei Plätze auf der VIP-Tribüne. Aber vor allem hatte er ungehinderten Zugang zum Herzen des Stadions: den Kabinen. Und so ging er nach unten und begrüßte den englischstämmigen Schiedsrichter, der gerade beim Umziehen war. Voller Stolz darüber, dass sein junger Kollege ihn wiedererkannte, setzte er sich neben den etwas schmächtigen, nur mit einer Unterhose bekleideten Mann. Er war ungleichmäßig gebräunt, an Armen und Beinen war die graue Haut dunkler. Ein paar rosa Flecken am Oberkörper, wahrscheinlich ein leichter Ausschlag. Er wirkte recht entspannt im Hinblick auf das Spiel, das er gleich leiten würde, und als Lucien sich einige gute Ratschläge erlaubte, entgegnete er mit leichtem englischem Akzent: »Möge der Herr dich mit seiner göttlichen Hand für deine Weisheit segnen.«

»Ich verlasse mich darauf, dass du diesem Trikot alle Ehre machst«, sagte Lucien zum Abschied und reichte ihm das schwarze Poloshirt mit den beiden aufgenähten Brusttaschen.

Charlotte liebt es, ihren Vater ins Fußballstadion zu begleiten. Sie genießt es mindestens genauso sehr wie jeder andere Zuschauer. Sie hat immer das Gefühl, als besuchte sie das Konzert eines philharmonischen Orchesters mit fünfzigtausend Musikern und zweiundzwanzig Dirigenten. Voll und ganz auf die Gesten der Maestros auf dem Rasen konzentriert, interpretieren die Musiker ihre Partitur aus Brüllen, Grölen, Schweigen, Applaus, Ovationen und Beifall. Anhand der Art dieser Äußerungen, der Richtung, aus der sie kommen, und ihrer Lautstärke erkennt Charlotte sofort, ob eine Mannschaft ein Tor erzielt, vorbeigeschossen oder einen Fehler gemacht hat.

Das anschwellende Geschrei verrät Charlotte, dass die Spieler hinter dem Schiedsrichter und seinen beiden Assistenten das Feld betreten haben.

Der Schiedsrichter hat noch nie so viele Fernsehkameras gesehen. Diese Begegnung stößt immer auf großes Interesse bei den Fans. Allmählich spürt er, wie der Druck ansteigt, und er erinnert sich an Luciens Worte: »Eine Grundschullehrerin hat mir einmal die Augen dafür geöffnet, wie man ein Spiel am besten leitet. Jedes Jahr, wenn im Herbst die Schule wieder losgeht, verfährt sie nach derselben Methode. Um sich Respekt zu verschaffen, nimmt sie sich gleich zu Beginn den aufsässigsten Schüler vor. Danach kann sie die Sache einfach laufen lassen und braucht nie wieder laut zu werden.«

Die Spieler sind angespannt, sie wissen um die Bedeutung der Partie. Die Mannschaften starren einander feindselig an. Wie Pitbulls. Nur ihre Frisuren erinnern eher an Königspudel beim Schönheitswettbewerb. Um diese Ähnlichkeit noch zu betonen, hat sich einer der Spieler die Haare sogar rosa gefärbt.

Marseille spielt in Rosa, und Paris trägt auf Anregung von Jean Paul Gaultier gestreifte Trikots. Der Schiedsrichter pfeift die Begegnung an. Marseille beginnt mit einer dutzendfach trainierten Kombination, um PSG auf dem falschen Fuß zu erwischen. Zwei Marseiller Abwehrspieler stürmen weit nach vorn, fast schon ins Abseits, um in der gegnerischen Hälfte Überzahl zu schaffen. Der Mittelstürmer schlägt einen Pass zum ersten Verteidiger, der den Ball sofort an den zweiten weiterspielt. Nach einem raschen Doppelpass mit dem Mittelstürmer steht der zweite Verteidiger in Schussposition direkt vor dem Strafraum. Die Pariser Abwehr hätte sich beinahe überrumpeln lassen, und einer von ihnen säbelt den italienischstämmigen Marseiller Verteidiger um. Dieser schlägt einen sieben-, achtfachen Purzelbaum, mit dem er in jeder Commedia-dell'Arte-Truppe auftreten könnte.

Es war kein klar ersichtlicher Verstoß, aber man muss hart durchgreifen. Der Schiedsrichter pfeift einmal kurz, zückt eine Sprühdose mit weißem Schaum und markiert eine Linie auf dem Boden, mit der er die Position der Mauer festlegt. Sechs Pariser Spieler reihen sich hinter der Schaumlinie auf und schützen ihre künftigen Nachkommen, indem sie die Hände vor ihrem Schritt zusammenlegen. Ein Marseiller stellt sich vor den Ball. Unmerklich rücken die Pariser Spieler mit kleinen Schrittchen vor, um die Distanz zwischen Mauer und Schütze zu verringern, wobei sie unbekümmert auf den weißen Schaum am Boden treten. Der Schiedsrichter weist sie zurecht und beordert sie zurück an ihren ursprünglichen Platz. Die Spieler gehorchen. Mehr oder weniger zumindest. Einer von ihnen hat sich quasi nicht vom Fleck gerührt und tritt ungeduldig von einem Fuß auf den anderen. Herausfordernd starrt er den Schiedsrichter an. Der Unparteiische hält seinem stechend grauen Blick stand. Gereizt bedeutet er ihm zurückzutreten. Ohne den Blick zu senken, weicht der Pariser einen symbolischen Zentimeter nach hinten. Seine Fersen stehen immer noch im Rasierschaum. Der Schiedsrichter überlegt hastig, was zu tun ist, und versucht, die Situation einzuschätzen, ohne sich von seinem wachsenden Zorn überwältigen zu lassen. Ist das eine Gelbe Karte wert? Nein. Doch schon eine Sekunde später bemerkt er, wie der Spieler erneut vorrückt. Wütend steckt der Schiedsrichter eine Hand in die Tasche, in der er seine Gelbe Karte aufbewahrt, und reckt sie dem Spieler entgegen. Die Kameras zeigen sie in Großaufnahme, und den ganz auf das Spiel konzentrierten Pariser Spielern fällt nicht einmal auf, dass das Rot plötzlich wieder da ist. Dort, auf diesem per Hand bemalten Stück Karton. Für sie zählt nur eines: die offensichtlich ungerechte Entscheidung des Schiedsrichters. Sie stürmen auf ihn zu. Deswegen eine Rote Karte?

Fieberhaft sucht der Schiedsrichter in seiner zweiten Tasche nach der ehemals Gelben Karte. Wie konnte er die beiden bloß verwechseln? Ein Anfängerfehler! Anders als erwartet, zieht er diesmal die richtige, mittlerweile leuchtend rote Karte heraus und realisiert, dass er die Farbe wieder sehen kann. Ein Pariser Spieler vermutet jedoch, diese zweite Rote Karte sei für ihn bestimmt. Sicher als Strafe für seine recht fantasievollen Ausführungen über die Abstammung des Schiedsrichters von einem Freudenmädchen. Voller Wut wirft er sich in die gestreifte Brust und läuft auf den Schiedsrichter zu, bis er nur noch wenige Zentimeter von ihm entfernt ist. Sie sind beide gleich groß, aber der Spieler ist ungefähr doppelt so breit. Der Schiedsrichter sieht nur noch seine Augen, seine blutrot unterlaufenen Augen. Die Zuschauer brüllen. Wohin der Schiedsrichter auch blickt, sieht er Rot. Eine flammend rote Hölle. Er weicht zurück und rempelt einen Marseiller Spieler an, der sich hinter ihm aufgebaut hat, um seine Gegner zu verhöhnen, indem er ihnen demonstriert, wie sorgfältig sein Mittelfinger manikürt ist. Für die Pariser gibt es nun keinen Zweifel mehr: Der Schiedsrichter ist gekauft, das Spiel manipuliert, wie in besten Zeiten. Mit neun Spielern gegen elf haben sie keine Chance mehr. Niemand weiß, von wem der erste Schlag ausging, aber nur Sekunden später sind zweiundzwanzig Paar Fäuste, Füße und Kiefer mit Feuereifer zugange. Das Gebrüll der Zuschauer verrät Charlotte, dass unten auf dem Platz eine offene Feldschlacht im Gange ist.

»Verdammte Dreckskerle!«, schreit sie, ihre gute Erziehung vergessend.

Widerstrebend wechselt der Regisseur zu einer Kameraeinstellung, welche die Fahnen von OM und PSG zeigt. Das Marseiller M ist immer noch grau, aber die Fahne von PSG erstrahlt zur Hälfte in Rot. Während Lucien nach der Hand seiner Tochter greift, beobachtet er, wie unten auf dem Rasen samtig karminrotes Hämoglobin spritzt. Ein wunderschöner Kontrast zu den grauen Spielern und dem hellgrauen Gras. Aus der Mitte des Getümmels heraus ertönt ein gellender Pfiff. Damit möchte der Schiedsrichter zweierlei ausdrücken: zum einen, dass er es sehr schätzen würde, wenn der Kiefer, der sich gerade in seine Wade gegraben hat, wieder loslassen würde, und zum anderen, dass das Spiel abgebrochen und auf einen späteren Termin verschoben wird. Die Zuschauer springen empört auf. Manche versuchen, die Sitze aus ihrer Verankerung zu reißen. Am wütendsten gehen dabei diejenigen zu Werke, die ein zur Hälfte rotes PSG-Trikot tragen.

Rasch verlassen Lucien und Charlotte das brodelnde Stadion. Auf dem Sitz bleibt eine hellgraue Schiedsrichterkarte mit dem FIFA-Logo zurück. Lucien frohlockt bei der Aussicht, zusammen mit seiner Tochter und seinen Freunden aus der Seniorenresidenz mit einem der besten Weine des Languedoc anzustoßen.

Ajays Taxi parkt an der Ecke Union Square und 14. Straße. Er liebt die Atmosphäre dieses Viertels, wo sich hervorragende Schachspieler, auf Plastikkisten hockend, unter freiem Himmel miteinander messen. Manche von ihnen haben irgendwo ein rosa-weiß gemustertes Schachbrett aufgetrieben. Er beobachtet sie durch das Fenster seines alten Wagens, während er auf Fahrgäste wartet.

Zwei junge Mädchen steigen ein und nennen ihm eine Adresse in Harlem. Unwillkürlich mustert Ajay seine neuen Fahrgäste im Rückspiegel. Sie sehen völlig identisch aus, wie sie da so auf der Rückbank lümmeln. Ein Manga-Look mit sehr kurzen, rosa karierten Kleidchen, Haarschleifen im gleichen Rosaton und weißen Kniestrümpfen. Die Vereinigten Staaten sind das neue Candy Land, sagt er sich. Die beiden Freundinnen reden kein Wort miteinander. Stattdessen tippen sie auf ihren Smartphones herum.

Wahrscheinlich kommunizieren sie nur miteinander, wenn sie nicht zusammen sind. Es sei denn, sie sind mittlerweile so weit, dass sie ohnehin nur noch per SMS miteinander reden, denkt er lächelnd.

Plötzlich stößt eine der beiden einen schrillen Schrei aus. Reflexartig tritt er auf die Bremse. Der Fahrer hinter ihm bremst zu spät. Ajay hört das Geräusch von zerknautschendem Blech. Stoßstange verkeilt sich in Stoßstange. Der zweite Teenager kreischt nun ebenfalls. Aber nicht wegen des Unfalls. Den hat sie womöglich nicht einmal bemerkt. Nein, Auslöser für ihr Geschrei ist das Video, das ihre Freundin ihr auf ihrem Handy zeigt.

Die beiden Fahrer steigen aus. Sehr höflich entschuldigt sich der eine für sein Bremsen und der andere dafür, es nicht getan zu haben. Aber beide sind erleichtert, als sie sehen, dass die jungen Mädchen unverletzt sind. Ajay klopft ans Fenster und bittet sie auszusteigen. Doch stattdessen halten sie lediglich das Handy hoch. Durch die Scheibe hindurch sehen die beiden Männer das Video eines Schiedsrichters mit einer Roten Karte in der Hand.

Der zweite Autofahrer wird sofort ohnmächtig. Ajay kann ihn gerade noch unter den Achseln auffangen, bevor er zusammenbricht.

Die Bewohner der Seniorenresidenz haben gerade zu Mittag gegessen. Pierrette räumt den Tisch ab. Zufrieden sieht sie, dass die gefüllten Tomaten mit Reiskruste allen geschmeckt haben, vor allem ihren heutigen Gästen: Louise, Charlotte und Arthur.

Lucien, der ein altes, an den Ärmeln fadenscheinig gewordenes rosa Hemd trägt, geht zu seiner Enkelin hinüber, die unter Simones wohlwollenden Blicken bäuchlings auf dem Boden liegt und zeichnet.

Mit ihrem krapproten Stift malt Louise einen Kreis aus, und ihre kurzen Beine zappeln dabei in der Luft wie die Fühler einer Garnele.

»Ich möchte so gern eine gelbe Sonne malen«, sagt sie und seufzt.

»Hast du schon einmal von einem sehr weit entfernten Land namens Japan gehört?«, fragt Simone lächelnd. Sie erinnert sich an eine Tournee mit Patricia Kaas, die im Fernen Osten ein großer Star ist. »Weißt du, in welcher Farbe die Kinder dort die Sonne zeichnen?«

»Rot?«

»Genau. Die aufgehende Sonne ist rot.«

»Ich trage sehr gerne Rot«, fügt Charlotte hinzu, die der Klang von Louises Stimme zu ihrer Tochter geführt hat, und streichelt ihr übers Haar.

Arthur ist überrascht, dass Charlotte eine Lieblingsfarbe haben kann.

»Es tut mir gut. Wenn ich ein rotes Kleidungsstück trage, spüre ich eine Energie, eine positive Wärme.«

»Gilt Rot nicht in den meisten Zivilisationen der Welt als die schönste Farbe?«, erkundigt sich Lucien.

»Ja, auf Russisch zum Beispiel bedeutet ›rot‹ und ›schön‹ dasselbe. Also sollte man eigentlich gar nicht vom Roten Platz in Moskau sprechen, sondern vom ›Schönen Platz‹. Das ist ein Übersetzungsfehler.«

»Kennst du das Zitat von Diderot?«, fragt Lucien. »›Man hat behauptet, die schönste Farbe in der Welt sei die liebreizende Röte, mit der Unschuld, Jugend, Gesundheit, Bescheidenheit und Schamgefühl die Wangen eines Mädchens schmücken.‹«

»Wie schön! Meinst du etwa diese Röte hier?«, entgegnet Charlotte und kneift ihre Tochter zärtlich in die Wange.

»Ja, aber ich hätte trotzdem lieber Gelb«, beharrt Louise in jammerndem Ton, obwohl sie es heimlich genießt, im Mittelpunkt des Gesprächs zu stehen.

Charlotte nimmt sie hoch, und Arthur betrachtet hingerissen Charlotte mit ihrer Mini-Charlotte auf dem Arm.

Louise fängt seinen Blick auf. Ihre Miene ist verzweifelt.

»Ich finde einen gelben Gaston-Cluzel-Stift für dich, Spätzchen, versprochen. Los, schlag ein!«, sagt Arthur.

Louise befreit sich aus Charlottes Armen und schlägt ungeschickt auf Arthurs Handfläche, um ihren Pakt zu besiegeln. Charlotte lächelt. Er weiß nicht, ob dieses Lächeln für ihn bestimmt ist oder für ihr Kind. Er beschließt, es auf sich zu beziehen, und erwidert das Lächeln, weil sie das ja offenbar spürt. Sie trägt eine kirschrote Brille, ein bunter Farbklecks in ihrem grauen Gesicht mit dem Hauch von Rosa auf den Wangen.

So hat Ajay New York noch nie erlebt. Die Autofahrer sind nervös und aggressiv geworden. Alle paar Meter drücken sie auf die Hupe. Als hätte jeder Fahrer einen Koffein-Amphetamin-Cocktail geschluckt, bevor er sich ans Steuer gesetzt hat. Innerhalb einer knappen Stunde sind die Ampeln für alle, die das Video gesehen haben – also für jeden –, wieder rot geworden. Und seitdem ignorieren die New Yorker sie permanent und mit großem Eifer. Sämtliche roten Feuerwehrwagen sind im Einsatz. Ajay kommt an mindestens fünf Unfällen vorbei, ehe er mit seinem ramponierten Taxi die Werkstatt seines Karosserieschlossers erreicht. Hier gibt es nur Dutzende zerbeulter Autos, Ölflecken, Staub und Fett. Der einzige Schmuck in der Werkstatt ist der Pirelli-Kalender, der mit Reißzwecken über einer alten Maschine an der Wand befestigt ist. Den Monat Dezember ziert ein traumhaftes Geschöpf in roter Unterwäsche und mit einer roten Mütze mit weißem Saum und Bommel auf dem Kopf. Wenn man sie so sieht, möchte man glatt wieder an den Weihnachtsmann glauben. Ihre durch die Farbe noch betonte laszive Pose weckt den Fortpflanzungstrieb, der in jedem Mann schlummert.

Der Autoschlosser empfängt ihn in einem Overall, dessen rote Farbe unter den ganzen Schmierölflecken kaum zu erkennen ist.

Er beugt sich über das Heck des Taxis und stößt einen Pfiff aus. Einen gedehnten Pfiff, keine Achtel-, keine Viertel-, keine halbe, nein, eine ganze Note lang.

Ajay interpretiert den Gesang des Mechaniker-Rotkehlchens ganz richtig und schließt daraus, dass es nicht leicht sein dürfte, eine neue Stoßstange für seinen alten Checker Marathon aufzutreiben.

Was soll's, sagt er sich und vergewissert sich, dass das Flugticket noch in seiner Tasche steckt. New York ist zu gefährlich geworden. Ich mache erst einmal Urlaub. Wie selbstverständlich hat sich ihm Paris als Reiseziel aufgedrängt. Dort sind Rosa und Rot wieder aufgetaucht. Vielleicht hat er dort auch die Chance, Gelb wiederzufinden. Außerdem ist Frankreich die Heimat jener Unbekannten, die in einer lange zurückliegenden Silvesternacht ihm gegenüber so einladend gewesen war.

Kapitel 8

In dem sich herausstellt, dass Rot tatsächlich eine warme Farbe ist

Solange hat netterweise Toast mit Kirschmarmelade für Arthur bereitgestellt. Das graue Brot ist vollständig mit Farbe bedeckt, und das Ergebnis sieht sehr appetitlich aus. Arthur fragt sich, ob er ihr verraten soll, welche Rolle er selbst und die Buntstifte von Gaston Cluzel beim Wiederauftauchen der Farben gespielt haben, aber er fürchtet, sie könnte sich Sorgen um ihn machen. Und sie ist ja ohnehin nicht zu Hause. Sie hat ihm einen Zettel hingelegt: Ihre Schwester hat sie zu einer einwöchigen Wellnesskur in einem Zentrum für Vinotherapie eingeladen. Sie überlässt ihm das Haus und bittet ihn, auf die Kätzchen über dem Kamin aufzupassen.

Arthur nimmt die Brote mit und isst sie unterwegs im Gehen. In Saint-Germain-des-Prés betritt er seine Lieblingsschreibwarenhandlung. »Lieblings-« deshalb, weil es die einzige ist, wo man ihm während seiner sechsmonatigen Vertreterlaufbahn überhaupt Buntstifte abgekauft hat. Wenn er es recht bedenkt, ist sie womöglich sogar die einzige in ganz Paris, die Buntstifte von Gaston Cluzel verkauft. Und vielleicht wurde sie ja auch an dem Tag beliefert, an dem die Farben verschwunden sind. In den Straßen sind die Röcke noch kürzer geworden, und die meisten Frauen tragen Kombinationen aus Rot und Rosa, was bei den Männern eine wahre Flut von steifen Nacken auslöst. Auch die Autos ziehen die Blicke auf sich. Ferrari, Lancia, Alfa

Romeo – die roten Italiener sind alle zu einer Spritztour draußen. An einer roten Ampel lassen zwei flammend rote Wagen ihre Motoren röhren. In der Sekunde, in der die Ampel auf Grau umspringt, drücken die beiden Fahrer das Gaspedal durch. Testosteronwettstreit.

In der verlassenen Schreibwarenhandlung heitern die bunten Rot- und Rosatupfen die triste Atmosphäre des etwas altmodischen Ladens ein wenig auf. Eine Frau um die vierzig, die er noch nie dort gesehen hat, thront hinter dem alten Verkaufstresen, von dem hier und da die Farbe abgeplatzt ist. Sie wirkt ein wenig angegriffen und trägt rosa Lippenstift. Rosa Lippenstift, dabei ist sie von Kopf bis Fuß rot angezogen ... Was für ein Stilbruch, denkt er, bevor ihm einfällt, dass er selbst an diesem Tag einen braunen Gürtel und schwarze Schuhe trägt. Aber bei mir sieht man es wenigstens nicht, beruhigt er sich mit einem flüchtigen Blick auf seine Schuhe, deren Grau nur eine Spur dunkler ist als das des Gürtels.

»Ist Monsieur Cafiero da?«

»Er ist ... gerade sehr ... beschäftigt«, antwortet die Verkäuferin keuchend.

»Ich bin Arthur Astorg von der Firma Gaston Cluzel, und ich wollte Ihnen anbieten, die restlichen Buntstifte aus unserer Herstellung, die ja nun ihre Farbe verloren haben, wieder zurückzukaufen.«

»Könnten Sie vielleicht nachher noch einmal wiederkommen?«, presst die Verkäuferin hervor.

»Soll ich einen Arzt rufen?«

»Nein, nein, alles in Ordnung.«

»Gut, dann versuche ich, morgen noch einmal vorbeizuschauen«, entgegnet Arthur, seufzt und dreht sich um.

»Nein, warten Sie!«, ertönt plötzlich eine laute Männerstimme wie aus dem Nichts.

Besser gesagt, unter dem Tresen hervor. Eine unsichtbare Kraft schiebt die Kassiererin auf ihrem Rollenstuhl zurück. Plötzlich taucht der Nacken von Monsieur Cafiero auf, der vor seiner ergebenen Mitarbeiterin kniet. Diese errötet so heftig, dass ihre Gesichtsfarbe einen ähnlichen Sättigungsgrad erreicht wie ihre Baumwollbluse. Jetzt sticht der rosa Lippenstift noch unvorteilhafter aus dem Gesamtbild heraus. Hastig zieht sie ihren Rock zurecht.

»Ich habe noch ungefähr fünfzig Dosen auf Lager«, rechtfertigt sich der Schreibwarenhändler in einem Ton, der seiner Untergebenen sagen soll, dass das Geschäft vorgeht. »Die roten und rosa Stifte habe ich alle einzeln verkauft«, fährt er, an Arthur gewandt, fort, »aber die Boxen und die restlichen Stifte können Sie mir gern erstatten.«

»Sie wissen sicherlich, dass Gaston Cluzel Konkurs angemeldet hat, ich bin aus reinem Berufsethos und als Privatmann hier. Ich biete Ihnen also einen Euro dafür.«

Der Schreibwarenhändler stürmt in sein Lager und kommt gleich darauf mit einem großen Karton voller Metalletuis von Gaston Cluzel zurück.

»Ich weiß Ihr Angebot sehr zu schätzen. Und ein Euro pro Stift geht in Ordnung. Agnès, rechnen Sie bitte aus, wie viel das macht.«

»Sie haben mich missverstanden. Ich biete Ihnen einen symbolischen Euro, damit Sie diese unnützen Stifte endlich los sind.«

Diskret zwinkert die Angestellte ihrem Chef lüstern zu und beißt sich auf die Unterlippe.

»Na gut, meinetwegen. Einen Euro für alles! Und jetzt machen Sie, dass Sie rauskommen«, willigt der Schreibwarenhändler ein und drückt Arthur, den Blick unverwandt auf den Busen seiner vorbildlichen Angestellten gerichtet, den Karton in die Arme.

Arthur hatte nicht erwartet, dass die Verhandlungen so mühelos ablaufen würden.

»Können Sie rausgeben?«, fragt er und greift nach einem Zwanzigeuroschein.

»Ach, was soll's, ich schenke sie Ihnen!«, versetzt der Schreibwarenhändler entnervt und begleitet ihn zur Tür. Arthur hört, wie sich hinter ihm knirschend das Metallgitter herabsenkt.

Wenige Minuten vor dem Beginn ihrer Kolumne hört Charlotte im Studio von France Inter zu, wie ihre Kollegin aus der Nachrichtenredaktion eine dramatische Meldung nach der anderen verliest.

Psychisch Kranke schneiden sich die Pulsadern auf, um die Farbe ihres Bluts bewundern zu können. Es gibt unzählige Verurteilungen wegen sexueller Belästigung. Die Behörden empfehlen Frauen, sich vorzusehen und nachts nicht allein auf die Straße zu gehen. Extremisten jeglicher Couleur erlauben sich die schlimmsten Entgleisungen. Weltweit assoziieren Prediger die Farbe Rot mit dem Teufel und verheißen den zusammengeströmten Menschen in flammenden Reden die Strafe Gottes: Die Welt wird zu einem höllischen Ort. Aber das Beunruhigendste sind die Spannungen im Nahen Osten. Auf allen Seiten spricht man von »Kriegslogik«.

Die Zivilisation ist auf dem Rückmarsch, stellt Charlotte mit Schrecken fest. Und diese Entwicklung ist unausweichlich: Die Farbe Rot stimuliert hauptsächlich unser Reptiliengehirn, sie weckt unseren Sexualtrieb und macht uns ängstlich oder aggressiv. Es herrschen die beiden Urinstinkte einer jeden Tierart: sich fortpflanzen und überleben. Wie kann es gelingen, das Feuer unter diesem brodelnden Kessel einzudämmen?

Wenn man sich die Ergebnisse aller Ringkämpfe im griechisch-römischen Stil seit dem Beginn der Olympischen Spiele der Neuzeit anschaut, stellt man fest, dass die rot gekleideten Sportler in siebenundsechzig Prozent der Kämpfe, also in etwas mehr als zwei Dritteln aller Fälle, über ihre blau gekleideten Kontrahenten gesiegt haben. Beim Taekwondo erkämpfen sich Sportler mit rotem Brustschutz dreizehn Prozent mehr Punkte, als sie mit einem blauen Brustschutz erzielt hätten. In der englischen Fußballliga haben Liverpool, Manchester United und Arsenal, die drei einzigen Mannschaften mit roten Trikots, neununddreißig der einundsiebzig Meisterschaften seit dem Zweiten Weltkrieg gewonnen! Die Ergebnisse der Wissenschaftler lassen keinen Zweifel zu: Wer Rot trägt, wirkt stärker und hat mehr Energie. Und das ist nun der perfekte Moment, um an die Sportnachrichten weiterzugeben.

Bis morgen, meine lieben Hörerinnen und Hörer.

Ajay liegt am helllichten Tag auf dem Bett in seinem Hotelzimmer in Montmartre und erholt sich allmählich von seinem grauenvollen Flug. Einer der Passagiere hatte beim Start eine Panikattacke erlitten und sich am Knie seiner Sitznachbarin festgeklammert. Diese verpasste ihm auf der Stelle eine Ohrfeige, beschuldigte ihn der sexuellen Belästigung und verlangte einen anderen Platz. Danach begannen Kinder zu weinen, immer eines nach dem anderen. Es schien fast so, als wechselten sie einander ab, damit im Flieger nur ja keine Minute Ruhe herrschte. Was die Passagiere nur noch mehr aufregte. Einige besonders reizbare Zeitgenossen beschimpften die Stewardessen, die sie ihrer Meinung nach nicht schnell genug bedienten. Worauf die Stewardessen in ebenso scharfem Ton antworteten.

Als das Flugzeug endlich landete und die Kabinenchefin mit den Worten zum Mikrofon griff, sie hoffe, alle Reisenden hätten einen angenehmen Flug gehabt, erhob sich ein gellendes Pfeifkonzert. Und statt mit »... und wir hoffen, Sie sehr bald wieder begrüßen zu dürfen« fortzufahren, entfuhr ihr ein genervtes »*Piss off*«, was ein erneutes Protestgeschrei auslöste.

Wie bei jeder Reise in ein fremdes Land hat Ajay auch diesmal das Radio auf einen Sender eingestellt, »wo nur geredet wird«.

Auch wenn er kein einziges Wort versteht, bedeutet Reisen für ihn vor allem, so viel wie möglich mit der einheimischen Bevölkerung in Berührung zu kommen. Manchmal beschwört ihr Tonfall ganz neue Farben in ihm herauf. Diese Melodie fremder Sprachen verrät ihm viel über die Einstellung, die Mentalität und das Wesen der Völker, denen er auf diese Weise begegnet. Und seit heute Morgen sagt er sich, dass die Pariser mindestens genauso neurotisch wirken wie die New Yorker. Als er plötzlich eine ruhige, heitere, lächelnde Frauenstimme hört, die von der allgemeinen Angst nicht angesteckt zu sein scheint, richtet er sich abrupt auf. Die erste positive Stimme, seit er französischen Boden betreten hat. Vielleicht sogar, seit das Rot wieder zurück ist. Ajay schließt die Augen, um sie voll und ganz genießen zu können. Und sofort erscheint vor ihm ein ganz leicht ins Violette spielender parmafarbener Fleck. Es ist das dritte Mal, dass eine menschliche Stimme diese Farbe hinter seinen geschlossenen Lidern aufscheinen lässt. Ist es womöglich dieselbe, die in einer Silvesternacht so laut in seinem Taxi erklungen ist? Die Stimme der Kundin, die er am Flughafen versetzt hat? Wahrscheinlich doch eher ein Zufall, sagt er sich. Es gibt sicher Tausende Stimmen mit derselben Farbe. Um auf andere Gedanken zu kommen, schlägt er seinen Reiseführer auf und beginnt, seinen Aufenthalt zu planen, doch er kann sich nicht konzentrieren. Das Einzige, was er wirklich sehen möchte, ist die Besitzerin dieser Stimme.

Eilmeldung auf lemonde.fr

Tinder ist die Internetseite mit den höchsten Nutzerzahlen, noch vor Snapchat und Facebook.

Schluchzend sitzt Louise am großen Esstisch der Seniorenresidenz. Arthur hat ihr sämtliche Gaston-Cluzel-Buntstifte gebracht, die noch in der Schreibwarenhandlung vorrätig waren. Eine nach der anderen öffnet er die Boxen, und einen nach dem anderen probiert sie die Stifte aus. Verärgert wiederholt sie immer wieder denselben Satz: »Ich mag keine grauen Stifte!«

Als Arthur die letzte Box öffnet, sagt das Kind kein Wort mehr, sondern weint nur noch bittere Tränen.

»Es tut mir leid, Spätzchen«, entschuldigt sich Arthur.

»Du hattest es mir versprochen!«, jammert Louise.

Zerknirscht geht Arthur hinaus in den Garten und lässt sich auf die Stufen der Freitreppe sinken. Die einzigen Farben, die Louise sehen kann, sind die der extrem pigmentierten Stifte, die am letzten Arbeitstag der Fabrik hergestellt wurden. Und die wurden alle recycelt. Was für eine Katastrophe!

Tröstend schiebt Charlotte ihrer Tochter Pummeluff in die Arme, ein kugelförmiges rosa Pokémon-Stofftier mit großen grauen Auen, das Sylvie ihr geschenkt hat. Dann lässt sie sich vom Klang des enttäuschten Seufzens zu Arthur leiten.

»Sie können nichts dafür, Arthur ...«

»Doch! Louise hat recht. Ich habe ihr ja tatsächlich versprochen, die Farben wiederzufinden.«

Er mustert Charlotte aufmerksam. Eine dunkle Haarsträhne fällt über ihre kirschrote Sonnenbrille.

»Charlotte, können wir unter vier Augen miteinander reden?«

»Lassen Sie uns ein Stück gehen«, antwortet sie mit ihrer sanften Stimme und greift nach seinem Arm.

Arthur führt sie durch den Garten. Charlotte spürt, wie ein sanfter Wind ihr durchs Haar fährt. Wieder und wieder streicht sie sich anmutig eine Strähne hinters Ohr, die an ihrer Nase kitzelt. Die Luft ist warm, der Wind kommt aus dem Süden. Ganz schwach dringt der helle Schein der Sonne durch den Schleier ihrer Lider und erzeugt einen schwachen Impuls in den Stäbchen ihrer Augen. Der Duft der Herbstblumen verrät ihr, dass sie auf die ehemals flaschengrüne Bank neben dem Blumenbeet zugehen. Der Kies knirscht unter ihren Füßen, bis sie schließlich spürt, wie diese in weichen Erdboden einsinken. Sie weiß, dass sie direkt vor der Bank steht. Sie lässt Arthurs Arm los, dreht sich um und setzt sich behutsam hin. Arthur ist immer wieder aufs Neue verwundert, wie mühelos es ihr gelingt, sich zu orientieren. Er bleibt vor ihr stehen.

»Sie müssen zur Polizei gehen und ihnen alles erzählen, damit sie Sie und Ihre Tochter beschützen. Mir glauben sie nicht, und ich weiß nicht mehr, was ich tun soll.«

»Aber natürlich!«, entgegnet sie spöttisch. »Als Blinde bin ich ja auch ganz besonders glaubwürdig, wenn es darum geht, sie davon zu überzeugen, dass meine Tochter die Farben wieder sichtbar machen kann.«

Charlotte riecht Arthurs Armani-Parfüm. Sie atmet tief ein und nimmt keinen Alkoholgeruch wahr.

»Es ist gut, dass du nicht mehr trinkst.«

Arthur bemerkt das Duzen. Diese plötzliche Vertrautheit

schenkt ihm den Mut, ihr eine Frage zu stellen, die ihm schon lange auf den Lippen brennt.

»Was bedeuten Ihnen … dir … eigentlich Farben?«, fragt er leise und setzt sich neben sie.

Charlotte zögert.

»Ich glaube, ich kann sie spüren … Wie soll ich dir das erklären?«

Sie sucht nach dem richtigen Einstieg.

»Du hast in der Schule doch sicher Jules Romains gelesen.«

»Ja, natürlich, ich weiß noch, dass mir *Knock oder Der Triumph der Medizin* sehr gut gefallen hat.«

»Nun, Jules Romains hat 1920 ein damals sehr kontrovers diskutiertes Buch mit dem Titel *La Vision extra-rétinienne* veröffentlicht, in dem er mithilfe zahlreicher Experimente zu beweisen versuchte, dass der Mensch nach einem gewissen Training fähig sei, auch ohne Beteiligung der Netzhaut Farben wahrzunehmen, insbesondere mit seinen Händen. Diese sogenannte dermooptische Wahrnehmung könnte mehrere Ursachen haben. Vor allem die jeweilige Temperatur einer Farbe, aber auch ihre Wellenlänge. Wie jeder Gegenstand sendet unser Körper Infrarotstrahlung aus. Je nach Farbe eines Gegenstands verändert sich die Infrarot-Interaktion mit der Haut. Im Grunde geht es um eine Wahrnehmung von Oberflächenstruktur. In den Sechzigerjahren hat ein russischer Professor die Farbe Orange als rau, Gelb als ganz besonders glatt und Rot als rau und klebrig zugleich definiert.«

»Und das ist es, was du wahrnimmst?«

»Vielleicht. Aber für mich sind Farben vor allem eine Mischung aus Duft und Geschmack. Orange zum Beispiel riecht süß wie die Frucht, aber sein Geschmack ist sauer. Gelb ist noch saurer, wenn es sich um Zitronengelb handelt, aber es kann auch fein sein wie ein Eigelb und nach Narzissen oder Ginster duften. Weiß schmeckt wie Milch oder Hähnchen, und sein Geruch ist der von Kokosnuss oder manchen Orchideen. Schwarz duftet nach Lakritz und Kaffee, aber manchmal riecht es auch wie verbrannte Reifen oder angebranntes Essen.«

Arthur hängt an ihren Lippen. Er beobachtet, wie sie ihre Worte mit Gesten untermalt. Sie ist kaum zu bremsen.

»Rot schmeckt nach Rotkohl, Johannisbeeren, Brombeeren und Wein«, fährt sie, von ihrem Thema mitgerissen, fort. »Rosa duftet wie die romantischste aller Blumen und der frühe Morgen. Blau schmeckt nach Meerwasser oder einem streng riechenden Schimmelkäse.« Charlotte hält kurz inne. »Riechst du die Schneeglöckchen im Garten?«

»Nein.«

»Und das Moos an der Wand?«

»Ja, das rieche ich.«

»Die Farben sind immer noch da. Genauso schön wie zuvor.«

»Willst du damit sagen, dass sich für dich nichts verändert hat?«

»Doch ... ihr! Nachdem ihr die erste Überraschung über den Verlust der Farben verwunden hattet, wurde mir klar, dass ihr allmählich verkümmert. Mit der Rückkehr des Rosa griff eine wahre Euphorie um sich, und das hat so gutgetan! Ihr wart fröhlicher, aber gleichzeitig spürte ich, wie eine Art glückselige Beschaulichkeit, ja Lethargie überhandnahm. Ihr vermitteltet den Eindruck, als sei unsere Welt ein wenig kitschig, wie ein zuckriger Liebesroman.«

»Das hat sich geändert, seit das Rot wieder da ist. Man spricht sogar von einer neuen sexuellen Revolution.«

»Das stimmt, die Menschheit ist dynamischer und energischer geworden. Vielleicht sogar zu sehr. Wagner hat alle seine kraftvollen Sinfonien in roten Räumen komponiert. Ich spüre in euch dieselbe Kraft, ja diese Gewalt. Und daher ...«

»Daher was?«

»Solange ihr nur Rot und Rosa seht, wird unser blauer Planet nicht im Gleichgewicht sein.«

Charlotte wendet sich Arthur zu und berührt vorsichtig mit beiden Händen sein Gesicht. Ihre Fingerspitzen liegen auf seiner Stirn und oberhalb der Ohren.

»Hast du die Nachrichten gehört?«, fragt sie, während sie mit den Fingern über seinen Kopf wandert. »Seit gestern schwingen die Kriegstreiber auf allen Seiten immer aggressivere Reden.«

»Sie sehen rot!«

Zart gleiten ihre Finger über die Umrisse seiner Ohren, seines Nackens, seiner eingedellten Nase.

»Überall verspüren die Leute den Drang zu rebellieren, aber sie wissen nicht, wogegen. Es herrscht reine, zweckfreie Gewalt. Unsere Welt wird streitsüchtig und noch intoleranter als zuvor. Ich mache mir Sorgen um Louise, um dich, um uns alle.«

Arthur kann es kaum fassen. Sie hat Angst um ihre Tochter, um die Welt im Allgemeinen, aber auch um ihn im Besonderen. Wann hat sich zum letzten Mal eine Frau, die ihm so gut gefällt, Sorgen um ihn gemacht?

Charlotte fährt mit dem kleinen Finger über Arthurs feuchtes Auge. Sie zieht ihre Hände zurück. Beide schweigen.

»Versprich mir, dich mit deiner Tochter auch weiter hier zu verstecken«, sagt er nach einer Weile leise.

»Dann halte du das Versprechen, das du Louise gegeben hast: Finde die Farben wieder! Bis dahin werde ich ein paar Kolumnen auf Vorrat aufnehmen. Dann brauche ich nicht zurück zu Radio France.«

Arthur betrachtet Charlotte in ihrer karmesinroten Bluse. Ein herrlicher, tiefroter Sonnenuntergang lässt die Farbe des Stoffs noch intensiver leuchten. Am liebsten würde er sie küssen.

Kapitel 9

In dem sich eine Maus in ein Picknick stiehlt

Im Zug nach Cabourg tragen fast alle Passagiere Rot oder Rosa. Man kommt sich vor wie bei einem Vereinsausflug der »Optimisten ohne Grenzen«. Doch die Stimmung ist aufgeheizt. In Arthurs Wagen werden zwei Männer handgreiflich, weil der eine auf dem Platz des anderen sitzt. Wovon sich Dutzende wild knutschender Paare, die ihre Körperflüssigkeiten austauschen wie Teenager auf einer Party, nicht weiter stören lassen.

In den schicken Vierteln des Seebads angekommen, fühlt man sich in den Hochsommer versetzt. Rote und rosafarbene Kleidung erinnert an die bunten Modenschauen von Christian Lacroix. Arthur trägt immer noch sein etwas zu großes rosa Sakko. Die Männer werfen ihm neidische Blicke zu, als sei er ganz besonders elegant. Er entdeckt ein wunderschönes Herrenhaus aus den Dreißigerjahren in ausgezeichnetem Zustand. Lediglich eine zerbrochene Fensterscheibe stört den Gesamteindruck. Auf dem Klingelschild steht in zarter, geneigter Schrift »Cluzel«. Hier ist er richtig. Arthur wiederholt ein letztes Mal seine vorbereitete Ansprache. Die Wahrheit kann er seinem früheren Chef unmöglich sagen, er vertraut ihm nicht. Wenige Sekunden nachdem er geklingelt hat, hört er das Summen des elektrischen Türöffners. Er drückt das Tor auf und betritt einen äußerst gepflegten baumbestandenen Garten. Ein

Gärtner kommt in Sicht, rosa Flipflops, rote Shorts und ein rosa geblümtes T-Shirt. Er schiebt eine mit Unkraut gefüllte Schubkarre vor sich her. Es ist Cluzel! In diesem Aufzug hätte Arthur ihn beinahe nicht erkannt.

»Was wollen Sie denn hier, Picasso?«, fragt Cluzel, verwundert und nervös zugleich, als er plötzlich seinen ehemaligen Angestellten-Vertreter-Fußabstreifer vor sich sieht.

Arthur lächelt ihn an und macht einen auf alter Kumpel, mit dem man schon oft über die Stränge geschlagen hat.

»Hi, Adrien, alles klar bei dir?«

Cluzel antwortet nicht.

»Ich war gerade in der Nähe, und da habe ich mir gedacht, das wäre doch die Gelegenheit, mal kurz Hallo zu sagen.«

Cluzel antwortet immer noch nicht.

»Weißt du was, Adrien? Ich wollte mich bei dir bedanken! Wir beide sind zwar nicht immer blendend miteinander ausgekommen, aber rückblickend bin ich dir doch zu Dank verpflichtet, nach allem, was du für mich getan hast. Bei dir habe ich eine ganze Menge gelernt.«

»Bitte verlassen Sie mein Grundstück.«

Cluzel nähert sich dem elektrischen Toröffner.

»Ob du's glaubst oder nicht, ich habe so gern bei dir gearbeitet, dass ich seitdem Buntstifte sammle …«

Cluzel hält in der Bewegung inne.

»Aber Gaston-Cluzel-Stifte, nur Gaston-Cluzel-Stifte!«

»Sie sammeln Buntstifte von Gaston Cluzel?«

»Und wie! Du hättest nicht zufällig noch ein paar übrig?«

Arthur merkt, dass das Gespräch nicht so läuft wie erhofft, aber jetzt ist es zu spät, um seine Strategie noch zu ändern.

»Ich würde sie dir auch abkaufen. Ich interessiere mich besonders für die Charge, die am letzten Tag produziert wurde. Und ich muss gestehen, so langsam weiß ich nicht mehr, wo ich noch danach suchen soll.«

»Sie wissen nicht mehr …?«

»Nein, aber ich erinnere mich noch ganz genau, dass du eine Handvoll aus der Wanne genommen hast, bevor wir die Maschinen ausgeschaltet haben. Du bist ein Connaisseur, dir war nicht entgangen, dass sie eine wunderschöne Farbe hatten. Weißt du noch? Um die Wahrheit zu sagen, ich hatte den Pigmentgehalt ein bisschen erhöht.«

»Rühren Sie sich nicht von der Stelle.«

Cluzel verschwindet und lässt Arthur allein zurück. Alles in allem ist er gar kein so schlechter Kerl, denkt dieser bei sich. Er macht zwar einen auf Klassenkampf, aber im Grunde seines Herzens ist er bestimmt ein ganz anständiger Mensch. Cluzel kommt mit leeren Händen zurück. Er packt den Rechen, der auf seiner Schubkarre liegt, und schwenkt ihn über Arthurs Kopf. Seine Haarsträhne ist über eines seiner Augen gerutscht, aber das andere blitzt finster genug für zwei.

»Rühr dich ja nicht von der Stelle«, wiederholt Cluzel und gestattet sich jetzt endlich auch das Du.

»Aber ich bitte Sie, Monsieur Cluzel, das ist doch kein Grund, gleich rotzusehen«, entgegnet Arthur, der wieder zum Sie zurückkehrt, um seinen ehemaligen Chef zu beruhigen.

»Du Dreckskerl kommst auch noch her und machst dich in meinem eigenen Garten über mich lustig!«, brüllt Cluzel, außer sich vor Wut. »Ich habe die Polizei gerufen, sie werden gleich hier sein!«

Arthur wirft einen Blick hinter sich. Das Tor ist verschlossen, und Cluzel hat sich vor dem Öffner aufgebaut. Er sitzt in der Falle.

»Paris, Sankt Moritz und jetzt Cabourg!«, zetert Cluzel, kurz vor einem Nervenzusammenbruch.

Paris, Sankt Moritz, Cabourg, wiederholt Arthur stumm. Klingt wie ein Werbeslogan für Luxus-Poloshirts. Aber wo ist der Zusammenhang?

»Letzte Woche wurde in meine Wohnung in Paris eingebrochen. Ich fand es merkwürdig, dass nur die BUNTSTIFT-SAMMLUNG meines Urgroßvaters Gaston gestohlen wurde.«

Cluzel macht Anstalten, Arthur mit dem Rechen zu schlagen, hält jedoch wenige Zentimeter über dem Kopf seines einstigen Angestellten inne.

»Vor zwei Tagen ruft mich der Wachmann meines Chalets in Sankt Moritz an und erzählt mir, dass dort ebenfalls eingebrochen wurde, und es wurden EBENFALLS meine BUNTSTIFTE geklaut! Die stammten noch von meinem Vater und meinem Großvater! Sie hatten bloß Erinnerungswert!«

Cluzel ist knallrot im Gesicht, und seine Waffe nähert sich bedrohlich Arthurs Stirn.

»Und heute Morgen hier! Du hast gewartet, bis ich ans Meer gegangen bin, um Strandschnecken zu sammeln, dann bist du in mein Haus eingestiegen und hast dir meine EIGENE SAMMLUNG unter den Nagel gerissen. Und wieso das alles? Na los, raus damit, wieso?«

Plötzlich versteht Arthur, was es mit der zerbrochenen Fensterscheibe auf sich hat.

»Und jetzt besitzt du die Frechheit, herzukommen und dich zu erkundigen, ob nicht NOCH IRGENDWO welche zu finden sind!«

Bevor Cluzel zuschlagen kann, überwältigt der Exrugbyspieler hastig seinen ehemaligen Chef. Es gelingt ihm, auf den Öffner zu drücken, und ohne sich noch einmal umzudrehen, rennt er zum Bahnhof. Dort springt er in den erstbesten Zug, der gleich hinter ihm die Türen schließt. Die alte Lokomotive setzt sich schnaufend in Bewegung und zieht mühsam die schweren Waggons hinter sich her.

»Wohin fährt dieser Zug?«, erkundigt sich Arthur, nachdem er endlich wieder zu Atem gekommen ist, bei einer attraktiven Mitreisenden, deren Anblick ihm erneut den Atem verschlägt.

Sie trägt ein knallrotes hautenges Kleid.

»Nach Paris«, antwortet sie, und ihre kardinalrot geschminkten Lippen verziehen sich zu einem wollüstigen Lächeln.

Charlotte sitzt vor dem Mikrofon im Studio von France Inter, als sie hört, wie Sylvie hereinkommt und sich neben sie setzt. Ihr etwas stockender Gang klingt anders als sonst.

»Du hast dir neue Schuhe gekauft!«

»Dir kann ich auch nichts verheimlichen. Louboutins, in einem Klubverkauf. Zehn Zentimeter hohe Absätze. Ich liebe ihre roten Sohlen! Das ist meine Lieblingsfarbe, genau wie die von Kleopatra«, fügt sie hinzu.

»Wenn ich dir erzähle, wie diese Farbe früher hergestellt wurde, schenkst du sie mir womöglich freiwillig«, neckt Charlotte sie.

»Ganz sicher nicht!«

»Man brauchte zweihundertfünfzigtausend Meeresschnecken, um eine einzige Toga zu färben. Ein regelrechter Völkermord. Aber das Schlimmste war, dass man sie monatelang in Urin einlegte. Es stank derart bestialisch, dass man das nur machen konnte, wo weit und breit keine Stadt in der Nähe war. Krieg ich jetzt deine Schuhe?«

»Niemals!«

Vor einigen Jahren zeigten Wissenschaftler männlichen Versuchspersonen Fotos von durchschnittlich attraktiven Frauen vor rotem oder weißem Hintergrund. Die Männer bewerteten die Frauen vor rotem Hintergrund doppelt so attraktiv wie die vor einem weißen Hintergrund. Wie durch Zufall halten Autofahrer bei einer rot gekleideten Anhalterin doppelt so häufig an. Und wie durch Zufall erhält die rot gekleidete Kellnerin ein sehr viel höheres Trinkgeld! Warum wirken Frauen anziehender, wenn sie rote Kleidung oder roten Lippenstift tragen? Weil sie den Männern damit unbewusst ihre Fruchtbarkeit signalisieren. Bei unseren frühen Vorfahren waren sowohl Lippen als auch Schamlippen zur Zeit des Eisprungs merklich röter als sonst. Und es hat sich herausgestellt, dass auch die heutigen Frauen unbewusst viel unbefangener zu roter oder rosafarbener Kleidung greifen, wenn sie fruchtbar sind. Lassen Sie mich Ihnen noch verraten, dass Paare in einem roten Schlafzimmer durchschnittlich dreimal pro Woche Sex haben, in einem weißen hingegen fast zweimal weniger. Also greifen Sie zum Pinsel!

Bis morgen, meine lieben heimwerkenden Hörerinnen und Hörer.

Die rote Studiolampe erlischt.

»Ich gehe sofort auf eBay und kaufe Farbe«, ruft Sylvie, die neben Charlotte sitzt.

»Sylvie, ich kann dir nicht sagen, wieso, aber ich muss für ein paar Tage weg.«

»Das geht nicht, wir brauchen dich hier.«

»Ich habe ein paar Kolumnen vorab geschrieben. Können wir sie aufnehmen?«

Sylvie denkt nach.

»Steckt eine Liebesgeschichte dahinter? Denn das wäre die einzig akzeptable Entschuldigung.«

Charlotte will ihr nicht widersprechen und zieht einen undefinierbaren Schmollmund.

»Allmählich begreife ich, warum du meine Schuhe haben willst«, neckt Sylvie sie. »Ich rede mit dem Chef darüber. Zwischen uns läuft es übrigens wieder sehr viel besser«, fügt sie errötend hinzu.

Als Charlotte am späten Abend endlich das Gebäude von Radio France verlässt, wartet draußen Gilbert unauffällig am Rand der Betonstufen auf sie. Tags zuvor hat er sich bei der Pförtnerin ihres Hauses als Mitarbeiter der Versicherung ausgegeben und behauptet, er müsse unbedingt Kontakt mit der Geschädigten aufnehmen. Doch seit dem Brand in ihrer Wohnung hatte niemand mehr etwas von ihr gehört. Alles, was die Pförtnerin ihm verraten konnte, war ihr Name und dass sie bei Radio France arbeitet. Also hat Gilbert vor dem Personaleingang des Rundfunkgebäudes Posten bezogen. Zuvor hatte er Charlottes Namen im Internet recherchiert und war auf die Seite ihrer Kolumne gestoßen. Dort hatte er ein Bild von ihr gefunden und es auf seinem Handy abgespeichert. Diese Moderatorin muss sich ja für einen echten Star halten, wenn sie sogar auf dem Foto eine Sonnenbrille trägt.

Gilbert steigt hinter ihr in die Metro. So leicht war es noch nie, jemanden zu beschatten, denkt er, während er der Frau mit ihrem weißen Stock folgt.

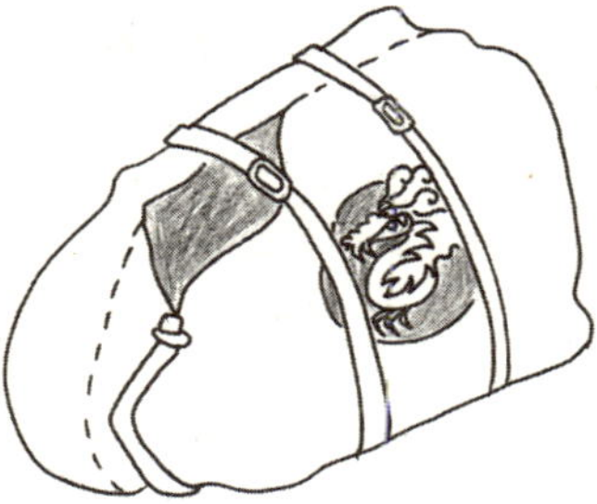

Der Zug ist brechend voll, doch schließlich findet Arthur im Übergang zwischen zwei Waggons einen freien Klappsitz. Er lässt sich nieder und denkt nach. Er ist nicht der Einzige, der nach den letzten Buntstiften von Gaston Cluzel sucht. Wer kann zu der gleichen Schlussfolgerung gelangt sein wie er selbst? Die chinesische Triade natürlich! Arthur erinnert sich daran, wie er im QG herumgeprahlt und allen, speziell Gilbert, erzählt hat, dass er die gesamten restlichen Pigmentvorräte in die letzte Charge gegeben hatte. Ich bin so ein Idiot, beschimpft er sich stumm und ballt die Hände zu Fäusten. Jetzt, wo diese Verbrecher die Buntstifte haben, werden sie alles daransetzen, Louise zu finden. Wenn sie verhindern möchten, dass auch die anderen Farben wieder zum Vorschein kommen, dann wollen sie sie garantiert aus dem Weg räumen.

Plötzlich bemerkt Arthur am anderen Ende des Waggons einen Schaffner, leicht zu erkennen an dem roten Band an seiner Kappe. Nicht genug damit, dass Arthur keine Fahrkarte hat, er hat auch kein Geld dabei. Aber jetzt ist nicht der richtige Zeitpunkt, um Aufsehen zu erregen, umso mehr, als womöglich die Polizei hinter ihm her ist. Er erinnert sich an die guten alten B-Movies und wendet sich der Toilettentür zu. Besetzt. Also entfernt er sich in die dem Schaffner entgegengesetzte Richtung, durchquert einen Wagen und erreicht das Ende des Zugs. An der Toilettentür scheint ihn das gleiche krapprote »Besetzt«-Signal zu verspotten. Er braucht einen Ausweg. Als er wieder kehrtmacht, bemerkt er einen schlafenden Passagier, auf dessen Knien eine Fahrkarte liegt. Ohne stehen zu bleiben, nimmt Arthur sie vorsichtig an sich. Er geht dabei so unverhohlen zu Werke, dass er jeden Moment ein »Haltet den Dieb!« zu hören erwartet. Aber nein, nichts passiert ... Da auf der Fahrkarte die Platznummer abgedruckt ist, geht Arthur geradewegs auf den Schaffner zu, um eine möglichst große Distanz zwischen sich und den anderen Fahrgast zu bringen. Doch der Schaffner knipst sein Ticket ab, ohne überhaupt einen Blick darauf zu werfen. Gleich danach entdeckt Arthur einen freien Platz neben einer alten Asiatin. Aber kaum hat er sich hingesetzt, beschleicht ihn ein ungutes Gefühl, ja regelrechte Angst. Wenn die Einbrecher an diesem Morgen bei Cluzel waren, sitzen sie womöglich im selben Zug, und vielleicht sind sie auch asiatischer Herkunft. Die alte Frau streicht er sofort von der Liste seiner Verdächtigen, und er macht sich auf die Suche nach weiteren fernöstlich aussehenden Reisenden. Das ist Diskriminierung, denkt er ein wenig schuldbewusst. Doch das genügt nicht, um ihn wieder Vernunft annehmen zu lassen, und so fällt sein Verdacht auf einen bulligen Kerl mit geschlitzten Augen und einer kleinen Brille im letzten Wagen und einen etwas jüngeren Mann in der Mitte des Zugs. Er beschließt, mit dem Ersten zu beginnen, und geht erneut nach hinten. Wortreich entschuldigt er sich, als er über einen noch halb schlafenden Reisenden hinwegsteigt, der unter den misstrauischen Blicken des Schaffners auf dem Boden kniet und nach seiner Fahrkarte sucht. Er nähert sich dem ersten Verdächtigen. Ein echter Sumoringer im Yokozuna-Rang, ein Kämpfer, der ihm mit einer Hand den Schädel zerschmettern könnte. Sumotori sind Japaner und selten Chinesen, versucht er sich selbst zu beruhigen. In der Gepäckablage über diesem beeindruckenden Passagier, dessen Körperfülle auch noch einen Teil des Nachbarsitzes in Beschlag nimmt, liegt eine mit einem aufgestickten roten Drachen verzierte Tasche. Mittlerweile ziehen die tristen Pariser Vorstädte, seit jeher grau unter ihrem grauen Himmel, vor dem Fenster vorbei. Nicht mehr lange, und der Zug erreicht die Gare Saint-Lazare. Der Sumotori quält sich mühsam aus seinem Sitz hoch und kommt gebieterisch auf ihn zu. Was tun? Fliehen? Natürlich, aber Arthurs Beine versagen ihm den Dienst. Er dreht sich um, schließt die Augen und wartet darauf, erwürgt, zermalmt, gevierteilt oder noch viel Schlimmeres zu werden. Nach ein paar Sekunden hebt er vorsichtig die Lider. Der Doppelzentner Muskeln ist an ihm vorbeigegangen. Arthur sieht, wie er die Toilette betritt, und nutzt die Gelegenheit, um seine Tasche näher in Augenschein zu nehmen. Der Drache mustert ihn boshaft. Du schaffst es ja doch nicht, sie zu öffnen und nachzusehen, was drin ist, scheint er zu spotten. Die Reisenden beginnen, ihre Siebensachen zusammenzusuchen, und Arthur, der sich nicht gern von Drachen demütigen lässt, greift nach der Tasche. Die quietschenden Bremsen des Zuges verheißen ihre baldige Ankunft.

»Ist das Ihre Tasche?«, ertönt eine schüchterne Stimme hinter ihm.

Als hätte er nichts gehört, öffnet Arthur den Reißverschluss. Die Tasche ist voller grauer Gaston-Cluzel-Stifte! Arthur bemerkt auf einigen davon das dünnere, also neuere Logo. Er schließt die Tasche wieder, hängt sie sich über die Schulter und versucht, sich einen Weg zum Ausgang zu bahnen. Sein Herz rast.

»Ich glaube nicht, dass diese Tasche Ihnen gehört, Monsieur«, wiederholt die nervige leise Stimme, jetzt schon ein wenig lauter.

Lächelnd dreht er sich zu der Frau um. Es ist eine sehr kleine, dünne Dame in einem alizarinroten Kostüm, dazu trägt sie eine erdbeerrosa Halskette.

»Meinen Sie mich, Madame?«

»Ja, Monsieur!«

»Danke, dass Sie so aufmerksam sind. Wenn alle so wären wie Sie, dann gäbe es sicher weniger Diebstähle. Aber in diesem Fall ist es tatsächlich meine Tasche. Oder gehört diese Tasche vielleicht sonst jemandem hier?«, fragt Arthur mit einer Unverfrorenheit, die ihn selbst überrascht, in die Runde.

Keiner der übrigen Reisenden sagt etwas. Die Frau sieht sich nach dem dicken Herrn um, der neben ihr gesessen hat. Er ist nicht mehr da. Nun ja, denkt sie, nur weil die Tasche mit einem Drachen verziert ist, muss sie ja nicht unbedingt einem Asiaten gehören. Und außerdem kann ein Mann in einem rosa Paillettensakko wohl kaum ein Dieb sein …

»Bitte entschuldigen Sie, Monsieur«, stammelt sie schließlich.

»Sie haben ganz richtig gehandelt. Man kann gar nicht vorsichtig genug sein.«

Sie sind nur noch wenige Hundert Meter vom Bahnhof entfernt, und die meisten Passagiere sind inzwischen aufgestanden. Eine junge Frau mit einem grauen Kinderwagen, in dem ein Baby im rosa Strampler liegt, blockiert den Ausgang. Plötzlich entdeckt er den Sumotori, der gerade die Toilette verlässt und sich suchend nach seiner Tasche in der Gepäckablage umschaut. Hastig stellt Arthur die Tasche auf den Boden, um sie hinter dem Spalier aus Fahrgästen zu verstecken, doch zu spät, »Doppelzentner« fixiert ihn mit einem leisen Lächeln und schüttelt langsam den Kopf, um ihm zu verstehen zu geben, dass er das besser nicht getan hätte. Sein massiger Körper hindert ihn daran, sich durch die Reisenden und ihr Gepäck hindurchzuzwängen, die den Gang versperren. Und ganz offensichtlich will er kein Aufsehen erregen. Völlig unerwartet macht er kehrt und geht in die entgegengesetzte Richtung zurück.

Natürlich! Der Wagen hat zwei Ausgänge, und er steht direkt neben der anderen Tür. Da es sich um einen Kopfbahnhof handelt, muss Arthur unweigerlich an ihm vorbei. Der Zug steht beinahe still, er muss sich schnell entscheiden. Arthur öffnet die Tasche, packt so viele Stifte wie möglich und versteckt sie in seiner Hose. Dann zieht er sein rosa Sakko aus und lässt es bedauernd auf der Tasche liegen. Die automatischen Türen öffnen sich.

»Kommen Sie, Madame, ich helfe Ihnen«, verkündet Arthur der jungen Mutter energisch.

Noch bevor sie einwilligen kann, hebt er schon den Kinderwagen an und steigt die drei Stufen hinunter.

»Und wie heißt dieses süße kleine, ganz in Rosa gekleidete Mädchen?«

»Tristan. Es ist ein Junge.«

»Oh, Verzeihung …«

Arthur stellt den Kinderwagen auf den Bahnsteig. Die Frau folgt dicht hinter ihm, ihre Tasche und die des Babys in der Hand.

»Nehmen Sie Tristan. Ich trage Ihre Taschen.«

So unbefangen wie möglich geht Arthur neben der Mutter und ihrem Kinderwagen her. Sein Herz beginnt wieder wie wild zu schlagen, als er sieht, wie Doppelzentner in ihre Richtung gerannt kommt. Vielleicht ist er ja kurzsichtig. Und wenn er nach einem Mann in rosa Sakko Ausschau hält, der eine Tasche mit einem Drachen in der Hand trägt, hat Arthur womöglich eine Chance, ungeschoren davonzukommen.

Aufmerksam mustert Doppelzentner jeden, dem er begegnet. Als er sie fast erreicht hat, wendet Arthur den Kopf ab und beugt sich über das Baby. Die in seiner Hose versteckten

Stifte bohren sich ihm in den Bauch. Er kann sich kaum bücken.

»Du warst ja ein braver Junge, Tristan«, sagt er mit schmerzverzerrtem Gesicht. »Das hast du gut gemacht.«

Doppelzentner rennt an ihnen vorbei zur zweiten Zugtür. Er schubst einige Passagiere zur Seite und steigt ein. Unauffällig beschleunigt Arthur seine Schritte, gefolgt von der jungen Frau, die kaum hinterherkommt. Also wirklich, denkt sie, diese Pariser haben es aber auch immer eilig! Ein junger Mann kommt ihnen entgegen und nimmt das Baby auf den Arm. Arthur gibt ihm die Taschen, winkt dem Baby über die Schulter seines Papas hinweg zum Abschied zu und stürmt Richtung Ausgang.

Eilmeldung auf lemonde.fr

Die Zahl der weltweiten Waffenverkäufe erreicht neue Höchststände.

Louise sitzt auf einem mithilfe eines dicken Kissens erhöhten Stuhl am großen Esstisch der Seniorenresidenz und weigert sich, mit den neuen Buntstiften zu malen. Die ungefähr zwanzig sechsseitigen grauen Holzstäbe liegen aufgereiht vor ihr. Charlotte sitzt neben ihr und streichelt ihre Schulter. Arthur und Lucien halten sich abseits und beobachten die Szene möglichst unauffällig.

»Ich wollte einen gelben Stift, Maman«, schimpft Louise. »Und hier ist keiner dabei!«

»Versuch doch mal den hier«, sagt Charlotte und greift tastend nach einem der Stifte. »Vielleicht kannst du uns damit eine schöne Sonne malen.«

Louise nimmt den Stift und zeichnet einen weiteren Kreis auf das Blatt. Wieder ein grauer Kreis.

»Ich mag keine graue Sonne«, jammert sie und springt von ihrem Stuhl, um hinauszulaufen. »Eine Sonne ist gelb! Nicht grün, nicht grau, sondern gelb!«

Lucien fängt seine Enkelin auf, als sie an ihm vorbeirennt. Er hebt sie hoch, bis ihre Gesichter auf gleicher Höhe sind, und lächelt sie an. Sie ist leicht wie eine Feder.

»Wie kommst du denn auf Grün?«, erkundigt er sich liebevoll.

Arthur beschleicht dieselbe Ahnung.

»Weißt du, womit du mir eine große Freude machen würdest?«, fragt er. »Mit einem Bild von richtig schönem, grünem Gras!«

»Keine Lust!«

»Und was ist mit meiner Mäusesammlung?«, versucht es nun auch Lucien. »Ich habe rosa Mäuse und rote, und ich hätte auch gern eine grüne. Bitte!«

Lucien begleitet seine Enkelin zurück zum Tisch und nimmt sie auf den Schoß.

»Siehst du hier irgendwo einen grünen Stift?«

Wortlos schnappt sich Louise einen grauen Stift und malt senkrechte Striche an den unteren Rand eines weißen Blatts Papier. Graue Striche. Mitten hinein zeichnet sie eine ovale Form und malt sie aus. Grau. Arthur und Lucien wechseln einen fragenden Blick. Vorsichtig fügt sie vorn in dem Oval zwei Punkte hinzu, indem sie mit dem Stift fest aufdrückt. Man erahnt die Augen.

»Ich habe die grüne Maus im Gras versteckt, damit sie keiner aufisst.«

Nach ein paar Sekunden hält sich die Maus plötzlich für ein Chamäleon. Kaum merklich verändert sich ihre Farbe. Man erahnt ein graugrünes Schimmern, das immer deutlicher hervortritt. Langsam wechselt der Farbton zu Beige, dann zu einem schmutzigen Gelbgrün, zu Kaki, Oliv, Mandel, Porree, Avocado, Lindgrün, Absinth. Schließlich erstrahlen Maus und Gras in einem leuchtenden Pistaziengrün. Lucien dreht den Kopf und bemerkt zum ersten Mal wassergrüne Motive auf dem Teppich des Salons. Es ist der gleiche Grünton wie auch an den Türen und Fußleisten des Raums.

Arthur zeigt mit dem Finger auf das Fenster. Lucien schaut auf und sieht den Garten. Die Nadelbäume haben ihre früheren Farben wiedergefunden, eine Mischung unterschiedlichster Nuancen, die von Anis bis Flaschengrün reichen. Der

Olivenbaum prahlt im tiefsten Winter mit seinen dunklen kakifarbenen Blättern. Und auch der Rasen ist wieder so grün wie zuvor.

Charlotte, die ihr hingerissenes Schweigen ganz richtig deutet, streichelt den Nacken ihrer Tochter.

»Liegt noch ein Stift in einer anderen Farbe auf dem Tisch?«

»Der hier«, antwortet Louise und greift danach. »Ich male noch einen Himmel über die Maus.«

Charlotte reicht Arthur den Arm. Ihr zusammengefalteter weißer Stock ragt ein Stück aus ihrer kleinen Umhängetasche heraus. Mühsam bahnen sie sich einen Weg durch die Menschen im Musée d'Orsay. Die wenigen Besucher ballen sich vor den Bildern, in denen Rot- und Rosatöne vorherrschen, etwa der *Karierten Bluse* von Bonnard. Eine rund fünfzigjährige elegante Dame betrachtet mit weit aufgerissenen Augen und offenem Mund ein über und über graues Gemälde. Sacht wiegt sie sich von einem Fuß auf den anderen und stöhnt leise vor sich hin.

Über eine Treppe, deren roter Läufer an den Teppich auf den Stufen des Festivals von Cannes erinnert, gehen Arthur und Charlotte hinauf in den ersten Stock. Plötzlich hält Arthur Charlotte am Ärmel zurück. »Hier ist es«, sagt er und bleibt vor dem *Frühstück im Grünen* stehen. Die aus dem Korb gefallenen Kirschen wirken wie kleine farbige Oasen auf der in unterschiedlichen Grautönen bemalten Leinwand. Charlotte, die sich mithilfe der Beleuchtung orientiert, bleibt vor dem Gemälde stehen. Sie konzentriert sich, um ihre vier stärker entwickelten Sinne zu wecken. Die Umgebungsgeräusche werden von der monumentalen Leinwand ein wenig gedämpft. Der Geruch der alten Gemälde steigt ihr in die Nase, vermischt mit den Gerüchen der Besucher. Sie versucht, sich die vier Figuren der dreieckigen Komposition vorzustellen, versucht, den Blick der nackten Frau zu spüren, die sich, eben dem Wasser entstiegen, der Sonne preisgibt und unbekümmert neben zwei bekleideten Herren im Gras sitzt. Sie hört, wie sich ihr Herzschlag ganz allmählich beschleunigt, ihre Hände werden feucht, und ihr Atem geht ein wenig schneller als sonst. Charlotte war schon Dutzende Male im Musée d'Orsay, und jedes Mal war sie wieder aufs Neue frustriert, weil sie keines dieser Meisterwerke anfassen konnte. Sie würde so gern mit den Fingerspitzen darüberstreichen und das Talent der großen Maler ertasten. Warum lassen sie uns Blinde nicht die Bilder streicheln, und sei es nur ein einziges Mal? Warum lassen sie uns nicht teilhaben an dieser universellen Kultur?, denkt sie bei jedem Besuch. Nur ein einziges Mal.

Natürlich weiß Charlotte auch, dass wiederholte Berührung und die ätzende Wirkung der winzigen Schweißtröpfchen auf den Fingerkuppen mit der Zeit jedes Material abschleifen und die Farbe verschwinden lassen würden. Aber nur ein einziges Mal …

»Heute werde ich den Meisterwerken des Impressionismus ihre Farben zurückgeben. Das ist doch sicher eine kleine Ausnahme wert«, rechtfertigt sie sich gegenüber Arthur.

»Natürlich. Vor allem da das Zeichentalent deiner Tochter derart *ex*pressionistisch ist …«, ermutigt er sie, selbst nicht ganz überzeugt von seinem Wortspiel.

Aber Charlotte lächelt, während sie Louises Zeichnung und eine Rolle ablösbaren Klebefilm aus ihrer Handtasche nimmt und Arthur beides hinhält. Viermal hört sie das Geräusch abreißenden Klebebands und atmet tief durch.

»Sag mir, wenn du so weit bist«, flüstert sie.

Arthur hat die beiden Wärter entdeckt. Sie sitzen etwa zehn Meter links von dem Gemälde. Konzentriert mustern sie die

Besucher. Eine lärmende Schülergruppe betritt den Saal und lenkt ihre Aufmerksamkeit auf sich.

»Jetzt!«

Die Zeichnung in den ausgestreckten Händen haltend, tritt Charlotte vorsichtig näher. Sie spürt, wie das Papier auf die Leinwand trifft, platziert die Zeichnung in der linken unteren Ecke von Manets Gemälde und drückt behutsam den Klebestreifen fest. Ein Tourist reißt angesichts ihres Tuns verwundert die Augen auf. Louises Maus scheint Édouards Kirschen anzuknabbern. Das Cyanblau des Himmels auf der Zeichnung verschmilzt mit dem stahlblauen Schimmern der Decke. Die auf der rechten Seite des Gemäldes sitzende Figur deutet verwundert mit dem Finger auf die Maus. Charlotte wischt sich die Hände an ihrem Rock ab, um den hauchdünnen Schweißfilm zu entfernen, der auf ihren Fingerkuppen perlt, ehe sie vorsichtig das Gemälde berührt. Unendlich sanft lässt sie die Finger darübergleiten, folgt Kuhlen und Dellen in der Farbe, hält bei einigen dickeren Farbtupfern inne, um sie besser in sich aufzunehmen. Die nackte Frau betrachtet sie wohlwollend, fordert sie auf weiterzumachen.

Die Trillerpfeife des Museumswärters dringt nur gedämpft an Charlottes Ohr. Sie hört sie nicht. Sie hört gar nichts mehr. Ihr Gehirn ist bloß noch eine Verlängerung ihrer Finger, die nach Herzenslust über die Leinwand schweifen. Ihr Bewusstsein hat sich verändert. Ihre Finger sind wie zehn Sender, die über ihr Nervensystem Informationen an ihren somatosensorischen Kortex leiten. Tausende sanfter, diffuser Empfindungen bahnen sich durch die Synapsen einen Weg in ihr Bewusstsein. Charlotte begreift Manets Genie, spürt endlich die Harmonie der Farben. Weitere Nervenimpulse erzeugen unwillkürliche Zuckungen in ihrem sich versteifenden Nacken. Ihre Lider flattern immer schneller.

Die beiden Wärter sind von ihren Stühlen aufgesprungen. Arthur geht mit ausgebreiteten Armen dazwischen, um Charlotte noch ein paar Sekunden mehr Zeit mit dem Gemälde zu verschaffen. Aber das ist gar nicht nötig, die Wärter drängen sich nicht an ihm vorbei. Verblüfft bleiben sie wie angewurzelt stehen. Ihr Blick wandert von der Kinderzeichnung zum Gemälde des Meisters. Die dunklen Grüntöne des Bildhintergrunds haben ihre ganze Kraft wiedererlangt. Die tiefblaue Decke betont aufs Neue das ganz leicht rosa getönte Weiß der Haut der nackten jungen Frau. Genau wie die Besucher nehmen die Museumswärter endlich wieder das gesamte Spektrum jener Farben wahr, deren Wellenlänge zwischen vierhundertfünfzig und fünfhundertsiebzig Nanometern liegt, also alle Grün- und Blautöne. Auf der Leinwand bleiben immer noch viele graue Bereiche, aber das Meisterwerk hat seine ganze Ausdruckskraft zurück. Immer mehr Menschen sammeln sich vor dem Gemälde und der Zeichnung. »*Amazing… asombroso… toll… fantastisk…*« In sämtlichen Sprachen äußern sie ihre Begeisterung. »*Sugoi!*«, ruft eine Japanerin und deutet mit dem Finger auf die strahlend blauen Augen eines skandinavischen Touristen.

Vom selben Reflex getrieben, wenden sich die beiden Wärter gleichzeitig von der Maus ab, die im grünen Gras an den Kirschen knabbert, um die immer dichter werdende Menge zurückzuhalten. Arthur gesellt sich mit immer noch ausgebreiteten Armen zu ihnen, um Charlotte noch ein paar Sekunden länger die Gelegenheit zu geben, jeden Quadratzentimeter des Gemäldes zu erkunden. Ihre Finger verharren vor allem bei den Gesichtern der Figuren. Mittlerweile zittert sie am ganzen Körper. Ihr Kopf ist nach hinten gebeugt. Sie ist in Trance. Nur die Kuppen ihrer gespreizten Finger, die über das Gemälde streichen, wirken ruhig. Über den Rand der Sonnenbrille hinweg erkennt man ihre verdrehten Augen.

Mühelos bricht Arthur die Hintertür des inzwischen verschlafen daliegenden Fabrikgebäudes von Gaston Cluzel auf.

»Unsere Chancen stehen eins zu tausend«, sagt er zu Charlotte, während er vorsichtig eintritt.

»Das ist immerhin etwas«, entgegnet sie und folgt ihm in das alte Gebäude.

Sofort stürmen die Aromen von Pigmenten, Holz und Wachs auf sie ein, vermischt mit dem Geruch von Maschinenöl.

»Falls hier tatsächlich noch Buntstifte liegen, wo könnten sie sein?«

»Im Büro des Chefs«, antwortet er und führt sie zur Metalltreppe.

Von der obersten Stufe aus wirkt die stillgelegte Fabrik noch größer. Auf dem Boden erkennt er dunkle Spuren an den Stellen, wo früher die Maschinen standen.

In Cluzels Büro empfängt sie der überwältigende Duft von Sauberkeit. Der Raum wurde vollständig ausgeräumt und gründlich geputzt. Nur zwei große Umzugskisten stehen noch in einer Ecke. Arthur stürzt sich darauf, doch seine Hoffnung wird enttäuscht. Sie sind leer. Charlotte versteht, als sie sein Seufzen hört.

Sie nimmt einen der beiden Kartons in die Hand, klappt ihn

auseinander und legt ihn flach auf den Boden. Das Gleiche macht sie auch mit dem anderen Karton und legt ihn neben den ersten. Langsam kniet sie auf den unbenutzten Kartons nieder.

»Ich will mit dir schlafen«, sagt sie so unbefangen, als sei es das Natürlichste von der Welt.

»Ich… ich weiß nicht… ob das der passende Moment… dafür ist… und der richtige Ort…«, stottert Arthur.

Sie zieht ihn zu sich heran, löst ihren Schal und verbindet ihm damit die Augen. Er leistet keinen Widerstand.

»Ich will mit dir schlafen«, wiederholt sie.

Arthur, der nun vor ihr kniet, ist furchtbar nervös.

»Hast du schon mal von Tantra-Sex gehört?«, fragt sie. Er bringt kein Wort heraus, und sie fährt gelassen fort: »Unter bestimmten Umständen erlaubt die Vereinigung zweier Körper das Verschmelzen des Geistes, der auf diese Weise transzendiert und erweitert wird. Ich will dir meine ganze Energie schenken und aus der deinen schöpfen. Die gesamte Kraft von Yin und Yang vereint. Wir werden sie brauchen, um die Farben wiederzufinden.«

Arthur wird von nervösen Ticks geschüttelt.

»Ich sehe nichts mehr«, protestiert er, die Augen immer noch verbunden.

»Im Gegenteil, jetzt beginnst du erst zu sehen, was wirklich wichtig ist.«

Langsam zieht Charlotte ihn aus.

»Weißt du, warum die Menschen beim Lachen, beim Weinen oder auch beim Sex die Augen schließen?«, fährt Charlotte fort. Ihre Stimme klingt noch heller als sonst, während sie seinen Oberkörper streichelt. »Weil man die wesentlichen Dinge mit dem Herzen wahrnimmt. Und eure Augen sind derart leistungsfähig, dass sie dazu neigen, alle anderen Sinne zu betäuben.«

Arthur versteht, dass sie ihn in ihre Welt führen will, und entspannt sich ein wenig.

»Zunächst werden wir unsere Atmung angleichen«, sagt sie und fordert ihn auf, sich neben sie auf den Rücken zu legen. »Leg deine Hand auf meinen Bauch.«

Zitternd streckt Arthur die rechte Hand aus und berührt endlich jene Haut, von der er seit Monaten träumt. Sie ist noch zarter, als er sie sich vorgestellt hat. Wenige Zentimeter vom Nabel der jungen Frau entfernt hält seine Hand inne. Sein Daumen streift den oberen Rand von Charlottes Schamhaar. Er erkennt, dass sie sich ebenfalls ausgezogen hat.

»Achte auf die Bewegung meiner Lungen und versuche, gleichzeitig mit mir ein- und auszuatmen.«

Arthur konzentriert sich und verlangsamt seine Atmung.

»So! Jetzt sind wir im Einklang miteinander, atmen im selben Rhythmus. Spürst du die Wärme meines Körpers? Er ist etwas wärmer als deine Hand.«

Arthur streichelt Charlottes Bauch und lässt seine Hand langsam hinauf zu ihren Brüsten wandern.

»Merkst du, dass sie ein wenig kühler sind? Nun werden wir unseren Herzschlag aufeinander einstimmen. Das Herz lügt nicht. Das ist die Essenz des Lebens. Ich spüre, wie sich dein Herzschlag beschleunigt. Horche jetzt mit deiner Hand auf den meinen.«

Arthurs Hand gleitet von Charlottes rechter Brust hinab zum Sternum, erklimmt behutsam ihre linke Brust und sinkt von dort aus wieder hinunter auf ihren Brustkorb.

»Ich höre nichts.«

»Weil du nicht zuhörst. Nicht genug. Konzentriere dich!«

Arthur verschiebt seine Hand ein wenig, sucht, tastet.

»Jetzt hab ich's«, flüstert er nach ein paar Sekunden. »Ich beginne, etwas zu fühlen. Es ist ganz schwach, aber ich spüre ein gleichmäßiges Klopfen.«

»Nimm meinen Herzschlag in dich auf. Und jetzt such mit der anderen Hand deinen eigenen Puls.«

Arthur legt den linken Zeigefinger an eine Stelle unterhalb seiner Halsschlagader. Charlotte greift nach dem Finger und verschiebt ihn sanft.

»Da ist es. Spürst du jetzt deinen Herzschlag?«

»Ja, es schlägt viel schneller als deins.«

»Dann streichle mich, um meinen Puls zu beschleunigen, bis unsere Herzen im Gleichtakt schlagen.«

Arthur legt seine Hand wieder auf Charlottes linke Brust, doch er merkt, dass sich dadurch eher sein eigener Puls beschleunigt. Also streichelt er ihre Schulter und lässt die Hand zwischendurch immer wieder nach unten gleiten, um den Rhythmus ihres Herzens zu prüfen. Das Liebkosen ihrer Schulter zeigt mehr Wirkung als das der Brüste. Langsam, aber sicher nähert sich Charlottes Puls dem seinen an. Sie legt beide Hände an Arthurs Beine und lässt sie zu seinem Hintern hochwandern. Sie spürt, wie ihre Erregung wächst. Ihr Herzschlag und ihre Atmung sind mittlerweile im Einklang miteinander, werden gemeinsam schneller.

»Jetzt folge meinen Arterien, und suche alle Stellen an meinem Körper, an denen du meinen Puls fühlen kannst.«

Wortlos streichelt Arthur ihr Gesicht, spürt ganz deutlich das Pochen an ihren Schläfen. Seine Finger gleiten an ihrem Hals entlang, fühlen den Puls an ihrer Halsschlagader, streichen weiter ihren Arm hinab und finden ihn an ihrem Handgelenk wieder. Er kehrt zu ihrer Schulter zurück, wandert weiter zu ihrem Bauch, hält in der Leiste an der Oberschenkelarterie inne. Ihre beiden Herzen schlagen schneller als zuvor, aber immer noch im Gleichtakt. Er folgt dem Verlauf der Arterie bis zu ihrem Knie, verliert den Puls an ihrer Wade und findet ihn an der Innenseite ihres Knöchels wieder. Sie atmen beide gleichzeitig, auch wenn ihr Rhythmus immer abgehackter wird. Arthurs Hand steigt wieder höher, um den letzten Bereich zu erkunden, an den er sich bis jetzt noch nicht herangewagt hat. Langsam kommt er näher, spürt ihre Feuchtigkeit, ihre Wärme, streift ihre Klitoris, umkreist sie, kehrt zu ihr zurück, entfernt sich wieder und dringt schließlich mit dem Zeigefinger in sie ein. Ihr Herzschlag beschleunigt sich. Ihr Atem geht noch schneller, noch abgehackter, aber immer noch atmen sie gleichzeitig ein und aus.

»Jetzt komm!«, weist sie ihn an.

In dem Moment, als Arthur sich ihr zuwendet, vibriert ein Handy. Nur ein einziges Mal. Ein sechster Sinn reißt Charlotte aus ihrer Trance. Hastig sucht sie auf dem Boden nach ihrem Handy und lässt sich die SMS vorlesen. Eine blecherne Stimme verkündet in fröhlichem Ton: »Nachricht … von … Pierrette: Louise … und … Lucien … wurden … entführt …«

Kapitel 10

In dem man erfährt, dass die teuerste Klofrau von Paris gar keine Frau ist

Die Seniorenresidenz gleicht jetzt einem ganz gewöhnlichen Altersheim. Ein paar alte Leutchen schlurfen ziellos durch die langen ultramarinblauen Flure. Der Fernsehraum ist so voll wie nie zuvor. Wie gebannt verfolgen die Bewohner die Nachrichtensender, wo ununterbrochen über die Rückkehr der Grün- und Blautöne berichtet wird. Ein Sonderberichterstatter in anisgrünem Anzug und aquamarinblauer Krawatte steht mit einem Mikrofon in der Hand vor dem *Frühstück im Grünen*. Niemand hat gewagt, die Zeichnung abzunehmen. Ohne es auszusprechen, hoffen alle Bewohner, dass in einer Eilmeldung die Befreiung eines kleinen Mädchens verkündet wird. Aber alles dreht sich nur um das wiedergefundene Blau und Grün und hin und wieder um Rosa und Rot.

Charlotte und Arthur stürmen herein.

»Was ist passiert?«, schreit Charlotte.

»Kurz nachdem ihr losgefahren seid, sind zwei maskierte Männer hereingekommen«, brummt Pierrette. »Ursprünglich wollten sie nur Louise mitnehmen. Aber Lucien hat sie zu einem Deal überredet. Wenn die Ganoven ihm erlauben, sie zu begleiten, würden wir nicht die Polizei rufen.«

»Aber ihr habt sie doch trotzdem gerufen, hoffe ich?«

Betretenes Schweigen der Heimbewohner, die dazu erzogen wurden, die Entscheidungen eines Schiedsrichters nicht infrage zu stellen.

»Es heißt doch, innerhalb der ersten Stunde seien die Aussichten, eine entführte Person wiederzufinden, am größten!«, schimpft Arthur aufgebracht.

Tränen rinnen unter Charlottes Sonnenbrille hervor.

»Wenn sie erfahren, dass wir die Polizei benachrichtigt haben, sehen wir sie womöglich nie wieder. Sie wollen doch nur, dass sie mit ihren Buntstiften zeichnet«, entgegnet Pierrette und wischt sich mit einem grünen Taschentuch über die Stirn. »Sie haben uns versprochen, sie danach unversehrt wieder freizulassen. Und Lucien schien zu wissen, was er tut.«

Charlottes Handy vibriert. Unbeholfen zieht sie es aus der Tasche und geht sofort ran.

Es hatte Ajay große Mühe gekostet, herauszufinden, auf welchem Radiosender er die Stimme dieser Frau gehört hatte. Der alte Radiowecker zeigte keine Frequenzen an. Und so war er den Hotelflur entlanggegangen und hatte an alle Türen geklopft, bis ihm endlich eine Frau öffnete, die glücklicherweise Englisch sprach. Als er sie fragte, ob sie ihn in sein Zimmer begleiten könne, um mit ihm Radio zu hören, beschimpfte sie ihn als »Perversen« und schlug ihm die Tür vor der Nase zu. Das Wort klingt auf Französisch fast genauso wie auf Englisch, und so hatte er sie verstanden. Genau wie er bei dem Blick, den ihm die junge Frau am Empfang zuwarf, verstand, dass er auf diese Weise nicht weiterkommen würde. Errötend hatte sie behauptet, dass sie ihren Platz nicht verlassen dürfe.

Erst als das Zimmermädchen kam, erfuhr er, dass er schon seit Stunden France Inter hörte. Mit seinem Smartphone ging er auf die Webseite des Senders, und nachdem er eine Weile aufs Geratewohl Sendungen heruntergeladen hatte, durchströmte ihn schließlich ein überwältigendes Parmaviolett. Als er den Namen der Journalistin anklickte, stieß er auf Charlottes Foto und war hingerissen von ihrer Schönheit. Trotzdem war er sich nicht sicher, ob diese junge Frau mit den fein geschnittenen Zügen tatsächlich dieselbe war, die er auf dem Rücksitz seines Taxis geliebt hatte. In seiner Erinnerung trug sie die Haare länger. Aber wenn er es recht bedachte, konnte er sich an ihr Gesicht überhaupt nicht mehr erinnern. Es war dunkel gewesen in den Straßen von New York. Und sobald er ihre Stimme gehört hatte, hatte er die Augen geschlossen, um diesen unglaublichen Violettton zu genießen. Die Unbekannte auf dem Foto trug eine Sonnenbrille. Vielleicht war sie blind? Als er Charlottes Namen bei Google eingab, fand er zahlreiche Artikel. Charlotte Da Fonseca war Wissenschaftlerin und eine Expertin für Farben. Sie war also nicht seine schöne Geliebte. Doch das schmälerte nicht seinen Wunsch, sie kennenzulernen. Es war ihre Stimme, die ihn betörte. Und so nahm er ein Taxi zum Funkhaus.

Gleich nach seiner Ankunft fiel ihm ein Mann in einem dicken schwarzen Mantel auf, der sich genau wie er selbst vor dem Eingang die Beine in den Bauch stand. Sie warteten lange, Ajay keine zwei Meter von dem Mann entfernt, ein wenig abseits stehend, bis Charlotte endlich herauskam. Der zwielichtige Kerl warf einen Blick auf sein Handy. Ajay hatte genau das gleiche wie er, vor allem aber zeigte sein Bildschirm das gleiche Foto!

Ajay erkannte seine Kundin aus der Silvesternacht immer noch nicht wieder, aber der faltbare weiße Stock, den sie nun aufklappte, vertrieb jeden Zweifel. Sie war es! Ajay frohlockte. Er wollte gerade auf sie zugehen, als er sah, wie der Mann einen Schritt zur Seite wich, als wollte er nicht von ihr gesehen werden. Ein merkwürdiger Reflex, vor allem in Gegenwart einer Blinden. Ajay wartete ein paar Sekunden und sah, wie der Mann sich an Charlottes Fersen heftete. Er beschloss auf der Stelle, ihnen heimlich zu folgen.

Charlottes Weg führte sie mit dem RER nach Sceaux. Doch als Ajay seinen Metrofahrschein in den Schlitz einführte, um den Bahnhof zu verlassen, leuchtete eine rote Lampe auf. Der

Ausgang war blockiert, und von der anderen Seite aus musterte ihn ein Polizist mit strenger Miene. Da erinnerte Ajay sich an ein Schwarz-Weiß-Foto, das ihn bei seiner ersten Reise nach Paris, damals mit seinen Eltern, beeindruckt hatte. Ein zukünftiger Präsident der Republik hatte sich ums Bezahlen gedrückt, indem er einfach über die Bahnsteigsperre gesprungen war, und ein Fotograf hatte den Moment für die Ewigkeit festgehalten. Wenn ein französischer Präsident sich so etwas erlaubt, dann gibt es keinen Grund, warum ich mich nicht an diesen lokalen Brauch halten sollte, schlussfolgerte er und kletterte über das Drehkreuz. Der Gesetzeshüter, der kein Wort Englisch sprach, hatte ihn sofort aufgehalten.

»Jacques Chirac! Jacques Chirac!«, wiederholte Ajay ein ums andere Mal zu seiner Verteidigung …

Als der Vertreter der Ordnungsmacht, der einem anderen politischen Lager angehören musste, ihm einen rosa Zettel ausgehändigt hatte und ihn danach endlich freigab, war Charlotte nicht mehr zu sehen. Aufs Geratewohl lief Ajay durch das Wohnviertel. Seine Taxifahrerinstinkte halfen ihm dabei, sich zurechtzufinden, und eine Stunde lang durchkämmte er methodisch die Straßen. Als er allmählich die Hoffnung aufzugeben begann, entdeckte er plötzlich im Park eines großen, ein wenig zurückliegenden Gebäudes zwei maskierte Männer mit einer Pistole in der Hand. Einer von ihnen war riesig, der andere trug einen schwarzen Mantel, den Ajay sofort wiedererkannte. Das war der Kerl, den er suchte!

In ihrer Mitte eskortierten sie einen etwa sechzigjährigen Mann, der ein kleines Mädchen mit braunem Teint und schwarzem Haar auf dem Arm trug. Der Koloss öffnete die hintere Tür eines Lieferwagens, befahl den beiden einzusteigen und schloss die Tür hinter ihnen ab. Dann stiegen die beiden Männer eilig ins Führerhaus und brausten los. Der Transporter bog auf die Straße ab und hielt direkt vor Ajay an einer roten Ampel.

Was tun? Dem Transporter den Weg versperren? Den Polizisten aus der RER-Station holen? Die Ampel sprang auf das untere Licht um. Im selben Moment hörte er die Stimme des kleinen Mädchens, und ohne noch länger nachzudenken, kletterte er auf die hintere Stoßstange und klammerte sich am Türgriff fest. Als der Lieferwagen beschleunigte, hielt er die Augen geschlossen, aber nicht aus Angst – er lauschte der Stimme des Mädchens. Hinter seinen geschlossenen Lidern sah Ajay ganz deutlich seine Lieblingsfarbe. Einen parmavioletten Fleck. Er war heller und noch intensiver als der jener Frau, die er damals in der Silvesternacht geliebt und nun wiedergefunden hatte, nur um sie gleich darauf wieder zu verlieren. Aber vor allem war dieser Fleck von einem orangefarbenen Kranz umgeben. Blutorangenfarben wie seine eigene Stimme.

Das Ziel ihrer etwa zehn Kilometer langen Fahrt war ein Spirituosenlager. Einige Meter bevor der Lieferwagen auf den Parkplatz einbog, war Ajay auf den Asphalt gesprungen. Seltsam ruhig und konzentriert ging er zurück zum Beginn des Gewerbegebiets, um herauszufinden, wie die Straße hieß. Dann machte er verstohlen kehrt. Er ging die Liste der verpassten Anrufe auf seinem Handy durch und fand so nach kurzem Suchen die Nummer der Kundin, die er an dem Tag versetzt hatte, als die Farben verschwanden. Es war die einzige ausländische Nummer, und jetzt, wo sich das Puzzle in seinem Kopf allmählich zusammenfügte, wollte er ihr unbedingt erklären, was los war.

Das einzige Problem: Er hatte kein Netz. Er suchte ein anderes Versteck auf dem Parkplatz, und endlich zeigte ihm ein magerer Balken auf dem Bildschirm an, dass er den Anruf tätigen konnte. Er erkannte Charlottes Stimme sofort wieder, doch bevor er dazu kam, ihr Näheres zu erklären, wurde sein Handy zu Brei zerquetscht. Genau wie sein Arm. Ein asiatischer Koloss hätte ihm zusammen mit dem Smartphone beinahe den ganzen Arm aus dem Schultergelenk gerissen. Der Riese fesselte und knebelte ihn auf der Ladefläche des Transporters. Und ein paar Minuten später sah er, ebenfalls geknebelt und die Hände hinter dem Rücken zusammengebunden,

den beleibten alten Mann und vor allem das kleine Mädchen mit der hübschen Stimmfarbe zurückkommen.

Zahlreiche Studien belegen, dass Blau die Lieblingsfarbe aller Zivilisationen ist. Und das schon seit mindestens zweihundert Jahren. Aber sind unsere Vorlieben in Bezug auf Farben angeboren, oder entwickeln wir sie erst im Lauf der Zeit? Dieser Frage sind englische Forscher nachgegangen, und sie haben dazu Kindern blaues und rosa Spielzeug angeboten, das bis auf die Farbe vollkommen identisch war. Bis zum Alter von zwei Jahren hat die Farbe keinerlei Einfluss auf die Auswahl des Spielzeugs. Mit etwa zwei Jahren jedoch bahnt sich bei Mädchen allmählich eine Vorliebe für Rosa an, die im Alter von zwei bis fünf Jahren kontinuierlich ansteigt und sich danach stabilisiert. Das gleiche Phänomen beobachtet man bei Jungen mit Blau. Ab einem Alter von fünf Jahren äußert nur noch jedes fünfte Mädchen eine Präferenz für Blau und jeder fünfte Junge eine Präferenz für Rosa. Die weibliche Vorliebe für Rosa und die männliche für Blau scheint also definitiv erworben und nicht angeboren zu sein.

Bis morgen, meine lieben Hörerinnen und Hörer.

Der blaue, von der Sonne gerötete Himmel sieht in Ermangelung einiger Wellenlängen irgendwie merkwürdig aus. Die Dämmerung bricht an, und es fehlen sämtliche Nuancen von Gelb, Orange, Braun und Violett. Nachdenklich betrachtet Arthur ein Lagerhaus, wo im Licht der letzten Sonnenstrahlen ein Dachfenster leuchtet.

Eine Stunde zuvor hat Charlotte einen Anruf von einem Englisch sprechenden Mann erhalten. Es war alles sehr rätselhaft, er hatte ihr lediglich eine knapp zehn Kilometer von der Seniorenresidenz entfernte Adresse genannt und behauptet, dort werde ein kleines Mädchen gefangen gehalten. Er hatte sie angefleht, die Polizei zu rufen, und dann gleich wieder aufgelegt.

Obwohl Charlotte völlig aufgelöst war, hatte sie beschlossen, sich an die Anweisung ihres Vaters zu halten. Also hatte Arthur angeboten, dieser Spur nachzugehen, und Simone hatte ihm ihren Fiat 500 geliehen. Etwa hundert Meter vor dem Lager hat er geparkt.

Was tun? Louise hat sicher schon mit allen Buntstiften gemalt. Lucien und seine Enkelin sind für sie von keinerlei Nutzen mehr, und sie müssten sie eigentlich freilassen. Ein Gedanke versucht sich einen Weg in sein Bewusstsein zu bahnen. Und plötzlich ist er da: Vom Dach aus kann man sicher unbemerkt beobachten, was im Inneren vor sich geht.

Ohne noch länger darüber nachzudenken, klettert er mit einer Geschmeidigkeit, die er an sich nicht mehr kannte, auf ein Mäuerchen und von dort aus weiter auf das Dach. So leise wie möglich bewegt er sich auf allen vieren die steile Metallfläche entlang, bis er schließlich das Fenster erreicht. Drinnen sieht er Hunderte Kisten mit Alkohol, aber es scheint niemand mehr da zu sein. Arthur zieht seine Jacke aus, wickelt sie sich um die Hand und schlägt mit einem entschlossenen Fausthieb die Scheibe ein. Mache ich womöglich gerade einen großen Fehler? Aber da lässt er sich auch schon ins Innere gleiten, durchquert auf Zehenspitzen das Lager und findet sich in einem unaufgeräumten Büro wieder. Auf dem Tisch liegen Dutzende Blatt Papier, auf die jemand mit einem grauen Stift Kreise gezeichnet hat, und in der Ecke steht die Tasche mit dem Drachen. Sie waren hier. Aber wo sind sie jetzt? Angst schnürt ihm die Kehle zu. Nachdem diese Mafiosi von Louise und ihrem Großvater nicht bekommen haben was sie wollten, werden sie sie sich gewiss vom Hals schaffen … Auf der Suche nach einem Hinweis reißt er fieberhaft alle Schubladen auf.

Plötzlich entdeckt er auf einem billigen Möbel ein Foto in einem zerbrochenen Glasrahmen. Er erkennt Gilbert und seine Frau als Touristen vor der Chinesischen Mauer. Dieser Mistkerl steckt also tatsächlich hinter der Entführung! Außer sich vor Wut stellt Arthur das Büro auf den Kopf und findet schließlich einen Umschlag mit Gilberts Privatadresse.

Über die Porte d'Italie gelangt Arthur ins dreizehnte Arrondissement und parkt direkt vor Gilberts Haus. Ein großes Hochhaus mitten im chinesischen Viertel. Arthur will schon hineingehen, als er durch die Scheibe eines Restaurants im Erdgeschoss den Koloss aus dem Zug wiedererkennt. Hardy alias Doppelzentner alias der Sumotori! Ihm gegenüber, wild gestikulierend, Gilbert. Arthurs Herz beginnt zu rasen, doch er öffnet vorsichtig die Tür des voll besetzten Restaurants. Der Tisch der beiden ist hinter einem dicken Pfeiler verborgen, an dem einige Garderobenhaken festgeschraubt sind. Im Krebsgang schleicht sich Arthur mit abgewandtem Gesicht an Gilberts schwarzen Mantel heran. Eine Kellnerin beobachtet ihn verdutzt, doch dann wendet sie sich achselzuckend wieder ihren Bestellungen zu.

Wenige Meter vor dem Ziel spitzt Arthur die Ohren.

Gilbert beginnt seine Sätze auf Chinesisch und beendet sie auf Französisch. Doppelzentner tut es ihm gleich, um sicher zu sein, dass sein Gegenüber ihn auch versteht, denn abgesehen von rund zwanzig einfachen Wendungen ist Chinesisch für Gilbert das reinste Chinesisch.

»Wir haben eine Farbe wiedergefunden, das ist ja schon mal nicht schlecht.«

»Jedenfalls können wir sie nicht länger festhalten, das ist zu riskant«, sagt Gilbert.

Doppelzentner setzt zu einem chinesischen Monolog an.

Was erzählt der da?, fragt sich Arthur.

»Was erzählst du da?«, fragt auch Gilbert.

»Wir geben uns noch vierundzwanzig Stunden, um weitere Stifte zu finden und die Kleine damit zeichnen zu lassen«, flüstert Doppelzentner. »Und danach machen wir es so wie besprochen.«

Arthur lässt sein iPhone in eine Innentasche von Gilberts Mantel gleiten und macht sich unbemerkt wieder davon.

Ajay hatte ihnen gerade noch zulächeln können, bevor der Koloss die Tür zuschlug und sie ins Halbdunkel hüllte.

Der Transporter war eine halbe Stunde gefahren, bevor er anhielt. Dann hörten sie ein Auto starten. Ihre Entführer waren fort.

In der Ferne hört man die lauten Rufe einer Krähe, was bedeutet, dass sie irgendwo auf dem Land sein müssen. Unter den verzweifelten Blicken ihres Großvaters vergießt Louise bittere Tränen. Sie windet sich so sehr, dass sich die Knoten ihrer Fesseln lösen. Es gelingt ihr, einen Arm freizubekommen, und sie zieht sich das Klebeband vom Mund.

»Opa, dein Spiel ist überhaupt nicht lustig!«

»MMMMMMMM«, brummt Lucien.

Louise entfernt auch seinen Knebel.

»Du hast gewonnen, Louise!«

»Das ist ein total blödes Spiel, dieser Zauberer, der sich allein befreien muss!«

»Na gut, einverstanden. Dann mach mir das jetzt ab«, sagt Lucien und dreht sich um, damit sie an seine Handgelenke herankommt.

Der Knoten sitzt zu fest, und Louise schafft es nicht. Wieder beginnt sie zu weinen.

»MMMMMMM«, brummt nun auch Ajay.

Louise zieht ihm das Klebeband vom Mund.

»Guwten Tag … Mademwasell … ick heiße Ajay … wie heißen … Sie?«

Sofort hört Louise auf zu jammern.

»Louise«, antwortet sie lächelnd.

»*Beautiful …*«

»*Who are you?*«, fragt Lucien besorgt.

»*I'm her father*«, entgegnet Ajay mit dem gleichen Lächeln wie Louise.

Luciens Augen haben sich an das Halbdunkel gewöhnt. Er blickt von diesem dunkelhäutigen Mann zu seiner Enkelin und wieder zurück. Die Ähnlichkeit ist unübersehbar.

»*But please maybe don't translate that*«, fügt Ajay hinzu. »*First I have to talk to her mother.*«

Dann dreht er sich zu Louise um. Er lächelt über beide Ohren.

»Bitte, Louise, spwechen Fwanzösisck mit mieh«, bittet er und schließt die Augen.

Die Bewohner der Residenz improvisieren in ihrem Studio einen Blues. Diese Musik ist nicht nur entspannend, sondern macht darüber hinaus auch traurig. Genau wie die Farbe. Viele der Senioren wollten unbedingt an der Jamsession teilnehmen und müssen nun feststellen, dass es stimmt, was man sagt: Je dunkler die Stimmung, desto besser der Blues. An eine Wand gelehnt, singt Charlotte mit ihnen im Chor. Ihre Augen sind trocken. Doch in ihrer Stimme, die jeden Ton trifft, sind ihre ganze Trauer und Angst zu greifen.

Da kommt Arthur hereingestürmt und bricht den Bann. »Alles in Ordnung, ich erzähle gleich alles. Wer von Ihnen hat ein iPhone?«

»Was ist denn passiert?«, fragt Pierrette, während sie ihm ihres hinhält.

»Ich habe eine Spionage-App auf meinem Handy installiert und es in Gilberts Manteltasche gesteckt. Er hat Louise und Lucien entführt. Wir laden die App gleich auf dein Handy runter, dann können wir seinen Standort verfolgen.«

Wenige Minuten später bewegt sich ein blauer Punkt auf dem Bildschirm. Gilbert hat das Restaurant verlassen und geht durch die Straßen des dreizehnten Arrondissements.

»Jetzt müssen wir die Polizei rufen«, sagt Arthur, den Blick unverwandt auf das Handy gerichtet.

»Nein«, widerspricht Charlotte in entschiedenem Ton. »Wir wissen, dass uns noch vierundzwanzig Stunden bleiben. Bist du dir sicher, dass du gehört hast: ›Danach machen wir es so wie besprochen‹?«

»Ganz sicher!«

»Das hat doch nichts zu bedeuten!«, meint Simone aufgebracht.

»Die sind sehr gut organisiert, sie haben ihre Leute bestimmt überall. Wenn wir die Polizei einschalten, besteht die Gefahr, dass sie davon erfahren und die beiden verschwinden lassen. Solange wir nicht wissen, wo meine Tochter ist, gehe ich kein Risiko ein. Und außerdem …«, ihre Stimme bricht, »… hat mein Vater ihnen sein Wort gegeben.«

»Na gut, dann weichen wir Gilbert nicht von der Seite«, sagt Arthur. »Früher oder später wird er mein Handy finden, wenn er es nicht schon gefunden hat.«

»Diesmal komme ich mit«, erklärt Charlotte in einem Ton, der keinen Widerspruch duldet.

Der blaue Punkt auf dem Handy der Köchin hat weniger als einen Kilometer vom Restaurant entfernt angehalten.

»Wir sind bald wieder da«, sagt Arthur und winkt den Versammelten zum Abschied mit Pierrettes Telefon.

In dem in Volareblau lackierten Fiat 500 – ein gesättigtes Blau, das an die Farbe von Duschgelverpackungen erinnert – rasen Arthur und Charlotte zurück nach Paris. Unter den großen Bäumen im Parc Montsouris praktizieren knapp fünfzig Personen auf dem Rasen eine eher gewagte Qi-Gong-Choreografie. Es sind viele Anfänger unter ihnen. Arthur beschreibt Charlotte die Szene.

»Die Pariser entdecken aufs Neue die wohltuende Wirkung von Grün«, sagt sie mit einem Seufzen. »Seine Wellenlänge liegt genau in der Mitte des sichtbaren Spektrums. Es ist die Farbe der Ausgeglichenheit schlechthin.«

»Was meinst du damit?«

»Diese Farbe ist für uns Menschen unverzichtbar, und vor allem die Völker des Polarkreises, die einen Großteil des Jahres im Schnee verbringen, lieben sie.«

»Und wieso ist sie so wichtig?«

Wieder seufzt Charlotte, sie verspürt nicht die geringste Lust zu einer ausführlichen Erklärung, trotzdem beantwortet sie seine Frage.

»Wenn man die Hirnrinde eines Menschen untersucht, der sich in einer grünen Umgebung aufhält, stellt man sowohl in der rechten als auch in der linken Hemisphäre umfassende elektrische Aktivität fest. Wie alle kühlen Farben senkt Grün den Blutdruck, verlangsamt den Puls und die Atmung und fördert die Entspannung. Und wie alle warmen Farben steigert es die Konzentration und verleiht Energie.«

»Darüber habe ich noch nie nachgedacht.«

»Außerdem weckt Grün Vertrauen. Es war kein Zufall, dass es 1861 als Farbe des amerikanischen Dollars ausgewählt wurde. Die Amerikaner mussten ihr Gold aufgeben und als Ersatz dafür an den Wert eines simplen Stücks Papier glauben können. In Casinos wurden unterschiedliche Farben für den Bezug der Spieltische getestet. Wenn dieser rot ist, setzt der Spieler höhere Summen, aber er hört auch schneller wieder auf. Bei einem blauen Bezug riskiert er nur wenig. Bei einem grünen jedoch setzt er ansehnliche Summen. Aber vor allem hat er, wenn er verliert, immer das Gefühl, er könne seinen Verlust wieder wettmachen, und spielt weiter. Zu Recht gilt Grün in den meisten Zivilisationen der Welt als die Farbe der Hoffnung.«

»Na, dann lass uns hoffen!«

Endlich halten sie in der Straße, die ihnen der blaue Punkt anzeigt. Arthurs geortetes iPhone hat sich seit über einer Stunde nicht bewegt.

»Dem GPS zufolge soll sich mein Handy in diesem Gebäude befinden«, erklärt er Charlotte. »Im Erdgeschoss gibt es eine Karaokebar und darüber noch ein, zwei, drei, vier, fünf, sechs, sieben Stockwerke. Wie sollen wir herausfinden, wo sie sind?«

Sie parken den Fiat 500 in einer winzigen Lücke, nur wenige Meter vom Eingang der Karaokebar entfernt.

»Was siehst du?«, fragt Charlotte.

»Nichts Besonderes …«

»Dann lass uns warten.«

Der blaue Punkt rührt sich immer noch nicht. Nach ein paar Minuten betreten zwei Europäer die Bar.

»Noch ein bisschen früh für eine Gesangseinlage«, bemerkt Charlotte. »Wie sieht diese Karaokebar denn aus?«

»Die Fassade und die Tür sind strahlend weiß. Ich glaube, ich habe noch nie ein derart reines Weiß gesehen.«

»Das ist normal. Es liegt daran, dass du jetzt wieder Blau siehst.«

»Wie bitte?«

»Das, was du Weiß nennst, wäre von unseren Vorfahren als Hellblau bezeichnet worden. Aus physikalischer Sicht ist reines Weiß die Farbe von Milch. Wenn du ein Blatt Papier neben ein Glas Milch legst, erscheint es dir ganz leicht bläulich. Und der Schnee sieht in unserem Kulturkreis an grauen Tagen für uns leicht gelblich aus.«

»Du hast recht, für mich ist weißer Schnee das, was man bei strahlend blauem Himmel sieht.«

»Weil der Schnee unter einem wolkenlosen Himmel mindestens fünf Prozent Blauanteil spiegelt. Textilhersteller färben ihre weißen Hemden oder T-Shirts mit optischen Aufhellern, damit sie in unseren Augen perfekt weiß aussehen.«

»Jetzt verstehe ich … Oh!«

»Was ist?«

»Ich glaube, ich habe gerade einen Kirchenmann in die Karaokebar gehen sehen!«

Der Erzbischof von Paris kennt das dreizehnte Arrondissement sehr gut. Er kommt regelmäßig her, seit er 2010 von einer Statistik des Chinese Spiritual Life Survey gehört hat, der zufolge knapp zweieinhalb Prozent der Chinesen Christen sind. Das klingt nach wenig, aber es ergibt immerhin dreiunddreißig Millionen Christen. Noch etwa zehn Jahre, dann ist die christliche Gemeinde in China die größte weltweit. Und sie ist auch eine der ältesten, ruft sich der Erzbischof in Erinnerung, während er die Tür der Karaokebar öffnet. Der Apostel Thomas erbaute im Jahr 67 eine der ersten christlichen Kirchen in der alten chinesischen Hauptstadt Luoyang. Eine Stadt im Landesinneren, gleich weit von Schanghai und Peking entfernt. Selig sind, die China sehen und glauben, sagt sich der Erzbischof in Abwandlung der Worte, die Jesus an den heiligen Thomas richtete. Es ist später Nachmittag, die Bar ist leer, er ist der einzige Gast.

»Entschuldigen Sie, haben Sie eine Toilette?«

»Natürlich, Monsieur«, antwortet Doppelzentner, dem im selben Moment bewusst wird, dass man einen Geistlichen nicht mit »Monsieur« anspricht. »Pater«, korrigiert er sich als guter Christ. »Aber Sie müssen einen Moment warten, sie ist besetzt.«

Der Erzbischof wundert sich, dass er statt fernöstlicher

Musik amerikanischen Rock hört, aber seine Gedanken schweifen ab zu den kleinen mit bunten Zeichnungen und indigofarbenen Blumen verzierten Porzellangefäßen. Es wäre nicht unangenehm, das Blut Christi aus einer dieser Schalen zu trinken. Zwei Männer um die vierzig kommen gemeinsam von der Toilette, ihrem breiten Lächeln nach zu urteilen offensichtlich erleichtert. Man muss auch tolerant sein, denkt der Erzbischof und betrachtet den Kopf des Sängers Prince auf dem T-Shirt des jüngeren Mannes.

Doppelzentner weist mit seinem Doppelkinn auf die Tür.

»Sie können jetzt rein, Exzellenz«, ermuntert er ihn, nachdem ihm aufgefallen ist, dass der Besucher keine gewöhnliche Priestersoutane trägt.

Der Erzbischof tritt durch die Tür und entdeckt vor dem Eingang zu den Waschräumen einen Klomann hinter seinem Tisch. Statt des üblichen Tellerchens steht darauf eine metallene Geldkassette. Die Räume sind komplett rot gestrichen.

Aber am überraschendsten ist die Aufschrift auf dem kleinen Schild in der Mitte des Tischs: »10.000 Euro«.

Das ist ja nun doch ein bisschen teuer, denkt er bei sich, vor allem, da ich nicht einmal muss. Aber immerhin ist es mein eigenes Erspartes, rechtfertigt er sich, während er ein Bündel Scheine aus der Tasche zieht, das er dem Klomann reicht, bevor er angespannt die Unisex-Toilette betritt. Ohne auch nur die Tür zu schließen, kniet er gleich vor der Schüssel nieder. Man könnte meinen, er leide an Verdauungsbeschwerden, aber nein, der Erzbischof hält den Kopf kerzengerade, die gefalteten Hände zum Himmel gerichtet und die Daumen an seine Mozzetta gelegt. Er betet, den Blick auf eine einfarbige Kinderzeichnung geheftet, die am Spülkasten festgeklebt ist. Das Bild zeigt eine Frau mit einem Gehstock. Für den Erzbischof ist es unverkennbar ein Bildnis der Jungfrau Maria. Er senkt den Blick und beobachtet in stillem Jubel, wie die

Farbe seiner Mozzetta sich langsam von Anthrazit zu Leingrau und weiter zu Anilin wandelt, bis sie schließlich wieder in dem gleichen Violettton erstrahlt wie die Zeichnung. Das ist seine Lieblingsfarbe. Violett symbolisiert den Glauben, aber auch Elite. In Europa ist es die Farbe der Bischöfe und Kardinäle. Die Könige von Frankreich und England waren die Einzigen, denen es erlaubt war, als Trauerfarbe Violett zu tragen. In Japan war diese Farbe allein den Kaisern vorbehalten. Ohne dass sich der Betrachter dessen bewusst ist, wirkt sie Respekt einflößend und mysteriös.

Seit das Violett verschwunden war, hat sich der heilige Mann gelegentlich dabei ertappt, wie er an der Existenz Gottes zweifelte. Außerdem ist ihm aufgefallen, dass die Bilder, die ihm erschienen, wenn er mit geschlossenen Augen betete, häufig violett getönt waren. Diese Farbe ist das unersetzliche Bindeglied zwischen seinem Glauben und seinem Bewusstsein. Und nun, da er sie wiedergefunden hat, dankt er Gott von ganzem Herzen.

Als der Erzbischof ein paar Minuten später die Tür der Bar öffnet, hören Arthur und Charlotte den Welthit »Purple Rain« bis draußen auf die Straße. Charlottes Körper ist plötzlich schweißnass, ihre Atmung geht unregelmäßig. Die Angst lässt sie keinen klaren Gedanken mehr fassen.

»Bist du gläubig?«, fragt Arthur.

»Eigentlich nicht …«

»Was soll's, schaden kann es jedenfalls nicht. Komm.«

Arthur geht um das Auto herum, nimmt Charlotte beim Arm, und gemeinsam nähern sie sich dem Geistlichen, in dessen Zügen sich das gleiche Lächeln spiegelt wie in denen der Prince-Fans wenige Minuten zuvor.

»Entschuldigen Sie, Exzellenz, würden Sie für uns beten?«

»Und ganz besonders für meine Tochter und meinen Vater«, fügt Charlotte hinzu. »Vielleicht sind Sie ihnen ja begegnet?«

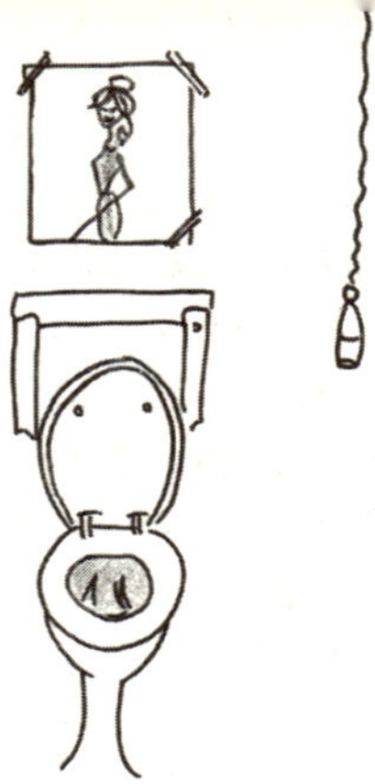

In diesem Moment betritt ein etwa vierzigjähriger leicht hinkender, elegant gekleideter Mann die Karaokebar. Er trägt ein weißes Hemd und einen zu seinen silbergrauen Schläfen passenden Anzug. Über die Schulter hat er einen Wanderrucksack gehängt, der bei ihm fehl am Platz wirkt.

Gilbert zählt die Scheine. Das ist das mit Abstand lukrativste Klo in ganz Paris, denkt er freudig. Die durch die rot gestrichenen Wände noch verstärkte Wärme zeichnet leichte Ränder unter seine Achseln. Als Gilbert zu dem Unbekannten aufschaut, erkennt er instinktiv, dass er einen gefährlichen Mann vor sich hat. Sie starren einander an. Keiner von beiden will zuerst wegschauen. Eine Konfrontation zwischen Hyäne und Tiger. Gilbert weiß, dass dieser Mann kein Polizist ist. Zu gut gekleidet. Solche Anzüge können Bullen sich nicht leisten.

»Zehntausend Euro«, verlangt Gilbert und steht auf, ohne den Mann aus den Augen zu lassen.

Dieser mustert ihn abfällig und bemerkt einen Schweißtropfen auf Gilberts Stirn. Er nimmt den Rucksack ab, stellt ihn auf den Tisch und wendet das Gesicht langsam der offenen Toilettentür zu, hinter der die Zeichnung zu erkennen ist.

»Erst wird bezahlt!«

Der Mann rührt sich nicht. Etwa zehn Sekunden lang betrachtet er das Bild. In seinem Gesicht zeigt sich keine Regung, ein perfektes Pokerface. Ohne den Blick von der Zeichnung zu wenden, öffnet er den Reißverschluss seines Rucksacks, der mit Bündeln aus Hunderteuroscheinen gefüllt ist, und nimmt einige davon heraus. Die grünen Bündel werden von Plastikbändern in derselben Farbe zusammengehalten.

»Hier sind fünfzigtausend«, sagt er verächtlich und wirft sie vor Gilbert auf den Tisch.

Langsam nähert sich Gilberts Hand der Waffe, die er unter seiner Jacke trägt. Dieser großzügige Spender ist ihm definitiv nicht geheuer.

Widerstrebend wendet der Unbekannte den Blick von der Zeichnung ab und richtet ihn wieder auf Gilbert.

»Ich habe gehört, es steht zum Verkauf. Also, wie viel?«, fragt er schließlich mit starkem englischem Akzent.

Gilbert hat verbreiten lassen, dass sich die Zeichnung in seinem Besitz befindet. Er könnte sie wahrscheinlich für ein Vermögen verkaufen, aber seine hohen Spielschulden lassen ihm nicht die Zeit, in Ruhe abzuwarten, bis die Gebote steigen. Deshalb hat er sich dazu entschlossen, »seine Toilette zu öffnen«, bis er den großen Fisch an der Angel hat. Und wie es aussieht, hat ein Tigerhai den Köder geschluckt.

»Tan, komm mal her!«, sagt Gilbert etwas lauter.

Sofort kommt Tan-Doppelzentner, zweifellos der Besitzer der Bar, mit einer Pistole in der Hand angelaufen. Eine Hyäne, ein Tiger und ein Rhinozeros.

»Der Herr möchte wissen, wie viel die Zeichnung kostet.«

»Ich mag sie sehr gern«, antwortet Doppelzentner mit gespieltem Widerstreben.

»Noch so einen Rucksack wie den da«, erklärt die Hyäne schließlich dem verletzten Tiger, auf den das Rhinozeros mit seiner Waffe zielt. »Den hier behalte ich als Anzahlung.«

Der Mann bleibt völlig gelassen. Es ist offensichtlich nicht das erste Mal, dass ihn jemand mit einer Waffe bedroht. Er denkt ein paar Sekunden nach, dann hebt er die Hände, die Handflächen Doppelzentner zugewandt, um ihn von seinen friedlichen Absichten zu überzeugen. Rückwärts nähert er sich dem in die roten Fliesen eingelassenen Urinal. Langsam lässt er die Arme sinken, öffnet den Knopf an seiner Hose, zieht den Reißverschluss auf und erleichtert sich in aller Seelenruhe. Der völlig verdatterte Gilbert kann den Blick nicht von dem grauen Urinstrahl wenden. Dann schiebt der Mann, statt seinen Reißverschluss wieder zu schließen, die Hose vorsichtig bis zu den Knöcheln hinunter. Gilbert und Doppelzentner bemerken mehrere violette Flecken an seinen Beinen. Zehn Bündel aus violetten Fünfhunderteuroscheinen sind mit Klebeband an seinen Waden befestigt. Er löst die Klebestreifen ab, wobei er vor Schmerz kurz das Gesicht verzieht, und wirft die Bündel eines nach dem anderen auf den Tisch. Gilbert und Doppelzentner erkennen gleichzeitig, dass es ihnen ganz genauso geht wie dem Erzbischof und den beiden Prince-Fans: Violett ist ihre Lieblingsfarbe.

Gilbert begleitet den nun nicht mehr hinkenden Mann zur Tür. Bevor dieser an ihm vorbei nach draußen geht, umarmt er ihn kurz.

»Du bist so ein Loser«, flüstert er ihm zu. »Diese Zeichnung war sehr viel mehr wert. Ich gebe dir eine Million für jede weitere Zeichnung in einer neuen Farbe, die du für mich auftreibst.«

Bis Gilbert realisiert, was er da gerade gehört hat, ist sein grau-weißer Weihnachtsmann schon fort. Da ertönt plötzlich ein dumpfes, leises Geräusch. Ein gleichmäßiges Vibrieren, das aus seinem Mantel zu kommen scheint. Wem gehört das denn?, fragt er sich, als er ein auf Vibrationsalarm eingestelltes Handy aus der Tasche zieht. Er geht ran.

»Wir haben die Buntstifte, die dir fehlen«, blufft Charlotte, als der geschniegelte Kerl die Bar verlässt.

»…«

»Ich biete dir einen Deal an.«

»Wer sind Sie?«, fragt Gilbert misstrauisch.

»Ich bin Louises Mutter. Mein Vater hat dir sein Wort gegeben, deswegen habe ich die Polizei noch nicht informiert. Aber ich weiß alles über dich. Deine Adresse. Deine Klogeschäfte.«

»…«

»Wir treffen uns heute um Mitternacht vor eurem Spirituosenlager. Du weißt, welches ich meine? Da, wo meine Tochter mit dem violetten Stift ein Bild von mir gemalt hat.«

»…«

»Heute um Mitternacht«, wiederholt sie. »Ihr bringt Louise und Lucien mit. Und wir die Buntstifte, die euch noch fehlen. Louise malt ein paar Bilder, und ihr lasst die beiden frei. Sonst landest du nicht nur für den Rest deiner Tage im Gefängnis, sondern ich kratze dir vorher noch höchstpersönlich die Augen aus, Monsieur Gilbert.«

Wie erwartet verlässt Gilbert wenige Sekunden später in Begleitung von Doppelzentner die Bar. Sie schließen ab und steigen in einen schwarzen Mercedes, der unter ihrem Gewicht ein wenig nach unten sackt. Mit quietschenden Reifen fährt Doppelzentner los.

»Auf geht's«, sagt Arthur und dreht den Zündschlüssel.

Gilbert hat sein Handy mitgenommen, so können sie ihnen unbemerkt folgen. An der Porte d'Italie fährt Doppelzentner in westlicher Richtung auf die Ringautobahn. Es herrscht kaum Verkehr, und Arthur folgt ihnen in großem Abstand.

Auf Höhe der Porte d'Orléans verschwindet der blaue Punkt plötzlich. Wahrscheinlich ist der Akku seines Handys leer. Unverzüglich drückt Arthur aufs Gas. Die Bestätigung: Im Gegensatz zu seinem Handy funktionieren die Blitzanlagen an der Porte Brancion, Porte de Sèvres, Porte Dauphine und Porte de Champerret einwandfrei.

»Sie müssen irgendwo abgefahren sein«, sagt Arthur, »sonst hätte ich sie längst eingeholt.«

Charlotte nimmt seine Hand. Ihre ist kühler als die seine.

Die Nachricht verbreitet sich wie ein Lauffeuer. Um die Farbe Violett wieder sehen zu können, braucht man nur auf Google zu gehen. Auf der Einstiegsseite der Suchmaschine ist eine unbeholfene Zeichnung zu sehen, die eine Frau mit Stock zeigt, gemalt mit einem violetten Buntstift. Dank einer GIF-Animation sieht es so aus, als bewegte sich die Frau vorwärts. Gleichzeitig geben die Sprecher des Internetriesen auf allen Radio- und Fernsehsendern der ganzen Welt in sämtlichen Sprachen dasselbe Statement ab: »Als Suchmaschine ist es unser Ziel und unsere Aufgabe, Ihnen dabei zu helfen, alles zu finden, was Sie suchen. Wir freuen uns, dass wir dank dieser Zeichnung, die wir von einer Person erhalten haben, die lieber anonym bleiben möchte, für Sie das Violett wiederfinden konnten. Und wir bieten zehn Millionen Dollar für jede weitere Zeichnung, die eine der anderen, bislang noch verschwundenen Farben zurückbringt.«

Anders als erwartet, wird das Wiederauftauchen des Violetts nicht als gute Nachricht gefeiert, sondern löst stattdessen eine fieberhafte Unruhe aus. Die Welt gleicht einem ungeduldigen, launenhaften Kind. Die Menschen wollen sich nicht länger mit einer einzigen neuen Farbe begnügen. Sie wollen ALLE Farben wiederhaben, und wieso nicht gleich noch ein paar Millionen Dollar obendrein? Schon nach der rosa Maus und dem blau-grünen Gekrakel, das immer noch an dem Gemälde im Musée d'Orsay hängt, glaubten viele, es seien die Kinder, die mit ihren Zeichnungen die Farben wieder zurückholen können. Seit der Ankündigung von Google besteht daran nicht mehr der geringste Zweifel.

Auf der ganzen Welt werden Kinder aufgefordert oder gezwungen, mit sämtlichen Buntstiften oder Farbtuben in ihrem Besitz zu malen. Manche Eltern schrecken nicht einmal davor zurück, ihren Nachwuchs mitten in der Nacht aus dem Bett zu holen, damit diese ihre Pflicht erfüllen. Geistig Verwirrte müssen aus Schulen geworfen werden, zu denen sie sich mit Taschen voller Buntstifte Zutritt verschafft haben.

Die Bewohner der Seniorenresidenz haben sich hinter Pierrettes Laptop versammelt, der auf dem großen Esstisch steht. Niemand wagt, ein Wort zu sagen, stumm beobachten sie, wie Louises violette Zeichnung auf dem Bildschirm zum Leben erwacht. Eine fliederfarbene Wand ist im Speisezimmer aufgetaucht, aber keiner beachtet sie.

Charlottes Handy ist seit ein paar Minuten auf Lautsprecher gestellt.

Immer wieder von klassischer Musik unterbrochen, wiederholt eine aufgezeichnete Stimme unermüdlich dieselbe Ansage: »Sie haben die Nummer der Polizei gewählt, bitte bleiben Sie in der Leitung… Sie haben die Nummer der Polizei gewählt, bitte bleiben Sie in der Leitung…«

»Was treiben die denn?«, ruft Charlotte mit Panik in der Stimme. »Jetzt, wo so viel Geld im Spiel ist, werden sie nicht zögern, sich meine Tochter und meinen Vater vom Hals zu schaffen.«

»…Sie haben die Nummer der Polizei gewählt, bitte bleiben Sie in der Leitung…«

»Vor allem, wenn sie rausfinden, dass wir sie angelogen haben und gar keine neuen Stifte mitbringen!«

»…Sie haben die Nummer der Polizei gewählt, bitte bleiben Sie in der Leitung…«

»Warum haben wir denn nicht schon früher angerufen?«, schimpft sie.

Niemand wagt, ihr zu antworten, dass sie diejenige war, die es ihnen verboten hat, und alle machen sich Vorwürfe, weil sie auf sie gehört haben.

»...Sie haben die Nummer der Polizei gewählt, bitte bleiben Sie in der Leitung...«

Endlich bricht die Musik auf dem Band abrupt ab.

»Hier ist die Polizei, guten Abend.«

»Guten Abend, Madame, ich heiße Charlotte Da Fonseca, und meine Tochter Louise ist diejenige, die die Farben wiederauftauchen lässt. Gefährliche Kriminelle haben davon erfahren und sie und meinen Vater entführt.«

»Das ist ja fürchterlich«, unterbricht die Polizistin sie mit geheucheltem Mitleid.

»Um Mitternacht sind wir mit den Entführern verabredet, Sie müssen sich beeilen!«

Die Polizistin schweigt einen Moment. Diese Stimme kommt ihr doch bekannt vor. Wo hat sie die nur schon einmal gehört? Egal...

»Hören Sie, Madame, ich will ganz offen zu Ihnen sein. Hier rufen schon den ganzen Abend über Menschen wegen Kindern an, die entweder in Gefahr schweben und entführt wurden, weil sie angeblich die Farben wieder zurückholen können, oder die geschlagen werden, weil sie es eben nicht schaffen. Natürlich zweifle ich nicht an Ihren Worten«, fährt sie in einem Ton fort, der das genaue Gegenteil ausdrückt. »Ich möchte Sie lediglich bitten, auf dem Revier vorbeizukommen und vor Ort Anzeige zu erstatten.«

Charlotte reißt sich zusammen und erklärt so ruhig wie möglich: »Ich habe Ihnen doch gerade gesagt, Madame, dass wir in weniger als einer Stunde mit den Entführern verabredet sind.«

Eindeutig, ich kenne diese Stimme, sagt sich die Polizistin. Sie erinnert sie an die einer Radiomoderatorin bei ihrem Lieblingssender. Ein bisschen hektischer vielleicht.

»Und ich, Madame, habe Ihnen gerade gesagt, dass es das Einfachste wäre, herzukommen und auf dem Revier Anzeige zu erstatten. Allerdings ist hier ziemlich viel los, ich würde Ihnen also empfehlen, lieber morgen früh vorbeizukommen.«

Wütend schleudert Charlotte ihr Handy auf den Tisch.

Eilmeldung auf lemonde.fr

In Kalifornien wird LSD »zu therapeutischen Zwecken« legalisiert.

Kapitel 11

Die Nacht, in der es plötzlich Orangen, Bananen und Äpfel regnete

Arthur und Charlotte stehen schon seit ein paar Minuten vor dem Spirituosenlager. Kein anderes Auto auf dem Parkplatz. Kein Licht im Gebäude. Kein Mond am wolkenverhangenen Himmel. Eine einzelne Natriumdampflampe wirft ein graues Licht, das nicht unbedingt trüber ist als der orangefarbene Lichtkranz, den diese Straßenlaternen früher verbreiteten.

»Es ist zehn nach zwölf, wo bleiben die denn?«, fragt Charlotte, die sich die schlimmsten Szenarien ausmalt.

»Na gut, ich sehe mal nach«, beschließt Arthur und steigt aus dem Wagen.

Ihm wird bewusst, dass er keine Angst um sein eigenes Leben hat, nur um das von Louise und ihrem Großvater. Er geht zum Eingang des Gebäudes und klopft an die schwere Metalltür. Keine Reaktion. Daran soll's nicht scheitern! Dann geht er einfach hintenherum und nimmt noch einmal den Weg über das Dach. Als er gerade kehrtmachen will, klingelt ein Handy, und er bemerkt ein Leuchten auf dem Boden vor der Tür. Es ist sein Handy, dessen Akku wieder aufgeladen wurde. Arthur hebt es auf und geht ran.

»Hier wird nach meinen Regeln gespielt«, erklärt Gilbert in herrischem Ton. »Ich will sicher sein, dass ihr allein gekommen seid. Du setzt dich jetzt wieder in dein Auto, dann sage ich euch, wie es weitergeht.«

Hastig kehrt Arthur zum Wagen zurück und schaltet das Handy auf Lautsprecher. Gilbert gibt genaue Anweisungen, wie sie fahren sollen. Erst auf die A86. In Vélizy runter von der Autobahn. Rein in den Wald von Meudon. Mitten im Wald wenden, damit klar ist, dass ihnen niemand folgt. Und dann in einen schmalen Seitenweg einbiegen.

»Bleibt da stehen!«, befiehlt Gilbert.

Sie befinden sich auf einem Schotterweg mitten im Nirgendwo. Arthur schaltet den Motor aus. Etwa fünfzig Meter vor ihnen leuchten zwei Autoscheinwerfer auf.

»Mach dein Licht aus. Dann kommt ihr mit den Stiften raus«, sagt Gilbert drohend. »Und nehmt die Hände hoch.«

Arthur schaltet die Scheinwerfer aus und nimmt hastig ein Dutzend Stifte aus dem Handschuhfach. Doch kurz bevor er aussteigt, besinnt er sich anders.

»Ich will erst ihre Tochter sehen!«, schreit er ins Handy.

Anfangs noch von den Scheinwerfern geblendet, erkennt er nach und nach die Umrisse eines Lieferwagens und erahnt im Gegenlicht, wie die Beifahrertür geöffnet wird. Ein paar Sekunden später kommen mehrere Schatten zum Vorschein und bewegen sich in seine Richtung. Einer von ihnen ist riesig. Das muss Doppelzentner sein, denkt Arthur und erschauert. Aber wo ist Louises kleine Silhouette? Noch bevor er begreifen kann, was vor sich geht, schießt eine Gestalt in sein Blickfeld. Es ist Charlotte, die auf den schwachen, flackernden Lichtfleck vor ihren Augen zu rennt. Arthur springt ebenfalls aus dem Wagen und hetzt, in jeder Hand ein Dutzend Buntstifte, hinter ihr her. Plötzlich sinkt der riesige Schatten in sich zusammen und zerfällt in seine Einzelteile. Ein kleines Stück löst sich von ihm ab und kommt auf sie zugerast. Im Scheinwerferlicht taucht Luciens Gesicht auf. Er hat seine Enkelin auf den Schultern getragen und sie nun abgesetzt. Der letzte Schatten, der mit erhobenen Händen dasteht, ist ein indisch aussehender Mann.

Charlotte rennt, so schnell sie kann. Sie stolpert über einen Stein und fällt zu Boden. Arthur versucht, ihr aufzuhelfen. Aber sie hat sich schon wieder hingesetzt und breitet in Richtung des Lichts die Arme aus. Sie hat das Geräusch der auf sie zueilenden Schritte erkannt. Ein immer lauter werdendes leichtfüßiges Trappeln. Als werde die Szene in Zeitlupe abgespult, hört sie nun auch Louises schnellen Atem. Im selben Moment, als sie ihren Geruch wahrnimmt, schließt sie die Arme um ihr Kind und drückt es ganz fest an sich.

»Mamaaaan!«

Charlotte weint. Sie will ihr sagen, wie sehr sie sie liebt, welche Angst sie um sie hatte, aber vor lauter Schluchzen bringt sie kein einziges Wort heraus.

»Die Ferien mit Opa waren total schön, ich kann jetzt zaubern!«

Nun kommt auch Lucien heran, bückt sich und umschlingt Tochter und Enkelin mit den Armen.

»Es ist vorbei«, sagt er. »Wir malen denen jetzt noch ein verdammtes Bild, und dann ist es vorbei.«

Entsetzen erfasst Charlotte. Die Buntstifte hatte sie völlig vergessen. Für sie zählte nur, ihre Tochter wiederzusehen. Es wird nicht lange dauern, bis sie merken, dass wir nicht die richtigen Stifte haben. Und was passiert dann? Charlottes Schluchzen verstärkt sich.

Mit einer Pistole in der einen und einem Zeichenblock in der anderen Hand kommt Gilbert auf sie zu. Wortlos wirft er der Familie den Block vor die Füße. Instinktiv wendet Charlotte sich ihm zu. Sie nimmt ihre Brille ab, trocknet sich die Augen und hebt den Kopf. Mit ihren an Alabaster erinnernden Augen starrt sie Gilbert an. Sein schneller, wegen seiner etwas verstopften Nase mühsamer Atem verrät ihr, wo sich sein Gesicht befindet. Unbehaglich tritt Gilbert einen Schritt zur Seite, ihre Augen folgen der Bewegung.

Unwillkürlich zuckt er zurück, dieser leere, unverwandt auf ihn gerichtete Blick geht ihm durch Mark und Bein.

»Arthur, die Stifte!«, befiehlt er. »Du, sag der Kleinen, sie soll zeichnen, aber schnell! Und ich hoffe für euch, dass ihr mich nicht angelogen habt!«

Stumm reicht Arthur Lucien die Stifte, dann tritt er einen Schritt zurück und hält sich ein wenig abseits, genau wie dieser spindeldürre Inder mit dem merkwürdigen Lächeln auf den Lippen, der immer noch mit erhobenen Händen dasteht. Der Himmel ist mittlerweile so dunkel, dass man kaum noch die hohen Bäume zu beiden Seiten des Weges erkennt. Im Scheinwerferlicht des Lieferwagens tanzen Motten.

Arthur würde Louise liebend gern umarmen, aber welches Recht hätte er dazu? Wo ist sein Platz?

»Louise, malst du mir ein Bild von deiner Maman mit einem ganz breiten Lächeln?«, bittet Lucien.

Charlotte kann sich einfach nicht beruhigen. Sie möchte etwas sagen, aber es gelingt ihr immer noch nicht.

»Und mal es schön bunt, ja?«, fügt Lucien hinzu.

»Warum weint Maman?«

»Weil du schon so lange kein Bild mehr für sie gemalt hast. Welchen Stift hättest du gern? Siehst du genug zum Malen?«

Zwischen zwei Schluchzern dreht sich Charlotte zu Arthur um, den sie dank seiner schnellen Atemzüge ausgemacht hat, und sagt mit vollkommen ruhiger, beherrschter Stimme: »Ich will mit dir schlafen!«

Lucien glaubt, sie stünde unter Schock. Sie weiß nicht mehr, was sie redet.

»Das ist eine gute Idee, mein Schatz, wir sind alle müde«, säuselt er, um zu verhindern, dass seine Enkelin Angst bekommt. »Louise, kannst du mir ganz schnell ein Bild von deiner Maman malen?«, beharrt er und hält dem kleinen Mädchen einen aufs Geratewohl herausgegriffenen Stift hin.

»Ich will mit dir schlafen!«, wiederholt Charlotte in demselben seltsam gefassten Ton.

»Ja, Maman hat recht, es wird für uns alle Zeit, ins Bett zu gehen«, sagt Lucien.

Endlich begreift Arthur, dass sie ihm eine verschlüsselte Botschaft sendet. Er tritt ein paar Schritte zurück, entfernt sich von Gilbert und der Familie und nähert sich unauffällig rückwärts dem Lieferwagen. Gilbert achtet nur noch auf Louise, die inzwischen ein rundes Gesicht zeichnet.

»Ich will nicht malen. Die Stifte sind alle grau!«, sagt das Kind widerstrebend.

Gilbert zuckt zusammen, als er erst einen Schrei und gleich darauf Kampfgeräusche aus der Richtung des Transporters hört. Eine riesige Hand hat Arthur beim Kragen gepackt und ins Wageninnere gezerrt. Sie gehört Doppelzentner, der hinter dem Steuer sitzen geblieben war, um die Polizeifrequenz abzuhören und beim geringsten Anzeichen von Gefahr losbrausen zu können. Es ist ein ungleicher Kampf. Doppelzentner drückt Arthurs Hals immer fester zusammen, um ihn zu erwürgen. Arthur streckt die Hände nach dem Armaturenbrett aus. Er spürt, wie seine Kräfte schwinden. Mit einer letzten Anstrengung gelingt es ihm, den Zündschlüssel abzuziehen. Die Scheinwerfer erlöschen.

Er schafft es gerade noch, den Schlüssel aus dem offenen Fenster werfen. Mission erfüllt, denkt er, bevor er das Bewusstsein verliert.

Nun ist es stockfinster im Wald von Meudon. Sofort springt Charlotte auf und stürzt sich mit gesenktem Kopf auf Gilbert. Ihr Stoß trifft ihn mitten vor die Brust, und er lässt die Pistole fallen. Er versucht, Charlotte zu packen, doch sie ist schon zurückgewichen, und er fängt sich stattdessen einen zweiten, diesmal schlecht gezielten Kopfstoß gegen den Arm ein. Im Dunkeln ist sie im Vorteil. Gilbert sucht in seinem Mantel nach dem Feuerzeug, aber er hat es im Lieferwagen gelassen. Und was treibt dieser Fettsack da hinten bloß? Ein weiterer Stoß, diesmal in den Rücken, raubt ihm den Atem. Sie muss sich einen Stein gegriffen haben. Gilbert spürt den Schmerz. Er macht ein paar Schritte zur Seite, um seiner Gegnerin auszuweichen, aber da geht sie schon wieder auf ihn los und schlägt ihm mit demselben Gegenstand wuchtig auf den Kopf. Er schwankt und hebt eine Hand an seine Stirn. Klebrige Flüssigkeit bestätigt ihm, dass er blutet.

Endlich öffnet Doppelzentner die Fahrertür. Die Innenbeleuchtung geht an, und dieses Dämmerlicht genügt Gilbert, um Charlottes Umriss zu erkennen. Er pariert einen weiteren Schlag, kann endlich wieder klar denken und hebt die Waffe auf. Dann schneidet er dem Inder, der mit Louise auf dem Arm zu fliehen versucht, den Weg ab. Unterdessen hat Doppelzentner, auf allen vieren durch das feuchte Gras kriechend, den Autoschlüssel wiedergefunden.

Sekunden später sitzt Charlotte hinten im Lieferwagen, ihre erstarrte Tochter auf dem Schoß. Lucien verpasst Arthur ein paar Ohrfeigen, damit er wieder zu sich kommt. Und Ajay, der die Augen fest geschlossen hält, hat immer noch dieses merkwürdige Lächeln auf den Lippen.

Ganz deutlich hört die junge Frau das Knacken, als die Reifen über die grauen Buntstifte rollen.

Doppelzentner fährt auf die A86 und wechselt dann auf die A6 in Richtung Süden. Es hat endlich ein bisschen aufgeklart, und hier und da funkeln Sterne am lakritzfarbenen Himmel. Es ist drei Uhr morgens. Die Passagiere hinten im Wagen schweigen. Arthur kommt allmählich wieder zu sich und massiert sich den Nacken. Das Letzte, woran er sich erinnert, ist das milchige Licht eines Tunnels, der sich in der Dunkelheit öffnete. Als sich der Nebel in seinem Kopf endlich gelichtet hat, verzieht er schmerzlich das Gesicht beim Anblick von Charlottes schlanken Fingern, die langsam über Ajays Gesicht gleiten. Sie verharren eine Weile bei seinen Augen. Sie haben die gleiche Mandelform wie die ihrer Tochter. Arthur wendet den Blick ab.

Der Lieferwagen holt einen Transporter ein, der in niedrigem Tempo auf der linken Spur fährt.

»Was macht der Idiot denn da?«, schimpft der Sumotori ungeduldig.

Hupend überholt er ihn rechts. Gleich davor quält sich ein weiterer Lieferwagen auf der linken Spur an einer Reihe rechts fahrender Transporter vorbei. Doppelzentner bleibt nichts anderes übrig, als zu bremsen. Er klebt direkt hinter ihm, sein Tacho zeigt nur noch sechzig Stundenkilometer.

»Jetzt fahr schon, du Trottel!«, schimpft Gilbert.

Ein zweiter Transporter setzt sich auf der linken Spur dicht hinter sie. Nacheinander schalten die Fahrzeuge ihren Warnblinker ein und verlangsamen die Fahrt, bis sie schließlich mitten auf der Autobahn anhalten.

Doppelzentners Lieferwagen ist in einem Konvoi aus einem knappen Dutzend Fahrzeugen gefangen. Er schaut in den Rückspiegel und hat eine merkwürdige Vorahnung. Es ist nicht die Tatsache, dass sie feststecken – er kennt die Staus in der Pariser Region, auch mitten in der Nacht –, sondern dass es sich bei diesen Fahrzeugen ausnahmslos um kleine LKWs oder Lieferwagen handelt. Er kommt sich vor wie auf einer Nutzfahrzeugmesse. Plötzlich steigt der Fahrer eines Lieferwagens aus, öffnet seine Ladeklappe und beginnt, Kisten mit Obst auszuladen. Im Rückspiegel sieht er, wie eine alte Frau den Kofferraum ihrer Kastenente öffnet und ihre Ware ebenfalls auf den Asphalt kippt.

»Verdammte Scheiße, wir sind in eine Bauerndemo geraten. Los, schiebt euren Hintern da weg, ihr Vollpfosten. Wir haben's eilig!«

Er setzt zurück und versucht, aus der Reihe auszuscheren und sich an der Leitplanke entlangzuquetschen, aber der Transporter hinter ihm fährt ein Stück vor und blockiert ihn. Woraufhin auch der Lieferwagen vor ihm zurücksetzt. Doppelzentner sitzt in der Falle. In Autoscooter-Manier zwängt er sich schwungvoll durch ein Mauseloch. Da zerplatzt eine graue Grapefruit auf seiner Windschutzscheibe, dicht gefolgt von einem Schwarm grauer Orangen; Doppelzentner schaltet den Scheibenwischer ein. Der gräuliche Saft breitet sich in einem klebrigen Film über die ganze Scheibe aus. Er kann kaum noch etwas erkennen, fährt mehr oder weniger blind und bemerkt erst im letzten Moment einen Transporter, der sich quer vor ihn gestellt hat, sodass er jetzt endgültig festsitzt.

Die beiden Ganoven ziehen ihre Waffen und springen aus dem Wagen. Ihre einzige Chance, hier herauszukommen, besteht darin, die Gefangenen als Geiseln zu nehmen. Sie laufen um den Lieferwagen herum, doch ein Regen aus Bananen, Äpfeln und Kiwis geht auf sie nieder. Gilbert und Doppelzentner werden mit Obst gesteinigt, und wie sie feststellen, sind es die Äpfel, die am meisten wehtun.

Verzweifelt feuert Gilbert einen Schuss in die Luft ab. Vergebens! Der Donnerschlag verwandelt den Obstregen in einen Tropenschauer. Die Geschosse kommen von allen Seiten. Wer nicht so treffsicher ist, nimmt Doppelzentner ins Visier, der ein sehr viel leichteres Ziel abgibt.

»Weg hier!«, brüllt Gilbert, klettert über die Leitplanke und rennt quer über die Autobahn.

Wussten Sie, dass Farbsymbolik häufig nur ein Produkt des Zufalls ist? Nehmen wir beispielsweise die Farben von Sportwagen. An deren Ursprung stand der Gordon-Bennett-Cup, ein nach dem Besitzer des New York Herald *benanntes Autorennen, das zwischen 1900 und 1905 ausgetragen wurde. In diesem Rennen traten Nationalmannschaften gegeneinander an, denen man jeweils eine Farbe zuwies, um sie voneinander unterscheiden zu können: Blau für Frankreich, das britische Grün (British Racing Green zu Ehren Irlands), Gelb für Belgien, Rot für Italien und Weiß für Deutschland. In den Dreißigerjahren wurde aus dem »deutschen Weiß« ein Grau, da die Fahrzeuge ein bestimmtes Maximalgewicht nicht überschreiten durften. Die W25 von Mercedes waren um ein winziges Kilogramm zu schwer. Doch daran sollte es nicht scheitern. Um sie leichter zu machen, schliffen die Mechaniker die Farbe ihrer weißen Autos bis aufs Blech ab. Und so entstanden die »Silberpfeile« mit ihrer nackten, polierten Aluminiumkarosserie.*

Bis morgen, meine lieben Hörerinnen und Hörer.

Pierrette steuert ihren Citroën-2CV-Lieferwagen in gemächlichem Tempo zurück zur Seniorenresidenz. Lucien sitzt vorn, Charlotte hinten zwischen Ajay und Arthur. Louise schläft, endlich beruhigt, auf dem Schoß ihrer Mutter.

»Als ich gesehen habe, wie die Spionage-App auf meinem Handy wieder aktiv wurde«, erklärt Pierrette beim Fahren, »habe ich sie nicht mehr aus den Augen gelassen. Und als mir auffiel, dass ihr in den Wald von Meudon fuhrt, wurde mir klar, dass es Schwierigkeiten gab. Also bin ich nach Rungis gefahren und habe meine Freunde unter den Gemüsehändlern alarmiert. Sie haben nicht gezögert, und wir haben uns gleich auf die Suche nach euch gemacht. Zum Glück war auf der Autobahn nicht viel los, sodass wir den Lieferwagen schnell entdeckt haben. Ein paar Kollegen, die nach Rungis wollten, haben kehrtgemacht, um ihm den Weg abzuschneiden. Und den Rest kennt ihr.«

»Solange nicht alle Farben wieder sichtbar sind, bleibt Louise in Gefahr«, murmelt Lucien mit einem Blick auf seine schlafende Enkelin.

»Und das ist noch nicht alles«, fügt Charlotte hinzu. »Wir erkennen erst allmählich, wie sehr das Fehlen der Farben unsere Welt aus dem Gleichgewicht bringt… Und so furchtbar ausgeglichen war sie ja auch vorher schon nicht… Innerhalb weniger Wochen wurden all unsere Gewohnheiten auf den Kopf gestellt. Ich fürchte, dass die Menschheit diesen radikalen Wandel kurzfristig nicht überleben kann.«

»Des Nachts tut es wohl, an das Licht zu glauben«, sagt Lucien, der ein großer Fan von Edmond Rostand ist, und seufzt.

Arthur betrachtet die rote Sonne, die über Paris aufgeht. Die Grauabstufungen gehen allmählich in das Blau des Himmels über und lassen einen prächtigen Sonnenaufgang erahnen.

»Die Chinesen können wir schon einmal unschädlich machen. Die Polizei wird uns bestimmt dabei helfen. Jetzt haben wir genug Zeugen, damit sie uns glauben«, sagt Pierrette.

»Und danach sitzen uns immer noch alle Kriminellen und Geistesgestörten der Welt im Nacken, ganz zu schweigen von den Journalisten. Soll sich meine Tochter etwa bis ans Ende ihrer Tage verstecken?«

Im Auto herrscht Schweigen. Sie hat nicht ganz unrecht. Arthur, der nicht mit ansehen will, wie Charlotte Schulter an Schulter neben Ajay sitzt, beschäftigt sich eingehend mit seinem Handy und stößt dabei zufällig auf die Mail von Solange. Er hat noch immer nicht den Anhang geöffnet, jenes letzte Foto, das sie vor der Fabrik aufgenommen haben. Auf dem Bild sind viele Farben wiederzuerkennen, auch wenn das Lächeln seiner ehemaligen Kollegen traurig ist und ihre Gesichter immer noch grau sind. Plötzlich fällt ihm ein winziges Detail in Solanges Händen auf. Mit Daumen und Zeigefinger vergrößert er das Bild. Es ist ziemlich pixelig, trotzdem ist kein Zweifel möglich: Solange hält eine rechteckige, flache Metallbox in der Hand. Eine Dose Gaston-Cluzel-Buntstifte.

Kapitel 12

In dem man erfährt, dass der Regenbogen siebenhunderttausend Farben zählt

Haute-Couture-Schau im Pariser Grand Palais. Die Pressechefin von Chanel hat die Gäste ihrer Bedeutung entsprechend platziert. Doch selbst Anna Wintour sitzt in der zweiten Reihe. Wer sind bloß diese Menschen in der vordersten Reihe? Rund zwanzig vollkommen unbekannte alte Leute, manche von ihnen sogar im Rollstuhl … Ein Publikum, wie man es eher bei einem Bingo-Abend erwarten würde! Und mittendrin ein etwa dreißigjähriger Mann mit der Statur eines Rugbyspielers.

Auf dem Laufsteg wechseln sich hochgewachsene schlanke Models in extravaganten Kreationen ab. Den Journalisten fällt auf, dass sie bei einer Modenschau schon lange nicht mehr so viele Farben gesehen haben. Blau, Grün, Rot, Rosa, Violett, ein paar Tupfen Grau, aber weder Weiß noch Schwarz. Farben, die im Übrigen die des Publikums widerspiegeln.

Denn die geladenen Gäste tragen ausnahmslos Kleidung in gesättigten Farben. Das verleiht der Veranstaltung eine ungewöhnlich fröhliche, verspielte Note. Eine unter dem Einfluss von LSD stehende, von Kopf bis Fuß grün gekleidete Zuschauerin bläst rhythmisch die Wangen auf und hebt im Takt dazu die Ellbogen. Ihr Verhalten amüsiert die meisten Anwesenden, auch wenn sie sie verstohlen aus dem Augenwinkel mustern.

Die Models haben ihre hochmütige Attitüde abgelegt und gestatten sich ein kaum merkliches Lächeln. Die Modenschau nähert sich ihrem Ende, und Karl Lagerfeld betritt die Bühne. Er hält eine junge Frau in einem Brautkleid an der Hand. Ein kleines Mädchen in einem hellgrauen Kleid und mit hübsch geflochtenen Zöpfen trägt hinter ihnen die Schleppe.

Ein allgemeiner Aufschrei empfängt den Couturier, der sein übliches schwarzes Outfit gegen einen rhodaminrosa Anzug eingetauscht hat. Vervollständigt wird seine Erscheinung durch Schuhe und einen Fächer in derselben Farbe. Der Tumult verstärkt sich, als die Zuschauer bemerken, dass das Model, so anmutig es auch sein mag, nicht die erforderliche Größe hat, mindestens das Anderthalbfache des vorgeschriebenen Gewichts auf die Waage bringt und sich mit einem weißen Stock vorantastet. Die Frau trägt ein kurz geschnittenes Papierkleid. Ein Faltenrock unterstreicht ihre schmale Taille, und ihr langer Hals wird durch einen Ausschnitt betont, der ihre Schultern frei lässt. Statt einer Halskette trägt sie ein schlichtes kameliengeschmücktes Band. Das Publikum ist hingerissen. »Wundervoll!«, hört man hier und da, »*Charming!*«, »*So fresh!*«, »Bezaubernd!«. Wenige Sekunden später verstummt die Musik, und das Model dreht sich langsam um. Verblüfft entdeckt das Publikum auf seinem Rücken eine bunte Zeichnung... ein dunkelhäutiger Mann neben einem gelben Taxi. Alle Farben strahlen: Brauntöne, Orange, Pfirsich, Lachs, ein tiefes Schwarz, ein milchiges Weiß, Gelbschattierungen, Kaki... Die Fernsehkameras zoomen die Buntstiftstriche heran. Die Gäste schreien auf, als ihr Blick auf ihre eigenen Hände, Arme, Beine und die Gesichter ihrer Sitznachbarn fällt. Die Farben haben alle Nuancen und ihre ganze Tiefe zurückerlangt, allen voran die vielfältigen Schattierungen der Haut. Eine Kamera richtet sich auf die kleine Brautjungfer, und die Zuschauer sehen nun auch die leuchtende

Farbe ihres Baumwollkleids. Ajay, der darauf bestanden hat, dass sie ein Kleid in demselben Gelbton trägt wie der seines Taxis, lächelt stolz.

Die letzte Box mit den letzten Gaston-Cluzel-Stiften wartete seelenruhig in der Schublade von Solanges Nachttisch. Wenn sie nachts wach lag, schnupperte sie wehmütig daran. Der Geruch von Holz und Pigmenten half ihr beim Einschlafen. Aber nun gehören schlaflose Nächte und Einsamkeit für Solange der Vergangenheit an, denn die Bewohner der Seniorenresidenz haben einstimmig beschlossen, sie in ihre Gemeinschaft aufzunehmen. Sie war gleich einverstanden und ist bereits mit ihren beiden rosa Kätzchen eingezogen.

Charlotte hingegen hatte den Gedanken, die wiedergefundenen Farben an Google zu verkaufen, sofort von sich gewiesen. »Sie sind ein Geschenk der Natur, und es besteht kein Grund, damit Geschäfte zu machen. Sie gehören allen. Basta«, verkündete sie. Jetzt mussten sie also nur noch den besten Weg finden, sie der Menschheit erneut zugänglich zu machen.

Als gute Marketingexpertin machte sich Simone auf die Suche. Auf ihrem iPad entdeckte sie eine interessante Information: Am nächsten Tag veranstaltete Chanel eine Modenschau.

»Warum lassen wir die noch fehlenden Farben nicht in diesem selbst erklärten neuralgischen Zentrum des guten Geschmacks, diesem heidnischen Tempel der Mode wiederauferstehen? Von dort aus könnte die Farbe aufs Neue in die Welt hinausstrahlen!«

»Auf dass wir für alle Zeiten Glück und Ausgeglichenheit erfahren!«, hatte Lucien, der ein kunterbuntes Hawaiihemd trug, hinzugefügt.

Sofort hatte Pierrette ihr Handy gezückt.

»Ich kenne da einen gewissen Karl, der sich seit zehn Jahren nach meinem Meerbarbensoufflé mit frischem Eisenkraut und Passionsfrucht verzehrt …«

Und so hatte sich Pierrette, im Austausch gegen ein paar Einladungen für die Senioren und eine hastig angesetzte Anprobe für Charlotte und Louise, in die Küche gestellt. Die Modellzeichnerinnen, Schneider und Näherinnen hatten die ganze Nacht durchgearbeitet, um die beiden Kleider rechtzeitig fertigzustellen und Louises Zeichnung harmonisch auf den Rücken des Brautkleids zu nähen.

Jetzt drängen sie sich alle in den Kulissen und beobachten stolz die Wirkung ihrer Kleider auf das Publikum. Die Models kehren auf den Laufsteg zurück und scharen sich grüßend und Beifall klatschend um den Modeschöpfer. Der Anblick ist atemberaubend: Ihre Kleider sind nun über und über farbig.

Nie zuvor hat das ausgelassene Publikum bei einer Haute-Couture-Modenschau eine La-Ola-Welle improvisiert.

Eine gewaltige Menschenmenge hat sich vor dem Ausgang des Gebäudes versammelt. Die Pariser strömen herbei wie zu einem Feuerwerk. Um sich herum sieht Arthur nur überbordende Freude. Dieses kollektive Glücksgefühl steht in krassem Gegensatz zu der Melancholie, die ihn selbst erfasst. Obwohl er sich immer wieder zur Ordnung ruft, kommt er nicht dagegen an. Also beschließt er, lieber zu gehen, und versucht, sich einen Weg durch die menschliche Flut zu bahnen, die ihm entgegenströmt. Bei einem letzten Blick zurück sieht er, wie Ajay Louise und Charlotte in den Armen hält. Er ist zu weit entfernt, um zu hören, was sie sagen. Und selbst wenn, er will es gar nicht.

»Auf Wiedersehen, Papa.«

»Wiederhowle bitte«, fordert Ajay sie auf und zieht sein Handy aus der Tasche, um die Stimme seiner Tochter aufzunehmen.

»Auf Wiedersehen, Papa.«

Ajay genießt ihre Worte mit geschlossenen Augen.

»*Thank you, Ajay. You are a very nice guy. We'll come to see you soon in New York*«, fügt Charlotte hinzu und küsst ihn auf die Wange.

Sein Urlaub ist zu Ende. In wenigen Stunden geht sein Flieger. Und er kann es kaum erwarten, sein gelbes Taxi wiederzusehen.

Mit blutendem Herzen kämpft sich Arthur immer noch durch die andrängenden Massen, als er plötzlich eine kleine Hand spürt, die sich in die seine schiebt. Er zuckt zusammen und entdeckt Louise, die sich durch die Menge geschlängelt und ihn so eingeholt hat. Diese winzige warme Hand rührt ihn so sehr, dass seine Augen feucht werden. Sie zieht ihn zurück in Charlottes Richtung. Aber Arthur stemmt sich dagegen und streicht dem kleinen Mädchen zum Abschied über den Kopf.

Da sieht er plötzlich direkt vor Charlotte einen wie aus dem Ei gepellten alten Asiaten in einem korallenroten Anzug, begleitet von zwei ebenfalls asiatischen Bodyguards. Arthur nimmt Louise auf den Arm und stürmt mit ihr zurück zu ihrer Mutter. Nur noch ein paar Meter. Rücksichtslos drängt er sich durch die Menschen hindurch und legt endlich eine Hand auf Charlottes Schulter. Als sie seine Finger spürt, begreift sie, dass etwas Ungewöhnliches vor sich geht.

»Bitte verzeihen Sie, sind Sie Madame und Mademoiselle Da Fonseca?«, erkundigt sich der alte Mann.

Charlotte zuckt unmerklich zusammen.

»Ja, das sind wir, und wer sind Sie?«

»Mein Name tut nichts zur Sache, Madame. Aber ich wollte mich persönlich bei Ihnen entschuldigen. Zwei Mitglieder unserer Organisation haben sich Ihnen gegenüber auf inakzeptable Weise verhalten. Glauben Sie mir, das geschah ohne unser Wissen. Sie wollten uns hintergehen, weil sie genau wussten, dass die Farbe in unserer Kultur von so großer Bedeutung ist, dass wir es ablehnen würden, damit Geschäfte zu machen. Nichts hat uns mehr bekümmert als ihr Verschwinden. Wir haben ihnen eine erhebliche Geldsumme abgenommen, die sie mit einem Bild verdient haben, das Ihre

Tochter von Ihnen gemalt hat. Dieses Geld gehört Ihnen, verehrte Madame Da Fonseca«, schließt er und deutet auf einen Rucksack in den Händen eines seiner Männer, der sich bis dahin im Hintergrund gehalten hat.

»Ich will es nicht haben. Geben Sie es der Blindenhundevereinigung, die ist auf Spenden dringend angewiesen.«

»Diese Entscheidung gereicht Ihnen zur Ehre, Madame, und wir werden Ihrem Wunsch entsprechen.« Er hält kurz inne, und als er langsam weiterspricht, klingt seine Stimme sanft: »Es gibt da noch einen letzten Punkt, den ich mit Ihnen klären möchte. Sie werden verstehen, dass wir die betreffenden Personen leider nicht der Justiz ausliefern können. Nichtsdestotrotz verdienen sie eine Bestrafung. Da Sie das Opfer ihrer Machenschaften waren, überlasse ich es auch Ihnen, die Strafe festzusetzen. Ich versichere Ihnen, wie hart sie auch ausfallen mag, wir werden sie ausführen.«

Nachdenklich beißt sich Charlotte auf die Unterlippe. Papst Johannes Paul II. hat den Mann, der ihn um ein Haar getötet hätte, im Gefängnis besucht, um ihm zu vergeben, genau wie auch Nelson Mandela denjenigen verziehen hat, die ihn dreißig Jahre lang eingesperrt hatten.

»Ich will keine radikale Lösung«, sagt sie schließlich, »aber …«

»Eine mildere Form der Bestrafung wäre lebenslanges Exil«, schlägt der elegante alte Mann vor.

»Ich hätte da eine andere Idee«, mischt sich Arthur ein. »Der Eiffelturm soll rosa angestrichen werden. Und ich weiß zufällig, dass Gilbert unter Höhenangst leidet. Warum sorgen Sie nicht dafür, dass die beiden bei diesem Vorhaben als Anstreicher eingestellt werden?«

Charlotte und der Asiate brechen in schallendes Gelächter aus.

Der Autokonvoi mit den Senioren verlässt die Tuilerien. In einem perfekten Halbkreis spannt sich ein prächtiger Regenbogen über die Seine, das eine Ende auf dem Musée d'Orsay, das andere auf dem Louvre. Lucien, Solange, Charlotte, Louise und Arthur haben sich fröhlich in Pierrettes Ente gezwängt. Andere haben in Simones kleinem Fiat 500 Platz genommen. Mehrere für Krankentransporte geeignete Taxis haben sich der weniger rüstigen Bewohner angenommen.

Im Autoradio der Ente wird in Endlosschleife über die Rückkehr der Farben berichtet. Die Modenschau wurde innerhalb kürzester Zeit auf allen Fernsehsendern der Welt gezeigt, schneller, als man die Nachricht überhaupt aussprechen konnte.

»Jetzt kann endlich wieder jeder die Farben ganz ›normal‹ sehen«, jubiliert ein Journalist.

»Da täuscht er sich«, kommentiert Charlotte verärgert, während sie ihr leicht zerknittertes Papierkleid zurechtrückt, das sie unbedingt anbehalten wollte. »›Normal‹ war es doch in den letzten dreißig Jahren, die Farben *nicht* zu sehen.«

»Du hast recht, Verführungskünste wie die von Ronsard, der seine Liebste aufforderte, die purpurne Farbe der Rose zu bewundern, waren nicht mehr angesagt«, stimmt ihr Solange belustigt zu.

»Es war doch im Grunde noch schlimmer. Nach und nach hat sich in unserer Gesellschaft die Gewohnheit eingeschlichen, Farben gänzlich zu meiden. Die meisten unserer Wände waren in einem falschen Weißton gestrichen, und unsere Kleiderschränke waren angefüllt mit einem beinahe schwarzen Grau«, entgegnet Charlotte.

Eine verstörende Nachricht aus dem Radio unterbricht ihr Gespräch.

»Aus der ganzen Welt wird uns ein eigenartiges Phänomen gemeldet. Historische Bauwerke sollen plötzlich in lebhaften Farben erstrahlen. Der Parthenon in Athen ist, wie man hört, jetzt rot, blau und golden. Die Mauern des Schlosses von Versailles sollen eine eidottergelbe Färbung angenommen haben. Und gerade erfahre ich, dass die Mona Lisa nicht mehr wiederzuerkennen ist. Ihre Haut soll sich tiefrosa verfärbt haben, auf ihren Wangen zeichnen sich rote Kreise ab, ihre Augenfarbe hat sich in ein helles Karamell verwandelt, und der Hintergrund ist offenbar strahlend blau.«

»Das sind die ursprünglichen Farben!«, entfährt es Arthur.

Schweigen im Wageninneren. Jeder versucht zu begreifen, was da vor sich geht.

»Vielleicht waren sie ja die ganze Zeit über da, und ihr habt nur nicht mehr darauf geachtet?«, versucht Charlotte eine mögliche Erklärung.

Wieder Stille.

»Willst du damit sagen, die Farben seien schon seit Jahren ganz schleichend verblasst, weil wir sie nicht mehr beachteten?«, fragt Arthur. »Unsere Fähigkeit, Farben wahrzunehmen, wäre also nach und nach abgestumpft, und wir hätten es erst gemerkt, als sie vollständig verschwunden waren?«

»Vielleicht. Jetzt, wo ihr bei ihrem Anblick aufs Neue in Entzücken geratet, ist eure Wahrnehmung wieder genauso geschärft wie die unserer Vorfahren oder der Tiere, die die Farben ja die ganze Zeit über sehen konnten. Natürlich ist das nur eine Vermutung«, schränkt Charlotte ein. »Die Wissenschaftler erklären uns, dass es sich bei den Farben um Wellen handelt, die erst von unserem visuellen System und anschließend von unserem Kortex absorbiert und verarbeitet werden. Aber wenn wir diese Farben eingehender betrachten, aktivieren die Wellen zahlreiche weitere Regionen in unserem Gehirn, und das mit Folgen, deren wir uns nur zu einem sehr geringen Teil bewusst sind. Farben können uns begeistern, uns überraschen, uns trösten, uns neue Energie schenken, uns entspannen, uns rühren, uns kreativer machen und dadurch auch auf unser Umfeld ausstrahlen. Denkt nur daran, wie froh es euch macht, wenn euch jemand Blumen schenkt und ihr aufmerksam ihre Farben betrachtet.«

Arthur erinnert sich daran, wie Charlotte seine Blumen abgelehnt hat, aber er sagt nichts.

»Im Lateinischen hat *color* dieselbe Etymologie wie *celare*, was ›verstecken‹ bedeutet«, fährt Charlotte fort. »Um das ganze Mysterium der Farben zu erfassen, genügt es nicht, sie nur zu sehen, man muss sie ansehen.«

»Vielleicht waren die Götter gekränkt, weil wir ihre wunderbaren Talente als Maler nicht mehr zu würdigen wussten. Und das haben sie uns nun zu verstehen gegeben«, sagt Pierrette, während sie eine dunkelorangefarbene Ampel überfährt.

»Wer weiß? Jedenfalls ist mittlerweile erwiesen, dass Farben nicht bloß Illusion sind. Nehmt Violett und Rot zum Beispiel, die beiden Farben, die im Spektrum des Lichts am weitesten voneinander entfernt liegen. Wie kommt es, dass sie euch so ähnlich erscheinen? Erst vor Kurzem haben Neurowissenschaftler herausgefunden, dass das Hirnareal, welches für Violettreize empfänglich ist, direkt neben dem liegt, das durch Rot aktiviert wird, und dass zwischen den beiden eine gewisse Durchlässigkeit besteht.«

»Ich habe eine andere Theorie!«, entgegnet Arthur. »Wenn man eine Buntstiftmine herstellt, ist diese am Anfang trotz der Pigmente weiß, erst durch den Kontakt mit einer Entwicklersubstanz wird sie farbig. Du hast auf deine ganz eigene Weise eine unglaublich ausgeprägte Farbwahrnehmung herausgebildet. Und diese Empfänglichkeit musst du an deine Tochter vererbt haben. Kombiniert mit der Synästhesie ihres Vaters ist Louise mit ihren unschuldigen Kinderaugen zu einem menschlichen Farbentwickler geworden.«

»Ich weiß es nicht … Das Einzige, was ich weiß, ist, dass auf dem Gebiet der Farbwahrnehmung noch vieles zu erforschen bleibt. Vielleicht wird die Wissenschaft ja eines Tages eine rationale Erklärung für das alles finden.«

»Hättet ihr etwas dagegen, wenn wir einen kleinen Umweg zu Notre-Dame machen? Ich würde zu gern sehen, wie die Kathedrale jetzt aussieht«, bittet Pierrette. »Alle einverstanden? Na, dann los!«

Keine blaue Uniform in Sicht. Sie setzt den Blinker, reißt das Steuer herum und wendet scharf über die durchgezogene weiße Linie. Um ein Haar wäre die Ente umgekippt, doch wie durch ein Wunder hält sie sich auf ihren vier Rädern.

Eilmeldung auf lemonde.fr

Der Präsident der Republik Frankreich hat das Holi-Fest zum nationalen Feiertag erklärt.

Ein paar hin und her geschickte SMS, und schon versammeln sich die Bewohner der Residenz auf dem Vorplatz der vor über siebenhundert Jahren erbauten Kathedrale. Verzückt betrachten sie die zinnoberroten Säulen der beiden Glockentürme. Der nun orangefarbene Kirchturm strahlt Leichtigkeit und Erhabenheit aus. Die drei figurengeschmückten Portale sind über und über bunt, wobei Zinnoberrot und Gold dominieren. Die Türflügel hingegen erstrahlen in einem flammenden Rot. Ein wenig höher lädt die Polychromie aus Dunkelblau, Grün, Gold und Korallenrot der achtundzwanzig Statuen den Betrachter ein, die Kirche zu betreten. Das weiße Skelett von Notre-Dame hat seine fleischliche Hülle zurück.

»Lasst uns reingehen«, sagt Lucien ein wenig aufgeregt, denn er weiß, dass die spektakulärste Verwandlung sie im Inneren der Kathedrale erwartet.

»Sag mir, welche Farben du siehst«, bittet Charlotte Arthur und greift nach seinem Arm. Im Inneren des Kirchenraums spürt sie eine leicht feuchte Kühle.

»Sie sind überall! An den Mauern, den Säulen, den Schlusssteinen, den Gewölbedecken. Überall. Viele Blautöne, Grün, Gelb, Orange, Rot, Gold. Und nur kräftige Farben! Das Licht ist geradezu unwirklich. Es scheint fast so, als wären die Fenster in Neonfarben ausgeführt. Man steht in einer Dusche aus lauter Farben.«

»Fast wie in einer Diskothek?«

»Einer etwas speziellen Diskothek, was die Dekoration angeht ... Rings um den Chor zieht sich das geschnitzte Chorgestühl. Es zeigt eine bunt bemalte Abfolge von Szenen aus den Evangelien.«

»Das ist der Katechismus für diejenigen, die nicht lesen können. Gewissermaßen ein Vorfahre unserer Comics.«

»Aber mit sehr viel intensiveren Farben als in unseren Comics.«

»Ein guter Drucker würde dir sagen, dass man sie als Lithografie wiedergeben kann.«

Arthur entdeckt ein bekanntes Gesicht.

»Rate mal, wer da vor dem Altar steht?«

»Wer?«

»Der Erzbischof von Paris!«

»Lass uns hingehen und ihm Guten Tag sagen.«

Charlotte hält immer noch Arthurs Arm, und gemeinsam gehen sie den Mittelgang entlang. Er ist glücklich. Seit Monaten hat er keinen Tropfen Alkohol mehr getrunken, und er verspürt auch nicht mehr den Wunsch danach. Zweifellos ein System kommunizierender Röhren zwischen der Leber und dem Herzen ...

Er bemerkt, dass alle Bewohner der Residenz auf den perfekt ausgerichteten Stühlen in der ersten Reihe sitzen. Der Erzbischof in seinem amethystfarbenen Messgewand sieht ihnen heiter entgegen. Charlotte, die seine Gegenwart spürt, senkt respektvoll den Kopf.

Als die Orgel einsetzt, realisiert Arthur innerhalb einer Sekunde, was vor sich geht. Er steht vor einem Geistlichen am Altar eines Gotteshauses und hält eine Frau im Brautkleid am Arm. Das ist doch ein abgekartetes Spiel, denkt er. Er spürt die Blicke in seinem Rücken. Sie hatten alle gewusst, dass die ursprünglichen Farben wieder sichtbar sein würden, und den Abstecher nach Notre-Dame geplant. Dann betrachtet er das wundervolle Profil von Charlotte, die seinen Blick spürt und ihm über den Rand ihrer Sonnenbrille hinweg zuzwinkert. Arthur entdeckt Solange, die inmitten der anderen sitzt und ihm eine Kusshand zuwirft. Gleich darauf steht Louise neben ihm und hält ihm ungeschickt ein klatschmohnrotes Kissen hin, das genauso groß ist wie sie selbst. Darauf liegen zwei Ringe in Zitronengold.

Und ich habe nichts kommen sehen, denkt er bei sich, ich bin der wahre Blinde von uns beiden. Was für ein Glückspilz bin ich doch, wenn sie bereit ist, mir ihre Augen zu schenken.

»Ja!«, ruft er mit grenadinerotem Herzen, noch bevor der Erzbischof mit der zinzolinschimmernden Mitra auf dem Haupt ihm die rituelle Frage stellen kann.

»Wenn die grauen Zellen rosa wären,
hätte die Welt weniger schwarze Ideen.«

PIERRE DAC

Danksagung

Meiner Frau Élodie, der schönsten aller Musen.

Meiner Tochter Capucine (die die Geschichte totaaaaaaal schön fand, bis auf die Liebesszene, die hat sie traumatisiert – behauptet zumindest oben erwähnte Muse …).

Anna Pavlowitch, die mir wie schon bei meinem ersten Buch, *Die unglaubliche Kraft der Farben*, ihr Vertrauen geschenkt und sich mit ihrer ganzen Energie und ihrem Wohlwollen dafür eingesetzt hat, dass dieses Buch seine Leser findet.

Louise Danou, meiner Lektorin, die mit ihrem unermesslichen Talent diese Buntstifte gespitzt hat (und natürlich hoffe ich immer noch, dass sie irgendwann aufhört, nur Schwarz zu tragen).

Dem Linguisten Bertrand Verine, Vorsitzender des Blinden- und Sehbehindertenverbands im Languedoc-Roussillon, Professor Hervé Rihal und dem Bildhauer Doris, deren Ratschläge mir eine große Hilfe dabei waren, mich in die Figur einer Blinden hineinzuversetzen.

François Durkheim, dem Art Director bei Flammarion, dem ich dieses hübsche, zum Ausmalen einladende Cover verdanke.

Meinen ersten Lesern, Sophie Borrie, Denis Boute, Anne-Cécile Lanchon, Bibiane Deschamps, Laure Vouzellaud, Annie

Mollard-Desfour, Sandrine Cœur-Bizot, Dorothée Rothschild, Cécile Pivot, Erwan Leseul und Corine Quentin, deren ermutigende Worte mir eine ungeheure Last von den Schultern genommen haben (es gibt nichts Furchterregenderes, als einen Roman zu schreiben und dann auf die Reaktion seiner Freunde zu warten).

Alain Timsit, dem wundervollsten und gewissenhaftesten Agenten, den man sich vorstellen kann.

Pascal Mollaret, meinem aveyronisch-japanischen »Bruder«.

Arthur und seinen bunten indischen Hosen.

Allen, die ich in meiner Aufzählung vergessen habe und die mir deswegen nicht böse sein werden, weil sie meine Freunde sind.

Und zu guter Letzt Adeline Coursant, der Leiterin des Zentrums für die Übertragung von Büchern in Brailleschrift. Ihr ist es zu verdanken, dass alle am Entstehen dieses Buches Beteiligten glücklich und stolz darauf sein können, dass ein Roman schon vor seinem offiziellen Erscheinen in Blindenschrift veröffentlicht wird – für jene Leser, die die Farben seit jeher nur mit ihrem Herzen sehen.

Lesen Sie weiter >>

Leseprobe

Willkommen im Garten des Lebens!

Niklas, Anfang 30, gerade arbeitslos geworden und irgendwie entwurzelt, beschließt eine Auszeit in Andalusien. Dort begegnet er Señor Gonzalez, einem alten Gärtner, der seit Jahrzehnten Gemüse auf natürliche Weise anbaut. Zuerst besucht Niklas den alten Mann hin und wieder, dann hilft er ihm täglich einige Stunden bei der Gartenarbeit. Dabei lernt Niklas nicht nur etwas über den Anbau von Tomaten, sondern vor allem etwas über Gelassenheit, Achtsam- und Genügsamkeit. Señor Gonzalez, sein Wissen und seine Weisheit öffnen Niklas die Augen und helfen ihm, sein Leben neu auszurichten.

Das Alte endet

Wir brauchen Sie nicht mehr.«

Die Worte hallten durch seinen Kopf, immer und immer wieder. Für einen Moment überlegte Niklas, ob es vielleicht ein Witz gewesen war. Aber nein, sein Chef hatte noch nie Witze gemacht. Statt zu lachen sollte er also vielleicht besser aufspringen und diesem aufgeblasenen Zwerg sagen, was er wirklich über ihn dachte. Die Versuchung war da, aber wozu das ganze Theater? In einem Film mag es ja unterhaltsam sein, wenn jemand ausflippt und in einem spontanen Rachefeldzug seinen Chef wild beschimpft, aber das hier war kein Film. Das hier war die nüchterne Realität.

Acht Jahre lang hatte Niklas an einem großen Schreibtisch in einer Bankfiliale gesessen und Kunden beraten. Die meisten waren zu ihm gekommen, weil sie ihr Geld für sich arbeiten lassen wollten. Dabei war diese Idee völlig absurd, denn Geld kann überhaupt nicht arbeiten. Entweder man schuftet selbst, oder man lässt andere für sich schuften. Und wenn man andere die Arbeit machen lässt, kann dies entweder auf faire Art und Weise passieren, oder es wird geherrscht und ausgebeutet. In der Welt, die Niklas in den letzten Jahren kennengelernt hatte, gab es dafür eine einfache Verteilungsformel: Je größer die Gier, desto größer die Ausbeutung. Der eigene Profit war schließlich wichtiger als das Wohl eines Fremden, vor allem eines Fremden in einem fernen Land.

Doch Ausbeutung und Fairness hin oder her – wenn Geld fließt, sind es immer Menschen, die die Arbeit ausführen. Jedenfalls war Niklas bisher davon ausgegangen, dass es so ist.

»Wie meinen Sie das, Sie brauchen mich nicht mehr?«

»So, wie ich es gesagt habe«, gab der Filialleiter ungerührt von sich. »Sie sehen doch selbst, was los ist, oder?«

Niklas ließ seine Augen von dem starren Gesicht seines Vorgesetzten zum Fenster wandern. Es war ein grauer Frühlingsmorgen, kalt und nass und abweisend.

»Die meisten Menschen erledigen ihre Bankgeschäfte heutzutage im Internet. Es macht also keinen Sinn, weiterhin so viele Filialen zu unterhalten.«

»Aber die Leute wollen doch nach wie vor beraten werden«, wandte Niklas ein.

»Natürlich wollen sie das, aber sie können sich auch online beraten lassen.«

»Das sind doch meistens irgendwelche unpersönlichen Programme mit wirren Algorithmen«, wehrte er sich, aber sein Chef zuckte nur mit den Schultern.

»Die arbeiten gut, diese Programme.«

Ihre Blicke trafen sich. Wut und Enttäuschung auf der einen, Leere und Ablehnung auf der anderen Seite.

»Ich kann nichts daran ändern«, sagte der Filialleiter und reichte Niklas die Entlassungspapiere. »Sie können selbst wählen: Entweder Sie gehen sofort und bekommen eine angemessene Abfindung, oder Sie bleiben noch fünf Monate bis zum Ende Ihres Vertrages und verzichten auf weitere Ansprüche.«

Dann drehte er sich zur Seite und nahm eine weitere Akte von dem Stapel, der sich neben ihm auftürmte. Die nächste Kündigung.

»Das war alles?« Stummes Nicken.

Zehn Minuten später war Niklas auf dem Heimweg. Anstatt wie sonst die Straßenbahn zu nehmen, hatte er sich entschieden, zu Fuß zu gehen. Der penetrante Nieselregen durchnässte seinen dunkelblauen Anzug und die persönlichen Unterlagen, die er unter seinem Arm trug. Beides war ihm egal.
Noch vor wenigen Stunden war er wie jeden Morgen bei der Arbeit erschienen, hatte die nette Frau an Schalter vier begrüßt und sich pflichtbewusst dem Alltag gestellt. Nun war das plötzlich alles vorbei. Niklas war zweiunddreißig Jahre alt und hatte sich für den schnellen Tod und die Abfindung entschieden. Was hätte er noch monatelang ausharren sollen, in einem Job, den er schon längst verloren hatte? Nein, dann lieber direkt klare Verhältnisse schaffen, auch wenn eigentlich alles ganz anders geplant gewesen war.
Bis jetzt hatte Niklas gedacht, er hätte im Leben alles richtig gemacht, um eine sichere und erfüllte Zukunft zu haben. Immer hatte er die gut gemeinten Ratschläge seiner Eltern und der Gesellschaft befolgt: Er war ein guter Schüler gewesen, hatte sich ohne Umwege direkt zur Uni begeben, das Studium in Regelzeit abgeschlossen und anschließend den Job bei der Bank angetreten. Er besaß einen Bausparvertrag und hatte sich trotz seiner jungen Jahre bereits um eine private Rentenvorsorge gekümmert. Sein Leben war immer geradeaus verlaufen, ohne Ecken, Kanten und Kurven. Er war der vorbildliche brave Bürger, der nie aufmuckte und alles so machte, wie es sich gehörte. Wirklich glücklich gemacht hatte ihn allerdings nichts von diesen Dingen. Immerhin hatte sein Job ihm ein bequemes Leben ermöglicht, doch dieser Job war nun weg.

Die Kündigung war überraschend gekommen, auch wenn es vorher viele Anzeichen gegeben hatte. So hatte er schon seit geraumer Zeit beobachten können, wie die Kundenzahlen in der Bank in der Tat stetig zurückgegangen waren. Außerdem hatte er in verschiedenen Fernsehtalkshows gehört, wie Philosophen und vorausdenkende Wissenschaftler davor warnten, dass durch die zunehmende Automatisierung und Digitalisierung immer mehr Arbeitsplätze wegfallen würden. Es war eine Entwicklung, die nicht aufgehalten werden konnte, und sie war weder gut noch schlecht – leistungsstarke Computer, das allwissende Internet und geschickte Roboter waren schlicht und einfach Teil des konstanten Wandels, an den man sich anpassen musste. Doch im Nachhinein die Zeichen zu interpretieren, ist natürlich viel einfacher, als sie im Moment ihres Auftauchens klar zu sehen, ernst zu nehmen und entsprechend zu handeln.
Der Regen wurde stärker. Niklas dachte nicht daran, sich irgendwo unterzustellen, und ging stattdessen wie in Trance weiter den leeren Bürgersteig entlang. Er erinnerte sich an ein Gespräch mit einem Freund, einige Monate zuvor. Sie hatten genau über diese Probleme gesprochen, über die möglichen Konsequenzen von immer mehr Technologie und klugen Maschinen, die eines Tages den Menschen weitestgehend überflüssig machen würden. Ihnen war bewusst, dass sie in dieser Veränderung schon mitten drin steckten. Trotzdem schien sie noch sehr weit weg zu sein, als würde es noch lange dauern, bis diese ferne Zukunft ihre eigene Gegenwart betreffen würde. Außerdem hatte Niklas sich überhaupt nicht vorstellen können, dass es irgendwann ihn selbst treffen könnte. Die anderen

würden ihre Arbeit verlieren und leiden, die anderen würden sich an die neue Welt anpassen müssen. Er selbst hatte doch alles richtig gemacht, was sollte also schief gehen?

An einem kalten Morgen Ende März war er nun eines Besseren belehrt worden. »Viel Glück bei Ihrer weiteren Karriere«, hatte er den Filialleiter beim Rausgehen noch sagen hören. Karriere. Glück.

Der Weg hatte sich inzwischen in ein Meer von Pfützen verwandelt. Niklas passierte einige Schaufenster, eine Bäckerei, dann eine Bushaltestelle. Sein Blick folgte einer jungen Frau, die unter einem roten Regenschirm mit schnellen Schritten die Straße überquerte. Er wollte gerade wieder die Augen nach vorne richten, als er auf der anderen Straßenseite das Logo seiner Bank sah. Abrupt blieb er stehen und betrachtete die Filiale, die kaum von seiner zu unterscheiden war. Niklas stieß einen langen Seufzer aus. Noch vor einer knappen Stunde hatte er ebenfalls einen Platz im Trockenen gehabt. Jetzt stand er draußen im strömenden Regen. Allein.

Er ging weiter und wusste nicht, ob er lachen oder weinen sollte. Weinen, weil er gerade zum ersten Mal in seinem Leben aus dem fahrenden Karrierezug geschmissen worden war, oder lachen, weil er endlich diesen schwachsinnigen Job los war. Denn was hatte er schon Tolles gemacht? Sicher, er half anderen Menschen, ihr Geld zu vermehren und genoss auch selbst ein gutes Einkommen, aber er hatte in keinem Moment das Gefühl, irgendetwas wirklich Sinnvolles zur Welt beizutragen. Er wusste, wo seine Bank das Geld investierte, um möglichst große Gewinne zu erzielen, und so viel stand fest: Es waren keine Investitionen in nachhaltige oder soziale Projekte. Meistens ging es um

Waffen, Medikamente und andere dubiose Geschäftspraktiken. Wenn man durch seine tägliche Arbeit indirekt an diesem dunklen Spiel beteiligt war, wie sollte man da Freude an seinem Job entwickeln? Außerdem war es einfach dumm, sich wie Niklas tagtäglich von einem machtbesessenen Chef tyrannisieren zu lassen. Soweit also die positiven Seiten der Kündigung.
Eigentlich Gründe genug, sich nicht aufzuregen, sondern die plötzliche Schicksalswendung als Chance anzusehen. Das Problem war allerdings, dass Niklas weder in der Schule noch in der Universität gelernt hatte, was genau zu tun ist, wenn man aus dem fahrenden Zug geschmissen wurde. Scheitern war bisher nie Teil seines offiziellen Lehrplans gewesen.
Zum Glück gibt es aber noch einen anderen Lehrer, der genau das unterrichtet, was in Klassenzimmern und Hörsälen keinen Platz findet. Es ist das Leben höchstpersönlich! Immer wieder lässt es seine Schüler stürzen, damit sie lernen, aufzustehen.

Niklas erreichte sein Wohnviertel. Verglichen mit dem Rest der Großstadt war es eine ruhige Gegend mit wenig Verkehr. An der letzten Kreuzung vor seiner Wohnung wechselte er die Straßenseite und blieb plötzlich mitten auf der Kreuzung stehen. Es schüttete unaufhörlich und dicke Tropfen fielen von seinen blonden Locken. Für einen Moment schloss er die Augen und atmete tief durch. Nein, nach dem Sturz liegenzubleiben war für ihn keine Option. Natürlich würde er wieder aufstehen! Die Frage war nur, welche Richtung er jetzt einschlagen sollte.
Er öffnete die Augen und begann, sich langsam um die eigene Achse zu drehen. Wenn er seinem bisherigen

Weg folgen würde, würde er sich direkt einen neuen Job suchen, wahrscheinlich wieder bei einer Bank. Er würde sein Gewissen und die Zeichen einer sich wandelnden Arbeitswelt ignorieren, aber zumindest hätte er wieder einen guten Posten. Seine Karriere wäre wieder in der Spur, sein Sicherheitsbedürfnis befriedigt und lästige Fragen seiner Eltern würden gar nicht erst aufkommen. Doch was wäre, wenn er eine andere Richtung wählen würde? Statt nach Hause und in die Gewohnheit zurückzukehren, könnte er auch etwas anderes ausprobieren. Er könnte die hektische Stadt verlassen, eine Weile Abstand gewinnen und irgendwo die grauen Wolken gegen blauen Himmel eintauschen. Dank der Abfindung hatte er ein kleines finanzielles Polster, dennoch machte ihm der Gedanke an diesen Schritt Angst. Neben der Angst hörte er aber noch eine andere Stimme, die tief aus seinem Inneren sprach und ihm leise Mut zuflüsterte: Vielleicht war die Kündigung das Beste, was ihm hatte passieren können …
Der Regen prasselte weiter auf ihn nieder. Nach einer Weile hörte Niklas auf, sich im Kreis zu drehen und schaute nach unten, direkt in die große Pfütze, in der er stand. Sein verschwommenes Spiegelbild starrte zurück, als wollte es ihm sagen, ›ich kann dir auch nicht helfen‹. In diesem Moment wurde ihm klar, dass er sich an einer dieser berühmt-berüchtigten Weggabelungen befand, an denen alle Menschen im Laufe des Lebens ab und zu vorbeikommen und wo man sich ganz alleine entscheiden muss: links oder rechts entlang? Angst oder Mut? Sicherheit oder Abenteuer?
Das Alte oder das Neue?

Ankunft in Andalusien

Eine Woche später stieg Niklas bei Sonnenschein und angenehmen zwanzig Grad in Málaga aus dem Flugzeug. Oben auf der Treppe hielt er einen Moment inne und atmete tief ein. Es lag ein herrlicher Geruch in der Luft, eine Mischung aus Meer, Zitronen und Gelassenheit. Auch ein Blinder hätte in diesem Moment gewusst, dass er im Süden angekommen ist.

Während er zum Terminal ging, fiel sein Blick auf einen großen Schriftzug, hoch oben auf dem Dach: *Aeropuerto Pablo Ruiz Picasso*. Er dachte an die Namen einiger anderer Flughäfen, auf denen er im Laufe der Jahre gelandet war. In Frankreich gibt es den *Aéroport Lyon Saint Exupéry* und in Österreich den *Salzburg Airport W.A. Mozart*. Große Komponisten, Schriftsteller und Maler – und in Deutschland? Ein paar Politiker, sonst nichts. Irgendwie passte es perfekt zu seiner Gefühlslage: In Köln war er von Konrad Adenauer verabschiedet worden und in Málaga begrüßte ihn nun Pablo Picasso.

Der erste Schritt war getan, und er fühlte sich gut an. Niklas holte sein Gepäck, durchquerte die Ankunftshalle und kaufte sich ein Busticket nach Estepona, einem kleinen Küstenort auf halber Strecke zwischen Málaga und Gibraltar. Die Frau am Schalter druckte das Ticket aus und reichte ihm in aller Ruhe sein Wechselgeld, Münze für Münze unter einer Trennscheibe hindurch. Dann guckte sie ihn mit großen Augen an und sagte mit schroffer, fast schon vorwurfsvoller Stimme: »Schnell, der Bus fährt gleich ab!« Leicht irritiert stopfte er Geld und Ticket in die Hosentasche und rannte mit seinem großen Koffer über den Vorplatz. Als er am Bus ankam, ging genau vor seiner Nase die Tür zu. Er seufzte und ließ die Schultern sacken. Dann öffnete sich die Tür aber plötzlich wieder und ein dicker Spanier mit rundem Kopf und öligen Haaren nickte ihn freundlich herein.

Er verstaute seinen Koffer und setzte sich auf einen hinteren Fensterplatz. Der Bus fuhr los, Niklas machte es sich auf dem durchgesessenen Sitz bequem, schaute nach draußen und begann, die letzten Tage noch einmal Revue passieren zu lassen.

Nach dem anfänglichen Schock der Kündigung war er schnell in der neuen Realität aufgewacht. Zu Beginn war es ihm schwer gefallen, die Enttäuschung loszulassen. Die Arbeit bei der Bank war zwar alles andere als ein Traumjob gewesen, aber trotzdem ist es nicht sehr aufbauend, wenn man gesagt bekommt, dass man nicht mehr gebraucht wird. Ob er wollte oder nicht, es kratzte an seinem Selbstbewusstsein und hatte ihm einige schlaflose Nächte bereitet. Auch das Mitleid seiner Freunde hatte nicht wirklich geholfen. Doch dann hatte Niklas immer öfter an den nasskalten Moment auf der Kreuzung denken müssen. Er allein und niemand sonst musste entscheiden, wohin sein Weg ging. Für jemanden, der bei Karrierefragen immer dem Rat von anderen gefolgt war, war das eine komplett neue Erfahrung. Links oder rechts? Angst oder Mut?

Letzten Endes hatte er sich weder gegen die Angst noch für den Mut entschieden. Die Sorge, möglicherweise eine falsche Entscheidung getroffen zu haben, war immer noch da, und besonders mutig war Niklas ja auch noch nie gewesen. Nein, seine Entscheidung hatte mit einer tiefen Unzufriedenheit zu tun, die lange in seinem Inneren herangewachsen war. Er war es einfach satt, immer alles so zu machen, wie es sich ›gehörte‹. Und größer als die Angst, einen Schritt ins Unbekannte zu machen, war die Angst, irgendwann verbittert dazusitzen, alt und grau, und tief im Herzen die Reue zu spüren, sein ganzes Leben nur geradeaus gelebt zu haben. Schule, Uni, Arbeit und der Tod – das konnte doch nicht alles sein.

Seine Seele schrie nach Veränderung! Und da der Bankjob nun ohnehin futsch war, es mit der Liebe gerade auch nicht rosig aussah und das graue Wetter damit drohte, ihn in eine schwere Depression zu stürzen, war es der perfekte Moment gewesen, um abzuhauen. Seine Eltern hatten versucht, ihn umzustimmen, und auch seine Freunde hatten nur wenig Verständnis gezeigt. Doch dieses Mal war seine innere Stimme stärker gewesen als die Meinung der anderen. Wenn nicht jetzt, wann dann?

Von der Bank hatte er eine Abfindung von dreieinhalb Monatsgehältern bekommen. Er hatte also genug Geld, um einige Zeit an einem anderen Ort leben zu können. Kurzfristig hatte er mit dem Gedanken gespielt, nach Asien zu reisen, da man dort günstig leben kann. Aber Asien fühlte sich zu weit weg an, zu anders und viel zu voll. Niklas sehnte sich nach Ruhe – etwas Gesellschaft war ihm zwar willkommen, aber 1,3 Milliarden Inder? Nein, danke. Aus diesem Grund zog es ihn auch nicht in eine Großstadt, wo viel zu viele Menschen auf viel zu kleinem Raum durcheinanderwirbelten. Das Leben in einer Metropole war außerdem zu teuer für einen

Arbeitslosen, und er hatte schon sein ganzes bisheriges Leben im Großstadtdschungel verbracht. Selbst als er während des Studiums ein Jahr im Ausland gewesen war, hatte er mit Barcelona eine weitere Millionenstadt gewählt. Weil Barcelona gerade ›in‹ gewesen war. Und weil sein Professor es ihm geraten hatte.
Dank der beiden Auslandssemester sprach er allerdings gut Spanisch und hatte bald über Spanien als mögliches Ziel nachgedacht. Ein Freund an der Uni hatte ihm vor einigen Jahren von einem Ort in Andalusien erzählt, mit 300 Sonnenstunden im Jahr, direkt am Meer gelegen und die Küste von Afrika in Sichtweite. Mit Mango-Plantagen auf den Hügeln und Orangenbäumen neben dem Rathaus. So etwas in der Art, das sollte doch fürs Erste reichen.
Der Bus rollte gemächlich über die Autobahn. Niklas lehnte den Kopf an die Fensterscheibe und schloss die Augen. Er hatte sich entschieden, herauszufinden, wohin man kommt, wenn man eine neue Richtung einschlägt und einfach losgeht. Natürlich war er aufgeregt, was ihn erwarten würde, aber gleichzeitig spürte er auch eine seltsame Ruhe tief in seinem Inneren. Als hätte er mit einem Teil von sich Frieden geschlossen. Als hätte seine Seele aufgehört, so laut zu schreien.
Er lächelte. Kurz darauf schlief er ein.

Um vier Uhr nachmittags erreichte das Taxi die Adresse, die Niklas von Pedro bekommen hatte. Über ein Onlineportal hatte er sich ein Zimmer in einer WG gemietet und Pedro war einer seiner neuen Mitbewohner.
Niklas zahlte, sammelte seine Sachen zusammen und schaute dem Taxi hinterher, wie es davonbrauste.